西北民族大学
学科建设资助项目

走出儿童文学拘囿的安徒生研究

盛开莉 ◎ 著

光明日报出版社

图书在版编目（CIP）数据

走出儿童文学拘囿的安徒生研究/盛开莉著．－－北京：光明日报出版社，2016.12
ISBN 978－7－5194－2525－8

Ⅰ．①走… Ⅱ．①盛… Ⅲ．①安徒生（Andersen，Hans Christian 1805—1875）—童话—文学研究
Ⅳ．①I534.078

中国版本图书馆 CIP 数据核字（2017）第 021726 号

走出儿童文学拘囿的安徒生研究

著　　者：盛开莉

责任编辑：李壬杰　　　　　　责任校对：刘晓茹
策　　划：席建海　　　　　　责任印制：曹　净
封面设计：形态工作室

出版发行：光明日报出版社
地　　址：北京市东城区珠市口东大街 5 号，100062
电　　话：010－67017249（咨询），67078870（发行），67019571（邮购）
传　　真：010－67078227，67078255
网　　址：http：//book.gmw.cn
E－mail：gmcbs@gmw.cn　　lirenjie111@126.com
法律顾问：北京德恒律师事务所龚柳方律师

印　　刷：北京市金星印务有限公司
装　　订：北京市金星印务有限公司
本书如有破损、缺页、装订错误，请与本社发行部联系调换

开　　本：787×1092mm　1/16
字　　数：200 千字　　　　　印　张：14.5
版　　次：2017 年 7 月第 1 版　　印　次：2017 年 7 月第 1 次印刷
书　　号：ISBN 978－7－5194－2525－8

定　　价：58.00 元

版权所有　　翻印必究

目　　录

第一章　绪论 ……………………………………………… 1
第一节　"小儿科"的童话作家 …………………………… 1
第二节　从"成人解读"的格局里起步 …………………… 6
第三节　安徒生研究现状述评 ……………………………… 9

第二章　安徒生童话中的生态思想内涵 ………………… 21
第一节　生态批评概述 ……………………………………… 21
第二节　对人类中心主义的解构 …………………………… 31
第三节　对自然的亲和与热爱 ……………………………… 50
第四节　对工业文明中的社会伦理、科技理性的疏离 …… 64
第五节　生态思想内涵存在的原因探寻 …………………… 102

第三章　"蛹"的蜕变——安徒生童话中的基督教底蕴 ……… 109
第一节　从基督教汲取人文自信的安徒生 ………………… 109
第二节　超越的爱 …………………………………………… 120
第三节　向不朽飞升 ………………………………………… 125

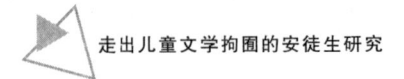

第四章　安徒生童话与迪士尼改编 ……………………… 139

第一节　迪士尼对传统童话的改编——迪士尼的魔咒 ……… 139
第二节　从《海的女儿》到三部《小美人鱼》 …………… 142
第三节　从《白雪皇后》到《冰雪奇缘》 ………………… 159
第四节　迪士尼的选择 …………………………………… 166

第五章　童话以外的安徒生 ……………………………… 175

第一节　安徒生其他作品与其童话的互文性 ……………… 178
第二节　诗人安徒生 ……………………………………… 204

参考文献 …………………………………………………… 221

第一章 绪 论

第一节 "小儿科"的童话作家

提起北欧文学，从事外国文学研究的人大概都听过"两个半"作家之说，其中的"两个"，一个是挪威的易卜生，一个是瑞典的斯特林堡，听起来有些奇怪的"半个"指的就是丹麦的安徒生。这"半个"的命名，多少让人觉得不大舒服，原因竟是因为，安徒生只是一个写童话出名的作家，似乎写童话就会低人一等。北欧文学的研究本就寂寥，在此情形之下，安徒生更被忽视。翻开各种外国文学史教材，安徒生要么被略过，要么只做一点简单介绍，寥寥数语，一带而过。不仅如此，在内容批评方面，更是"思维模式依然停留于20世纪80年代以前学术界普遍采用的简单、粗略的社会历史批评模式。在某种意义上说，主流学术界对安徒生的漠视令人震惊"[①]。

然而，在世界范围内，安徒生的作品在发行量上超过了歌德和莎士比亚这样公认的一流文学大师，仅次于圣经，居世界第二位。与安徒生作品传播之"热"形成鲜明对比的是研究之"冷"。相对于其他

---

① 李红叶：《回头再看安徒生》，《书屋》2011年第8期。

经典作家，安徒生的研究始终较为滞后。在中国，北欧文学始终处于边缘，包括大学汉语言文学专业的外国文学课程，无论是教材还是教学大纲、课堂讲授，北欧文学都是以最为简略的方式介绍或是直接跳过。相关的研究论文及著述更是少之又少。安徒生因为童话作家的头衔更是受到轻视。

在中国，北欧文学研究长期处于边缘，其中一个重要的原因是语言的障碍。首先，小语种的局限性导致研究资源稀缺。丹麦语是一种比较难掌握的小语种，世界各地的研究者很难直接就丹麦语的安徒生童话进行研究，就国内译者而言，安徒生童话的翻译，绝大多数都不是直接从丹麦语翻译过来的，而是从英文译本转译过来的。正如翻译家林桦所言："丹麦（也许连同德国）之外的世界基本上只知道他是一位童话作家。这一方面是因为他的除开童话之外的作品基本上没有被译成其他国家的文字，就连研究安徒生的基本文献，他的自传《我的童话人生》也没有被完整地翻译成为丹麦文以外的其他文字。语言文字上的困难是外人不能了解安徒生的重要原因。"[①] 丹麦国内对安徒生的种种研究，通常很难被我们所知晓，因为很少能被翻译成汉语。另一个造成研究滞后的最重要的原因是：把安徒生视为单纯为孩子们写故事的儿童文学作家，忽视了安徒生童话的丰富性。正如约翰·迪米留斯所言，在丹麦以外的世界，安徒生"完全只是被当作儿童文学家来看待。人们只读过儿童所能理解的那些童话、故事，但是人们熟悉的一般只是十至二十个故事，这是相当小的一部分"[②]。这个总结非常切合安徒生在中国的情形。对儿童文学的偏见，造成对安徒生的误解和偏见。

安徒生生前出版的《安徒生童话故事全集》篇目有156篇，如果

[①] 李红叶：《回头再看安徒生》，《书屋》2011年第8期。
[②] 小啦、约翰·迪米留斯：《丹麦安徒生研究论文选》，安徽少年儿童出版社1999年版，第3页。

加上后来被人们发现的篇目,有将近180篇。但是根据安徒生童话的阅读调查,人们通常记住了那么少数的几篇,而且很少有人全部读过。孩子们最喜欢、最能留下印象的也是少数的几个名篇。把这几篇童话作为安徒生的象征,甚至代替了安徒生创作的全部,使得安徒生成为一个单薄的存在。实际上在安徒生的时代,19世纪30年代,他曾以一部长篇小说《即兴诗人》一举成名。这个成名不局限于丹麦国内,也不局限于斯堪的纳维亚半岛,而是在德国、法国、意大利等欧洲诸国都享有盛誉。那时的安徒生还根本没有写过童话,甚至不知道自己的童话将使他流芳后世。随后在1836年、1837年,他又创作了《奥·特》《不过是个提琴手》等长篇小说。因为广泛的游历生活,安徒生还写下了大量游记,在那个照相机刚刚发明、还不发达的时代,安徒生用他的文字为那些无法身临其境的人们描绘了无比精妙的自然美景和人情风俗。其中,《诗人的市场》(1842)、《瑞典纪行》(1851)、《西班牙纪行》(1863)成为丹麦游记中的名著,至今仍在丹麦享有盛名。除此,安徒生更为执着地热爱着戏剧,那个时代欧洲所流行的戏剧样式,没有哪种是安徒生不曾尝试创作过的,包括歌舞剧、诗剧、童话剧、芭蕾舞剧脚本等。从小热爱幻想和具有浪漫情怀的安徒生更是一个不折不扣的诗人,留下的上千首诗歌便是明证。热衷于书写自己的安徒生还留下了大量的自传和日记,在剪纸艺术方面,安徒生也毫不逊色,创作了数目可观的剪纸作品。所以,除童话之外,他还创作了6部长篇小说、50部各类戏剧、23部游记、3部自传、上千首诗歌、11卷日记以及大量的剪纸作品、拼贴作品、书信、未完成的书稿等。这些作品与安徒生的童话创作存在互文性关系,了解这些作品,无疑有助于我们认识一个全貌的安徒生。

将安徒生童话简单地划归入儿童文学的领域,这一行为导致了普通读者的刻板印象,从而导致阅读量的大大减少,有谁会觉得儿童文学能与那些伟大的一流文学经典名著相提并论呢,至少,你若是成年人，就很难以一个正常的心态来阅读被划归入儿童文学的作品。甚至在读者阅读情况调查中发现，如果一个孩子长到十几岁还喜欢看安徒生童话，父母可能会担心他的心智发育有问题。实际的情况往往是，儿童以及曾经是儿童的成人在短暂的幼年时代只读过安徒生的一百五十多篇童话故事中极少数的一部分，这一部分童话构成了我们对于安徒生的全部想象。在中国，即便是儿童文学研究者，他们在提到安徒生时，反复引证的也只是安徒生童话少数几个篇章里的例子。似乎安徒生就写过那么几个故事。事实上，即便是文学鉴赏水平再普通的读者，也得承认，安徒生童话故事集里有不少篇章与我们印象中所谓的"童话"性质相差甚远，还有很多篇章的含义不要说孩子，就是成人也是不能完全领会的。但是大多数情况下，不管是读者还是研究者，都对此熟视无睹，仿佛安徒生的童话故事从来就只是几篇或十几篇最多也就几十篇，其他的，仿佛只是一个摆设。

从20世纪初，安徒生被介绍到中国，而今已逾百年，100年间，我们对安徒生的认识，永远停留在儿童阅读的经典这一层面上，顶多作为儿童文学里的排头兵。《卖火柴的小女孩》《皇帝的新装》《丑小鸭》《海的女儿》几乎成为中国的安徒生童话四大经典。这四篇差不多都被收入了中小学语文教材当中，可见其知名度和影响力。《卖火柴的小女孩》最早被收入小学语文课本，因为表达了对穷苦人民悲惨遭遇的深刻同情和对当时社会的不满，无情地揭示了资本主义社会的黑暗和罪恶。《皇帝的新装》深刻地揭露了皇帝的昏庸和官吏的虚伪、愚蠢。《丑小鸭》告诉我们人生中的挫折不可怕，只要努力奋斗，总会走向成功。《海的女儿》里小人鱼告诉我们要为理想奋斗不息，追求最高的人生价值。这就是我们对安徒生童话的全部理解吗？

"中国历来对于儿童文学没有正当的理解，只以为那浅白简易的读物无非'哄哄孩子'而已，这种视儿童文学为'小儿科'的偏见使得中国人对于儿童文学的理解尚停留在'小狗叫、小猫跳'似的简易儿歌或'大灰狼、小白兔'的低幼童话的印象上。"① 这种对儿童文学的偏见，使得人们很难想象儿童文学作品其实也有着绝不亚于一般名著的美学魅力和思想内涵。在这样一种观念的支配下，作为儿童文学代表的安徒生童话自然被列在了"不屑"之列。视儿童文学为"小儿科"的文化氛围使很多人自觉放弃了安徒生童话的阅读，而抱定了关于安徒生童话的"虚假印象"。

丹麦的安徒生研究正致力于把安徒生从"儿童读物"中解放出来，这些成果启发其他国家的研究者，不应把安徒生视为单纯为幼儿园的孩子写作的作家，而应视为一个严肃的文学家——他不但是一个杰出的童话作家，还是一个在戏剧、小说、诗歌及剪纸艺术领域均有自己独到成就的艺术家。他的童话故事始终面向孩子和成人进行双重表达，因此完全可以扩大到成人读者领域，这些故事叙事技巧高明，且涉及了人类生活的共同主题，完全经得起深度解读。"从1993年、1996年、2000年及2005年在丹麦召开的安徒生国际研讨会上的论文来看，世界安徒生研究的主题走向可概括为：'为成人写作的安徒生'到'游走于儿童与成人之间的安徒生'。"② 事实上，就像丹麦研究者指出的，安徒生"也是一位为成年人写作的作家"，"他所谓的儿童童话实在也同样是针对成年人的"。"他同其他伟大作家一样，是一个严肃的文学作家；一个社会与人的洞悉者；一个大自然的独特的描绘者；一个洞悉日常琐事和浩瀚宇宙的万象之谜，既为科学技术的进步欢欣又为人类和社会容易忽略、忘却自然的倾向担忧的诗人。"③ 然而，因为安徒生童话在儿童世界里的成功，反而忽略了他作为一个严肃的文学家所具备的和其他伟大作家同等的魅力和深度。100年过去了，在一个更为开放和多元的时代，我们有

---

① 李红叶：《回头再看安徒生》，《书屋》2011年第8期。
② 同上。
③ 小啊·约翰·迪米留斯：《丹麦安徒生研究论文选》，安徽少年儿童出版社1999年版，第2页。

理由相信，以一种更为接近本真的方式去靠近安徒生这个伟大的作家，是必要的。把安徒生从片面的"小儿科的童话"作家解放出来，把他放置在与其他经典作家平起平坐的位置上去看待，回到文本本身，把安徒生从刻板的套语、儿童文学的集体想象物中释放出来，就成为当代安徒生研究者的主要目标。

第二节　从"成人解读"的格局里起步

纵观安徒生在中国 20 世纪 20 年代、30 年代、50 年代、80 年代后四个历史阶段所具有的不同形象，反映出中国现代文学、儿童文学、社会文化结构所经历的发展与变迁。如果说周作人、孙毓修、郑振铎、赵景深作为中国第一代安徒生童话的译介研究者，是他们在 20 世纪初首次从遥远的北欧丹麦发现了不为中国人所知的安徒生，并把他和他的童话推介给刚刚从佛老思想统治中解放出来的中国读者，为安徒生在中国生根发芽迈出了开启性的一步的话，50 年代以叶君健为代表的安徒生译介研究者，则使安徒生和他的童话在中国特殊的文化政治氛围里落地生根。叶君健作为中国安徒生译介与研究的集大成者，在新中国成立到五六十年代，都承担着安徒生童话宣传大使的重要角色。"安徒生是丹麦 19 世纪的一个伟大的现实主义作家"，以叶君健为代表的研究者，采用系统的社会学批评方法，充分彰显了安徒生童话中的现实主义因素。"我们可以看到接受者对安徒生及其童话进行了协调于意识形态的系统阐释，从而将安徒生童话有机地纳入时代文化精神与中国儿童文学的建构之中。经接受者的阐释，安徒生不再是丹麦的安徒生，而是接受者按本社会模式、使用本社会话语重塑出来的中国式的安徒生，这种接受消弭了安徒生童话的丰富性和个性，使安徒生童话成为一个平面化的存在。"正如李红叶指出的，"一个平面化的存在"式的现实主义套解,放逐了安徒生童话生机盎然的儿童精神,忽视了安徒生童话所具有的超越时空的普遍意义。20世纪80年代以来,中国安徒生的译介和研究也趋于多元。

安徒生童话的"成人性",或许是拥有真实的安徒生童话阅读体验者的共识。但长久以来,在中国,因为将安徒生童话放在"儿童文学"里,人们始终有意无意地将其视为小儿科,这正好抹杀了安徒生童话得到深度解读的可能性。在安徒生的故乡,人们从未将他当作单纯的童话作家:"丹麦人在同英、美的熟人谈天时,得悉汉斯·克里斯蒂安·安徒生的童话在英、美各国被认为只是童话读物,常常感到吃惊。可以毫不夸张地说,安徒生的童话是无论老幼的所有丹麦人的共同的精神财富。不仅如此,丹麦的成人阅读汉斯·克里斯蒂安·安徒生的作品,不单纯出自一种崇敬或一种感情。安徒生对成人有许多话要说……"[①] 安徒生在中国的"成人文学"阅读中几乎是缺席的,因为将他圈定在儿童的领域,导致读者和阅读量的减少,大多数人只读过150多篇童话中极少的一部分,很少有人阅读或解读一个全貌的安徒生。李红叶的专著也仅仅是在"信息量上追求'安徒生与中国'的'百科全书'的效应",而并未对这一问题做深入讨论,或有发现性的成果。

正如王泉根教授在书的序言中指出的:"《安徒生童话的中国阐释》的出版,既是对20世纪中国安徒生研究的理想反思与总结……同时也是对21世纪中国安徒生研究的一个新开拓,新开端,李红叶在这部书中所困惑和思考着的问题,还有待人们作进一步的探索。"[②] 李红叶在书中有一章,专篇论述了安徒生是"一个伟大的文学家",而非童话作家的身份,并指出"只有当我们的思考超越于狭隘的'儿

---

① 傅光明:《童话之外的安徒生》,《中国书报博览》2002年9月23日。
② 李红叶:《安徒生童话的中国阐释》,中国和平出版社2005年版,第4页。

童文学'观念和单一的研究模式，我们对安徒生的认识才有可能具有深度，但'大手笔'的安徒生研究尚未到来。我们对于安徒生的思考应该在'大文学'的格局里起步"[①]。李红叶的这种思考，应该是未来安徒生研究的未尝不可参考的路径。

对于安徒生童话的全貌性把握，对于将安徒生童话作为一个整体的异文化文本在中国的形象研究，把安徒生童话在中国读者群体中的阅读景观及读者作为研究对象，都是空白。李红叶的著作填补了这一空白。另外，李红叶的著作对于安徒生童话与中国现代儿童文学的事实上的与精神上的联系，及对于中国现代儿童文学的发生意义、建设意义和参照意义，都是首次关注。然而一部专著总会从一个立足点出发，不可能包罗万象。如果引用刘若愚和叶维廉教授的文学理论类型结构图对李红叶的专著加以分析的话，《安徒生童话的中国阐释》是以接受美学为理论基础，重点放在读者——安徒生童话的接受对象与作品之间的关系的研究，是属于作品与读者关系的这一轴上。

如果把安徒生童话放置在"大文学"的格局下，那么它在中国的研究发展空间则刚刚开始。把安徒生作为一个伟大的文学家，把安徒生童话不再简单地置于童话故事的概念框架之下，发现安徒生童话中以往没有被发现的隐藏的一面，正是现在的研究者所要做的。所以，本书将从"安徒生童话研究的成人空间"这一历史空缺处走出，对安徒生童话中一直被忽略或否定的两个问题——生态思想内涵和基督教精神底蕴进行集中分析和探讨，同时从原型批评的角度对安徒生童话进行重新审视。而运用一种世界性的文化思潮或批评流派的理论对文学做跨学科、跨文化的研究刚好符合"比较文学"的领域界定。生态批评是20世纪90年代兴起于美国并迅速蔓延到全世界的批评流派。运用生态批评的新视角，来检视安徒生童话里的独特的自然理念，将

---

① 李红叶：《安徒生童话的中国阐释》，中国和平出版社2005年版，第304页。

会开掘出极其有价值的生态思想内涵，对于唤醒现时代人们的生态保护意识，实现人与自然和谐发展，建立物种平等、生态平衡的和谐社会都具有重要意义。宗教是最具有国际传播性的一种文化现象，通过对文学与国际性的宗教的"超文学"研究，揭示宗教与文学之间的相互影响和彼此共生的关系，正是比较文学的研究领域。而历来在中国受到批判或误读的安徒生童话中的基督教神学精神底蕴，本来是安徒生童话里灵魂性的因素，却一直在受到遮蔽。

从文化批评和女性主义批评话语的角度审视安徒生童话的迪士尼改编，剖析迪士尼如何运用经典童话给它提供食粮，再依照自己的迪士尼动画公式重新塑造迪士尼童话经典。安徒生童话和迪士尼改编动画的距离有多远，都是本书尝试考察的兴趣点。此外，聚焦安徒生童话创作以外的其他作品，包括自传、游记、戏剧及小说，来探讨和发现这些文本与安徒生童话创作间的互文性关系，对于理解安徒生的创作具有深刻意义。本书尝试将安徒生研究中长期被遮蔽被误读的部分挖掘出来，让意义的丰富性得以敞开，以推动安徒生童话的研究不断走向深入。

第三节　安徒生研究现状述评

安徒生是影响中国整整一个世纪的最著名、最深刻的外国作家之一。说其著名，是因为他可算作被中国人阅读得最为广泛的西方作家，他的童话已经影响了中国几代人，亿万中国人都能叫出安徒生的名字，说其深刻，是因为其作品直接影响未成年人精神生命的成长。但是，与此相对应的是，因为对"儿童文学"的偏见，安徒生因为被算作童话作家，而遭到外国文学及比较文学研究界的集体冷遇。由此，他成为被解读得最为粗疏的西方作家之一。例如，近年来，真正的安徒生研究仅有三篇博士论文问世；20世纪90年代至今，虽然也有不少安徒生研究的成果，但是发表于国内有影响力的权威期刊的研究性论文仅有为数不多的几篇，分别是李红叶的《安徒生在中国》和王蕾的《安徒生童话的翻译与中国现代儿童文学观的建立》。尽管安徒生及其童话在中国的儿童文学研究领域也有不少关注者，但是研究缺少主流学者的参与，有现代学术意味的标志性成果很少。20世纪70年代末80年代初至今，国内学界对安徒生童话的解读主要从三方面进行。

一 儿童文学研究

100年前，作为将安徒生介绍至中国的第一人，周作人不仅认识到安徒生童话乃"欧土文学童话"之"最工"，又参照西方的评论指出其独一无二的特色——"小儿一样的文章"和"野蛮一般的思想"[①]。周作人最初引介安徒生时，显然是把他作为儿童文学作家来推出的。及至20世纪二三十年代，赵景深、郑振铎都接续了这一观点，新颖有趣的儿童故事，是他们所强调的。从20世纪七八十年代至今，从儿童文学的角度和范畴来研究和评价安徒生成为主要的趋势。1978年，在金近发表的文章《安徒生童话的成就》里，提到富于幻想是安徒生童话的最大成就。描写朴实，不把孩子看作可哄骗的对象。"感觉有一个慈祥和蔼、亲近耐心的老爷爷在给我们讲故事，他的语言是那样的朴素亲切，优美生动。"[②] 同年，于友先的论文《"要争取未来的一代"——安徒生和他的童话》特别强调了安徒生童话"争取下一代"的教育功能。"他的童话能给孩子们广博的社会生活知识和科学知识。"[③] 刘半九的《安徒生之为安徒生》提到，安徒生凭着一颗童

[①] 李红叶：《安徒生在中国》，《中国比较文学》2006年第3期。
[②] 王泉根主编：《中国安徒生研究一百年》，中国和平出版社2005年版，第108页。
[③] 于友先：《"要争取未来的一代"——安徒生和他的童话》，《河南文艺》1978年第6期。

心，在儿童身上发现了诗人。王泉根的《论安徒生童话的艺术》在20世纪80年代可以说是从儿童文学角度考察安徒生童话的一篇力作。但是他写作论文的目的很明确："安徒生对于童话孜孜不倦的追求，对于童话形式的探索以及表现手法上的独创精神，无疑是值得我们借鉴的。"[①] 在文中，他探讨和概括了安徒生童话艺术特色的四个方面，即真、新、奇、美。这是作为童话的艺术形式方面的研究。

班马的《直悟安徒生——人生阅读框架内的儿童文学位置》一文，特别提到了安徒生的儿童文学创作的典范意义，认为安徒生代表了儿童文学的文学美感性和审美情感性，认为不能以"儿童水平"替换掉"艺术水平"，安徒生为儿童文学家的身份与技艺带来警醒。20世纪90年代以后，也有不少儿童文学研究者从儿童文学及童话文体的特点等出发来评价和研究安徒生。尤其是儿童文学创作的启迪意义，如延春宁的硕士论文《安徒生童话的美学价值及其对中国当代儿童文学创作的启迪》认为研究安徒生童话的美学价值，目的在于由此学习安徒生童话中美好的思想和优雅的语言，寻求中国儿童文学在童话世界中的发展道路。时翠萍的《谈安徒生童话的叙事视角》、孔凡飞的《经历世事艰难后的本色童心——矛盾中的安徒生和他的童话创作》等，都属于从这个层面出发的研究。这类研究大致可总结为：第一，往往从童话的特殊性以及童话对象的特殊性出发，特别强调安徒生的儿童文学作家身份，以及儿童文学中表现出的美学意蕴和美育价值。第二，以儿童为对象，探讨安徒生童话的道德教育意义和励志功能。童话的读者自然是儿童，就文体特点而言，童话也是具有儿童的审美特点的。因而，以儿童文学为出发点探讨安徒生童话，的确有其合理之处。

然而如果把对安徒生的研究只放置于儿童视角之上，恐怕会造成

---

① 王泉根主编：《中国安徒生研究一百年》，中国和平出版社2005年版，第128页。

很大的偏颇。毕竟，安徒生并不是将儿童定位为他唯一的读者，"儿童性"并非其童话书写的全部内涵，比如从安徒生最初的创作动机来看，作者的书写对象并非专门指向儿童。在安徒生的自传里，也可看出，童话创作只是他幼年时代沉迷于幻想的积累的随机迸发，在写作戏剧和小说的空隙，即兴完成的，并非只为孩子们考虑。而他本人，终身未婚，没有子嗣，对孩子其实也没有特别的兴趣，他的形象不管是在自画像里，还是别人为他作的画像中，都可看到冷硬、孤独的神情，并非笑容可掬、慈祥温暖的爷爷形象。固然，安徒生最初的童话集（1835—1841年）均以"讲给孩子们听的童话"冠名，但从1843年开始，直至1872年的最后一本童话集，"讲给孩子们听的"再不曾出现于文集的标题中。可见，随着书写的展开，作者逐步有意拉开与儿童之间的距离。所以在回顾一生的童话时，他特意强调自己与儿童的关系并非如世人想见的那般亲密，"我在朗诵时从不喜欢有人站在我身后，也从来没有小孩子坐在我背上、怀里或是脚边"。必须承认的是，他的许多作品也许在情节、人物方面并不难于为儿童所理解，但背后深深包蕴着的深刻甚至称得上晦涩、神秘的主题，远非儿童可以体会的。更何况有大量的故事完全是写实的小说故事，完全摒弃了童话的基本特点。有不少故事，就是成人也未必能说得清楚它的意义所指。

在西方，对安徒生的研究很少局限在儿童文学的领域。然而，国内却把安徒生童话的研究想当然地放入儿童文学范畴。主要原因是，对童话这种文类的认识存在偏差。英文中的 fairy tales（童话，也译为仙子故事）这种文类并非专指儿童读的故事。在17—18世纪，这种来自民间口头传说的奇幻故事，被沙龙文人们改写、加工，成了沙龙文化的产物。比如格林童话《小红帽》的前身——佩罗的《小红斗篷》就是对中世纪民间口头故事的改写，最初在法国上流社会的沙龙中被讲述。沙龙是17世纪兴起于高级知识分子圈子中的一种名流社交聚会，也是文人墨客交流思想和炫耀文采的舞台。沙龙里最重要的节目之一便是说故事。故事说得好，会引来赞誉，受人尊敬。所以最初的 fairy tales 并非主要针对儿童，它是写给成人的。到了20世纪以后，才逐渐成为儿童的专属。在安徒生的自传里，他提到自己经常在一些社交场合、聚会上大声朗读他的童话故事，和国王王后的几次见面，安徒生也还是这个节目——朗读他的童话，而这些场合除去少量的家庭私人聚会，很少有小孩子出现。

另外，安徒生童话作为一个异文化文本，比较依赖于译介者的评判。译介者将安徒生介绍进中国时，已经差不多把他定位成面向儿童的童话作家了，后来的研究者很少去反思和分析。当然还有，历来的刻板印象把安徒生在国内的形象塑造为一位与孩子极为亲近的会讲故事的慈爱老人，却完全不顾及他的写作初衷和他的期待的读者。总的来说，总是强调儿童文学研究的视角，对于安徒生作为一个经典西方作家、大文学家所具有的作品的"成人意蕴"全部被忽视了。

二 放在西方经典作家位置上的研究

对安徒生真正深入的研究，显然应该把他放置在和其他西方经典作家平等的位置上进行，而不是把他拘囿在儿童文学作家的一个头衔上。因为童话的光芒而掩盖了其作为一个欧洲浪漫主义时代卓越作家的身份，这对安徒生是不公平的。另外，从这一起点出发，安徒生的童话才有可能获得更为深入的解读与阐释，他的其他文类的作品才有可能受到更多人关注，进入研究视野。从这一基点出发的研究者多能够从文化、审美、伦理、艺术修辞等方面，结合书写者的个人经历及性格，对童话文本进行更为文学性的阐释。此类研究从20世纪八九十年代开始，有了较大进展，取得了许多成果，其中具有代表性的论文主要有：韦苇的《对安徒生及其童话的再认识》、潘延的《安徒生后期童话试探》、潘一禾的《安徒生与克尔凯郭尔——安徒生童话的成人读解》、赵霞的《死亡：断层与永恒——以安徒生三则童话故事为例》等。但是，纵观这些研究成果，还是具有明显的局限性。

首先，大部分的研究中，对安徒生童话进行现实主义的套解，成为习惯。以叶君健为代表，大量研究者采用传统的社会历史批评方法，充分彰显了安徒生童话的现实主义因素。比如韦苇在《安徒生童话温暖的人道主义及其他》一文中，提出"安徒生生活的时代背景和他所处的社会地位，决定了他的创作思想是人道主义"，"安徒生站在同情劳动人民不幸遭遇的立场上，愤怒地鞭挞和揭露社会的黑暗和丑恶"[1]。其中，发表于2001年的潘一禾的《安徒生与克尔凯郭尔——安徒生童话的成人解读》是一篇不同于以往的研究论文，能够比较深入地从经典作家角度解读安徒生。论文指出在对安徒生童话进行成人解读时，除了时代背景和作家的个人经历与抱负外，克尔凯郭尔式的哲学思想和世界观更是一个值得重视的参照。"克尔凯郭尔曾对浪漫主义式的理想主义和黑格尔理论中的'历史观'表示怀疑，认为我们每个人不仅是时代的产物，而且是独一无二的个体。"[2] 主动让个体献身时代洪流的理想主义很可能会抹杀个人对自己生命所应负的责任。文章从"豌豆上的世界""言说的困难""信仰的境界""想象的证明""各有各的幸福"几个方面来分析安徒生童话中对克尔凯郭尔哲学思想的文学表达。唐均、杨天舒的论文《安徒生"海的女儿"文学形象原型考析》也具有一定学术价值，论文从神话意象上考察了安徒生童话《海的女儿》中的小美人鱼形象的渊源。从斯拉夫神话的水仙女到近现代欧洲文艺作品中鲁萨尔卡、温蒂娜等艺术形象，揭示出这一神话意象在经历文人有意识的再创作之后的变化——对关键母题"下凡"和"归仙"的阐发。赵霞的《死亡：断层与永恒——以安徒生三

---

[1] 韦苇：《安徒生童话温暖的人道主义及其他》，《烟台师范学院学报》1986年第1期。
[2] 王泉根主编：《中国安徒生研究一百年》，中国和平出版社2005年版，第259页。

则童话故事为例》一文，以安徒生三则童话故事为基础文本，分析了其中并置的梦与死亡意象及其表现方式、内在关系和深层蕴涵，认为死亡意象在安徒生的童话故事中不仅仅被表现为生命的断层，更是导向永恒的契机，而死亡前的梦境则促成了这一契机的实现。同时，生存与死亡之间的不平衡性也使安徒生的童话故事于矛盾中呈现出微妙的张力。以上几篇论文都有一定的学术价值。

另一类研究，多属于印象式的感悟类批评。作者侧重书写自身的审美经验和体悟，多见于对单篇童话故事的赏析式文章。如汤锐的《经典的爱，高贵的爱》、黄云生的《从海洋走向陆地——读安徒生童话〈海的女儿〉》、高洪波的《优美深邃的童话——〈丑小鸭〉简析》、竺洪波的《〈丑小鸭〉：自卑者的一帖药》等。这一类文章更侧重主观的阅读感受，作为文学研究，较为缺乏学理性。

缺乏整体性和系统性的深入研究。近年译介领域的进步使得国内获得了安徒生生前所有童话的译本。若把《没有画的画册》三十三篇单算，安徒生童话总数多达两百篇。但目前已有的研究成果，多把研究对象限定在广为人知的个别篇章，大量的研究文章都反反复复针对这些传播较广的名篇，如《海的女儿》《丑小鸭》《卖火柴的小女孩》《皇帝的新装》等早期童话，那些更具艺术深度的作品如《冰姑娘》《白雪皇后》《雏菊》《没有画的画册》《树精》等却很少得到研究者的关注，这种视野的局限必定会影响对安徒生童话全面深入的认知。因为对安徒生童话中宗教因素的刻意回避，使得一些安徒生童话里的名篇因为含有宗教哲学内涵，而被完全漠视，比如《母亲的故事》《天国花园》《墓里的孩子》《沼泽王的女儿》《聪明人的宝石》等。

此外，相较于同等地位，甚至次等地位的西方作家，外国文学视角的安徒生研究之专著明显不足，较具影响的论著仅有浦漫汀的《安徒生简论》（1984）、易漱泉的《安徒生》、王泉根主编的《中国安徒生研究一百年》、孙建江的《飞翔的灵魂：安徒生经典童话导读》。

浦漫汀的《安徒生简论》是第一部较为系统的研究安徒生的专著。该书系统地梳理了新中国成立至20世纪80年代中国安徒生研究的景况，全面分析了安徒生童话的思想内容与艺术成就，涉及100多篇童话作品，评析的对象远远不止几个名篇。同时附录了赵景深和郑振铎的相关研究文章及较为全面的安徒生及其童话"评论、研究资料"索引。囿于时代的局限，《安徒生简论》沿用社会批评的范式，侧重强调作品与作家性格、时代背景的联系，强调安徒生作为无产阶级的身份，在研究模式上显得陈旧。易漱泉著的《安徒生》代表了中国自新中国成立以来到20世纪八九十年代对安徒生的主流接受状况。书中指出安徒生童话的思想内容主要有：揭露和讽刺统治阶级；热情歌颂劳动人民；反映下层人民的苦难和不幸；并指出安徒生作品中的消极因素是相信上帝，有宿命论思想。该书在20世纪八九十年代曾有广泛影响。王泉根主编的《中国安徒生研究一百年》精选了48篇安徒生研究论文，时间跨度从1913年至2003年，历时90年，包括部分台湾的研究成果。为读者全面展示了安徒生进入中国九十年的接受面貌，为安徒生研究者提供了翔实的参考资料。

另外，童话以外的安徒生作品研究，在国内尚属一片盲区。2005年之前，囿于翻译的落后，除了童话，国内只有少量安徒生传记的译本，其他像戏剧、游记、小说并无中文译本，所以无人关注也在情理当中。但是2005年，在安徒生200周年诞辰之际，安徒生其他文类和艺术形式的作品（包括诗歌、戏剧、小说、游记、剪纸艺术等），都有部分被介绍过来。如中国文联出版社相继出版了一系列译作：安徒生自传《我的童话人生》的新版本，游记的代表作《诗人的市场》，长篇小说的佳作《即兴诗人》及《奥·特》。2010年，人民文学出版社又出版了翻译家林桦先生的最新译作《安徒生自传》的全译本。西方学者从新角度撰写的传记，如斯蒂格·德拉戈尔的《在蓝色中旅行：安徒生传》也被译介过来等。极为重要的资料《安徒生日记》的中译本也已经在台湾出版。可以说近十年，安徒生童话以外的其他作品已在国内有了读者，研究者却悄无声息，并无跟进。此外，随着互联网络的广泛应用，当今的学界也开始迎来全球化信息共享的时代。许多安徒生研究的英文专著、论文，以及安徒生书信的英译本，都可以通过搜索引擎获得，但是却未见国内研究者对其加以利用。因而有理由认为，学界对安徒生的认知仍然存在许多增长点。

三 比较文学研究

随着比较文学的学科发展，从比较文学的研究角度观照西方作家作品在中国的传播，以跨文化的角度重审经典作家，或是以比较文学形象学的视角对作家作品予以关注，都成为研究热点。众多西方经典作家被放在比较文学的视域下，获得了新的研究空间。

对安徒生的比较文学研究，代表性的论文成果主要有：李红叶的《安徒生童话：中国现代儿童文学之源》和《安徒生童话在五四时期》等，专著有：李红叶的《安徒生童话的中国阐释》。《安徒生童话的中国阐释》出版于2005年，安徒生一百周年诞辰之际，作者运用比较文学理论与方法论，立足安徒生童话作为一个异文化文本在中国的传播，总结九十年来中国文化语境对安徒生童话在不同时期的接受与阐释，以及安徒生对中国现当代儿童文学的建构具有的启迪作用，对中国儿童文学的发生、成长的重要作用。该书关注的焦点在于：异质文化文本进入本土文化后，如何与本土文化在相互运作的过程中生成新的意义与新的文本，即影响研究。书中也对安徒生在国内研究领域遇到的冷遇做了分析，提出把安徒生童话放在"大文学"的框架之下，是未来安徒生研究的方向。该书的资料收集极为详尽，甚至对台湾的安徒生研究亦辟专节论述。客观地说，此书亦为本书的撰写提供了较好的资料基础。

由于安徒生在自传及童话中对于中国的兴趣时有流露，故而安徒生与中国的关系、安徒生作品中的中国形象及中国想象，引起了比较文学研究者的注意。在这方面的研究有：林群的《浅析安徒生童话里关于中国人的描写》、王珊的《〈安徒生童话〉中的中国形象》，以及李晓静的硕士论文《安徒生童话里的中国》。上述论文大都运用比较文学形象学的理论，对安徒生童话中呈现的中国人和中国想象进行了分析，但是由于过于注重理论与文本的吻合及对号入座，而不能全面地分析与阐发安徒生的中国形象。彭应翃的博士论文《论安徒生童话里的"东方形象"》则为如何从比较文学形象学的角度解读安徒生的异域想象，提供了较好的范本。作者特别关注到了东方是安徒生在童话创作里甚为青睐的书写对象，在其童话全集中，有近三分之一篇章包含程度不一的东方想象。安徒生对东方的浓厚兴趣受到其所处的亚文化语境的影响，也与其独特的人生历程、气质性情等密切相关，安徒生笔下"东方形象"得以避免落入同时代作品中常见的套话化之窠臼，呈现出含义多元化之特征，体现了作者超越文化偏见的世界主义情怀。这种世界主义情怀还表现为童话与东方文学经典《一千零一夜》的内在关联。在论文中，作者打破了死板硬套理论的习惯性做法，将理论策略自然地运用到了批评实践中，是近年来研究安徒生不可多得的优秀成果。

四 台湾地区及国外的安徒生研究

20世纪90年代以前，台湾地区的安徒生研究相对滞后，缺乏系统的研究，比起中国大陆出现以叶君健、蒲漫汀、易漱泉、陈伯吹、金近、韦苇为代表的研究群体，较多数量的论文、系统性的专著，中国台湾地区的研究较为零散。但也并非空白，代表性的研究者有苏尚耀和彭震球。他们以《儿童读物研究》和《儿童文学周刊》为园地，发表了一系列的研究文章。如苏尚耀的《安徒生和他的童话艺术》《安徒生的童话原则》，彭震球的《安徒生的想象世界》《安徒生童话题材》等。

值得一提的还有,台湾地区的蔡尚志教授,苦于台湾地区没有译自丹麦语的安徒生全集译本,他专程来北京拜访了安徒生童话权威译者叶君健先生,将叶君健先生的安徒生童话全集全译本引进台湾地区,结束了台湾地区读者长期以来译自英文版、日文版的格局。台湾地区的安徒生研究是中国安徒生研究的一部分,由于资料有限,在这里只是做一些简单的总结。新中国成立以来,中国大陆的安徒生研究主要侧重强调安徒生童话的人道主义精神和现实主义精神,而台湾地区的安徒生研究大多更加关注安徒生童话的艺术本体特征。安徒生童话具有明显的宗教意识,大陆20世纪80年代以后才对这一特征不再刻意避讳,台湾地区的研究能以更自然的态度理解安徒生童话里的基督教精神。林盛彬的《论安徒生童话的崇高美学》一文提到"安徒生的美学思想基于基督教,突显的是一种博爱、温柔敦厚的人性,以及对生命的尊崇"[①]。文章从"人性之美""生命的崇高意识"两个方面探讨安徒生童话中的崇高美学。认为安徒生的崇高意识来自对人类灵魂的尊崇,而人类灵魂中最崇高的部分就在于人有爱人与追求至善的能力与渴望。论文举了大量安徒生童话里的例子,来强调安徒生基于爱与真的美学思想,有爱与真,则有善与美。另外,台湾地区的研究非常注重将安徒生童话放置在西方文学的民间故事传统当中进行考察,从而发现安徒生创作与欧洲民间文化的互动关系。其中,邓名韵的《重看安徒生——解读安徒生故事的历史意义》是这方面做得比较出色的例子,细致地探讨了安徒生童话对民间故事的继承与创新,对安徒生故事中常见的主题和人物进行了图表式的分析,研究方法比较新颖。

《丹麦安徒生研究论文选》的主编,安徒生研究中心主任约翰·迪米留斯曾在20世纪90年代谈到,他认为世界范围内的安徒生研究,相对而言,仍然是丹麦学者做得最为深入。实际上不仅是丹

---

① 王泉根主编:《中国安徒生研究一百年》,中国和平出版社2005年版,第303页。

麦，西方其他国家的研究者因为语言的便利、资料的丰富、文化的天然相近，而有着更为便捷的研究环境，所以在研究视角的丰富性方面、研究内容的深度和广度方面达到了较好的水平。除了对安徒生童话文学性的关注、更多比较文学的影响研究或平行研究，尤其对跨文化影响的考证都比国内的研究更具创新性，很值得我们借鉴。西方的安徒生研究还有一些国内较少用到的研究视角，如从译介学的角度进行研究，从比较文化的角度出发来对翻译和翻译文学进行研究。因为国内学者大多不懂丹麦语，所以很难从译本翻译的角度来研究。西方其他国家则有更多的学者从译介与接受的角度去研究。

另外，传记学研究在国外的安徒生研究中也较为常见，国外研究者善于利用文化资源的便利条件，根据安徒生其他文类的作品，如自传、信件、小说、新闻等，提炼出关于安徒生在日常生活、社会交往、个性气质等方面非常个人化的重要信息，将其与文学创作进行链接进行整体的细致梳理。

第二章 安徒生童话中的生态思想内涵

第一节 生态批评概述

20世纪以来，全世界范围内生态环境急剧恶化：全球变暖，海平面持续上升，暴雨、台风等自然灾害频发，土地严重沙漠化，淡水日趋匮乏，物种加剧灭绝……人的生存境遇面临着前所未有的挑战，一场日趋严峻的生态危机开始蔓延全球。伴随着日益恶化的生态危机和生存危机，生态思潮越来越波澜壮阔。生态的思考（wcological thinking）和生态的理解（ecological understanding）成为普遍采纳的思维方式，从生态的角度探讨问题，成为人文和社会科学研究的重要趋势。"人文社会科学几乎所有的学科都建立了与生态相联系的新的交叉学科。"[①] 不少思想家预言：鉴于人类所面临的最严重、最为紧迫的问题是生态危机和生存危机问题，21世纪必将是生态思潮的时代，在蔚为大观的生态思潮中，生态批评（ecocriticism）这一支流特别壮观。

---

① 王诺：《欧美生态批评研究》，博士学位论文，山东大学，2007年。

一 生态批评的发端

生态批评最初发端于美国。20世纪70年代，一些零散发表的关注自然生态的文学作品和分析自然主题的学术文章，昭示了生态批评作为一个文学理论流派的开始。1974年，美国学者约瑟夫·密克尔出版了专著《生存的喜剧：文学生态学研究》，提出了"文学的生态学"这一术语。密克尔本是生物学专业，故而提出了"对出现在文学作品中的生物主题进行研究"[①]，主张批评应当探讨文学所揭示的人类与其他物种之间的关系，要去发现和关注文学对于人类行为和自然环境的影响。书中，作者首次尝试从生态学的视角审视那些伟大的文学经典。1978年，美国学者威廉姆·鲁克尔特将生态学和生态学有关的概念引入文学研究，首次使用了"生态批评"这一术语，提倡将文学与生态学结合起来，强调批评家必须具有生态学视野。随后的20年间，西方生态批评迅速萌芽并成长起来，在大学，环境文学作为单独的课程开设起来，耶鲁大学则面向所有年级提供生态文学的选修课程。当然，"环境文学"主要指"自然写作"，"自然写作"与美国的"西部文学"有重合部分。生态批评以一个流派的身份得以确立是在20世纪90年代中前期。1992年，一个国际性的生态批评学术组织"文学与环境研究协会"在美国内华达大学正式成立，该大学环境艺术与人文中心主任斯洛维克担任第一任会长。学会的宗旨是"促进有关人类和自然世界关系的文学思想与文学信息的交流"，"鼓励新的自然文学创作，推动传统的和创新的研究环境文学的学术方法以及跨学科的生态环境研究"。该学会为生态批评在世界范围内的传播创造了条件。这一理论形态的产生有着时代的必然，它的现实催生素是全球生态状

---

① Joseph W. Meeker, *the Comedy of Survival: Studies in literary Ecology*, New York: Scribner's, 1972, p.9.

况的日益恶化，理论催生素则是生态哲学思想。它通过考察当代世界自然环境和文化环境的生态失衡，透视现代人类的思想、文化等诸多复杂问题。

二 生态批评的内涵及意义

如今，生态批评经过几十年的发展，由刚刚兴起时的边缘地位到如今文论界的一大显学，其内涵也日趋丰富和复杂化。从最初的关注"荒野"与自然，发展到从"非自然"的社会文化环境中发现自然与文化的交叉与互动，把人类与自然世界看作一个整体。人类文化影响自然世界，同时被自然世界影响。生态批评的主题就是自然与文化的相互关系。生态批评立足于生态哲学整体的观点、联系的观点，将文化与自然联系在一起，解释生态危机本质上是人类文明的危机、人性的危机、想象力的危机。其理论内涵以生态学的角度重新评价和阐释文学作品，开掘文学文本中蕴含的生态意识和生态智慧，批判渗透着人类中心主义的反生态观念，重新建构文学经典。其根本目的就是，通过文化变革，使文学研究向自然转向、向地球转向、向生态意义和生态审美转向。

生态批评打破了根深蒂固的以人为中心的狭隘观念，使强烈的环保意识以及人与自然应该和谐相处、共荣共生的观念，开始不断深入人心。这对优化人类生存环境，反思与克服社会文化发展途中——特别是工业文明中，因对自然的一味征服和为我所用导致的生态危机，都将起到十分重要的作用。这是生态批评意义中最根本、最关键的一条，它的实践性、社会性效应将随着这一批评的持续进行而日益深刻地显露出来。生态批评开拓了文学批评的新话语。人与自然、文化与自然的关系审美与再现，虽然是中外文学中从古至今都在涉猎的内容，但是在生态批评兴起之前，在传统的文学批评中，却一直将其置于边缘的位置，甚至是忽略不计。"文学是人学"的批评理念和思维定势，使得作者在作品中显示出的自然观、对自然的描写与歌颂，很难引发批评者特别的兴趣与关注，充其量也只是作为人物活动的背景被论及。然而，生态批评的兴起却把自然从审美的边缘提升到了主流位置，这不能不说是文学史上的一场革命，它对文学批评领域的有力拓展，纵使怎么褒扬也是不为过的。生态批评的兴起使人与自然的主题迅速升温成为时代的热点话题。生态批评理论给生态文学的创作与发展提供了坚实的理论支持；生态批评实践所激活的生态意识，既使具有忧患意识的作家们把创作生态文学视为时代赋予自己的历史使命，积极投身其中，也改变着读者的阅读趣味和接受心理。作家对生态文学的创作使得读者在品味文学作品的同时，开始将目光转向更为广阔的世界，唤起读者对现实生态危机的关注与思考。在读者与作者的相互促进之下，生态文学必然会获得一个良好的发展空间，而生态文学的良性发展，必然会带来更广泛的群体对生态问题的关心，从而推动生态批评向纵深发展。在生态批评的号召之下，启迪更多人回望人类的历史，从中发掘各民族文化中积淀的丰富而宝贵的生态资源与生态智慧，为解决当下的生态困扰和生态危机寻找有力的解决途径，为人类世界的可持续发展贡献必要的力量。

"生态批评并非将生态学、生物化学、数学研究方法或任何其他自然科学的研究方法用于文学分析。它只不过是将生态哲学最基本的观念引入文学批评。"[1] 生态批评的理论基础是生态哲学思想，它是生态文学批评的理论起点和依据。生态批评对于人类中心主义的批判和科学主义的怀疑，克服了20世纪西方文论的两大主潮人本主义和科学主义忽视生物圈的盲点。生态批评具有天然的开放性与包容性。事实上，生态批评作为一种文化批评立场，它一脚踩在文学之中，另一脚则踏在大地上；作为一种伦理话语，它在人类社会和非人类自然界

---

[1] 王诺：《生态批评：发展与渊源》，《文艺研究》2002年第3期。

之间协调。

生态批评为文学批评、美学研究和文学理论研究打开了新视角、开拓了新领域、提供了新课题、输入了新的发展动力。"生态批评最大的贡献是给文学研究带来了整体上说是全新的理念——生态哲学的理念、生态美学和生态文艺学理念,并赋予文学批评它应当担当的自然使命和社会使命。"[①] 因此,生态批评研究对整个文学研究具有重要的学术价值。生态作家、生态批评家、生态美学家虽然不能直接参与具体的生态治理实践,但他们却能够为挖掘乃至铲除生态危机的思想文化之根做出贡献,为普及生态意识、建设生态文明、构建环境友好型社会做出贡献。

三 生态批评在中国的发展及其意义

20世纪90年代,作为一种文学和文化批评,生态批评(Ecocriticism)在中国兴起,成为全球跨文化对话与边缘批评的一支生力军。1999年,《外国文学评论》第4期发表的司空草的《文学的生态学批评》一文,标志着生态批评理论在中国的正式传播。此后,这一理论迅速走入我国学人的文学批评和创作实践中,从生态批评的基本内涵、对象范畴、精神实质及理论意义,生态批评的发展渊源、研究现状与未来走向等多种视角,展开了极富学术价值和思想价值的思考与研究,从而促生了一大批见解独到、更新或改写了传统批评话语和观点的文学研究成果。在输入和评介西方生态批评重要学术资源的过程中,实现了国内生态批评与世界同步发展的可能,同时也极大地促进了中国生态文学的发展。

生态批评话语的建构是中国生态批评发展的一个标志性成果。首先,在中国生态批评话语的建构过程中,具有奠基意义的两部著作:

---

① 王诺:《欧美生态批评研究》,博士学位论文,山东大学,2007年。

走出儿童文学拘囿的安徒生研究

一部是鲁枢元的《生态文艺学》，另一部是曾永成的《文艺的绿色之思——文艺生态学引论》。鲁枢元是最早倡导文学的生态批评的人物之一，是第一个将"生态文艺学"作为当代文艺学的分支学科来建设的学者。2000年，鲁枢元出版了《生态文艺学》，在这本专著中，他提出了"生态学的人文转向"[①]这一具有开拓意义的论点和"后现代是一个生态学时代"、重建生态乌托邦等重要思想，还对生态文艺学学科创立的一些重大问题，如生态文艺学的基本内涵、生态文艺学的学科精神、生态文艺学的研究方法等进行了集中探讨，并以生态文化的批判意识反思人类文明，通过对文学艺术与自然生态、深灰生态、精神生态关系的深入分析，提出了"低物质能量的高层次运转"的新颖研究课题，高瞻远瞩，令人耳目一新。

曾永成的《文艺的绿色之思——文艺生态学引论》是为响应全球生态浪潮和文艺学转向而撰写的一部力作。该书以马克思的"自然向人生成"为逻辑起点，从文艺与人类及世界的生态关联着眼，以一种生态世界观看待文艺，在纷繁复杂的文艺现象与观点背后发现一种统一的内在秩序，既着眼于生态文艺学整体框架的建构，又工笔于细部。此外，他还发表了论文《从生成本体论到人本生态观——对马克思"自然向人生成"说的生态哲学阐释》《生态学化：文艺理论建设的当代课题》和《精神的本体性及其在人性生态中的意义》等，主张以生态为参照系建立新理论时，不能否认人类在价值关系系统中的终极主体地位。他认为"人类中心主义的现代性观念把任何自然对立起来固然后果严重，否认人类在价值关系系统中的终极主体地位也匪夷所思"[②]。这样一种"以人为本"的生态观，对于彻底的反人类中心主义还是持保留意见。王诺于2003年出版了《欧美生态文学》，对欧洲

[①] 鲁枢元：《生态文艺学》，陕西人民教育出版社2000年版，第24页。
[②] 曾永成：《生态学化：文艺理论建设的当代课题》，《成都大学学报》2002年第3期。

第二章 安徒生童话中的生态思想内涵

和美洲的生态领域的现代文学进行研究，论述了生态文学的思想资源、生态文学的发展进程，以及生态文学的思想内涵。这部著作给生态文学的研究及生态批评的实践运用提供了范例，为生态批评作为一种文学研究视角，提供了具有启发性的尝试。曾繁仁先生的《生态存在论美学论稿》共收入作者自2001年至2009年间写作的有关生态美学研究的文章39篇，他在书中积极倡导建立一种宏阔的开拓建设的生态存在论审美观。生态美学是一种人与自然、社会达到动态平衡、和谐一致地处于生态审美状态的存在观。他认为解决生态危机最重要的不是技术问题和物质条件问题，而是必须确立一种应有的态度即坚持"非人类中心主义"来对待自然环境问题，从根本上改变人类的生存状态，营造美好的人类家园。2010年，王诺又将自己的最新研究成果以专著形式出版，题为《生态批评与生态思想》，本书以生态批评的困惑与解惑为出发点，全面梳理了生态批评的主要任务、生态的发展观、摈弃人类中心主义的必要性、生态整体主义思想的发展、生态审美的原则等，并插入了众多思想家、学者和作家的大量观点和作品片段予以述评，具有一定的学术史意味，展现了生态批评在21世纪发展十余年的最新成果。

除了对生态批评理论体系化的研究，中国传统文化经典中丰厚的生态文化资源为生态批评在中国的广泛传播奠定了坚实的哲学基础，对中国本土文艺资源进行发掘，成为生态批评在中国的发展中必不可少的一环。古代中国人"天人合一"的传统思维模式，注重人与自然间亲和关系的审美态度，融入了日常生活的生态立场，甚至小国寡民自给自足的经济方式，都属于可借鉴利用的生态思想资源，甚至有学者提出，中国文论的发展可以依凭生态批评的崛起，走向平等参与世界文论对话的轨道。这方面的代表有王先霈的《中国古代文学中的"绿色"观念》一文，发表于《文学评论》1999年第6期。在这篇论文中，作者从中国古代诗文和文论有关绿色的吟咏、描写和论述当中，梳理和提炼出了东方的绿色思想及哲学基础，认为它们都有主张人善待自然，与自然和谐相处、互养互惠的传统，这与近百年来人们普遍尊奉的向大自然索取的思想有明显区别。而张皓的《生态文艺：21世纪的诗学话题》[①]，对中国源远流长的生态文艺传统进行了纵向梳理，指出从古老的《周易》《诗经》和乐府民歌，用淳朴的语言歌咏人与自然的相依共存，到《庄子》和《楚辞》中渐趋明朗的自然生态意趣，直至唐代诗人的山水田园诗和明清小说笔记中描绘人与自然交往的故事，都表现了人与自然的和谐相处。除此，还有不少论文通过个案研究，如《陶渊明的人文生态观》[②]《中国诗人杜甫的生态观》[③]等，发掘中国文化传统中的生态思想资源。

生态危机的日趋严重、传统文化的厚重积淀、文学批评理论话语更新的需要等共同促成了西方生态批评理论在中国的传播与发展。中国生态批评的兴起为我国学者平等参与世界文论的建构提供了一次绝好机会。

四 生态批评面临的问题及前景展望

生态批评作为在西方兴起的理论话语，虽然在中国获得了迅速而有力的传播，取得了相当程度的发展，但仍旧面临诸多问题和挑战，就目前看来，问题大致有以下几个层面：

首先，如前所述，发端于美国的生态批评，至今已走过几十年的历程，在西方，关于生态批评的研究成果相当卓著，论著、论文层出不穷。如果吸收利用好这些宝贵的外来资源，对于促进生态批评的中西对话，具有重要意义。但是就国内的译介工作来看，中国学者对西方生态批评的部分最新研究成果的译介力度仍显不足，单篇译介成果

---

① 张皓：《生态文艺：21世纪的诗学话题》，《武汉教育学院学报》2001年第2期。
② 王先需：《陶渊明的人文生态观》，《文艺研究》2002年第5期。
③ 张皓：《中国诗人杜甫的生态观》，《江汉大学学报》2002年第1期。

第二章 安徒生童话中的生态思想内涵

较多,而论著译介则相对较少,同时,因个人偏好以及对生态批评的不同理解,而出现译介成果不够多元,呈现为某一种单一的倾向。现有的译介成果中,往往过于强调自然写作研究,以至于使读者对生态批评的研究对象产生误解,带来困惑,造成对生态批评的误读,把本身多元而具有包容性的生态批评拘囿在一个狭隘的认识空间。还有译介时间上的滞后,大大影响了国内学界与西方平等交流的质量。以上种种对于我们全面、系统、准确地把握西方生态批评理论的进程及发展态势带来了明显的制约作用。

其次,生态批评的视域需要进一步拓宽。虽然当下的生态批评已经从最初的只关注生态题材本身,扩大至关注文学作品所呈现的人与自然的关系、作家的自然观等,但由于生态批评是一种文化批评,所以应将其置于更广阔的文化视野中去。强化生态文艺学的社会批评功能,以引导和激发更广泛的创作实践。在这一方面,批评实践和理想的批评状态之间仍然存在着很大距离。实际上,真正成功的生态书写也并不多见。创作大多数着眼于揭露生态环境的被破坏,自然界报复人类的恐惧感、危机感,停留在较浅层次的阶段。而中国生态文学在创作实绩方面的开拓与提高,还需要生态批评理论的快速跟进,需要生态批评的现行引导,生态批评的实践应该着眼于更宽泛的范畴,而不仅仅局限于自然写作主题的作品,对于写作都市和体现现代性的作品,生态批评仍然可以介入进行批评实践。另外,对于中国传统文化中的生态资源的发现和开掘,还远远不够,如何运用中国传统文化中的生态智慧来建构中国生态批评的理论体系,是一个尚未解决的问题。中国古老文化传统中的生态内涵如何用现代理论话语进行传递和表达,以期达到与西方生态批评平等对话,应该是现在亟待解决的。如何辩证地看待国内文化资源,在开掘传统文化中生态资源和生态智慧的同时,也重新审视那些反生态的部分,进行反思与重建,这都为以后的研究提出了问题。

最后，努力创造有中国特色的生态批评话语。目前，在具体的批评实践中，容易出现大量照搬西方生态批评理论话语的现象，西方生态批评的话语未必完全适合中国国情和文化土壤，故而，在批评实践中难免会有生搬硬套、断章取义的缺陷。理想的中国生态批评，应该是在拿来的基础上，有所借鉴和创造，使西方生态批评在本土化的过程中，完成与本民族丰富的生态话语资源的有机融合，从而使之成为中国大地上极富生命力的一种文学批评。本土化的实现绝非一朝一夕可以成就的，需要付出极大的努力，但是这又是必须完成的一种转变，只有如此，中国的生态批评才能不断发展、壮大，最终趋于成熟。

在具体的实践中，重审和重评传统文学，也是生态批评的一个重大任务。"重审和重评的最终目的，是要寻找生态危机的思想文化根源，是要促使人们形成并强化生态意识，推动人类的文化变革，推动生态文明建设。"[①] 王诺提出，重审的直接目的是要揭示经典作品以往被人们忽视然而又确实存在的生态思想，要对反生态的文学作品进行生态角度的批判；重审和重评的间接目的是要推动学界对文学发展史做出整体性的重新评价和重新建构，推动人们建立起生态的文学观念和生态的审美观念。在西方世界，对文学经典的重审，已经成了生态批评的重要实践内容。从总体上看，直到20世纪60年代，西方文学的主流是非生态的文学，而且许多十分著名、影响深远的作家和作品还是反生态的。对此，西方的生态批评家们曾做了大量的梳理和总结。不可否认，许多文学经典的思想都是很复杂的，可能一方面有着明显的生态内涵，一方面却流露出反生态和非生态的观念。从生态视角重审和重评文学经典将是生态批评未来的一大方向。

---

① 王诺：《欧美生态批评研究》，博士学位论文，山东大学，2007年。

第二节　对人类中心主义的解构

将安徒生童话放在生态批评视域下就可发现，文本中潜藏着十分丰富的生态思想内涵，发现这一点，探讨这一点，对全面、准确地理解安徒生的创作意义重大。安徒生童话对于自然的情有独钟，对于天地万物生灵的一视同仁，借了童话的外衣，表现得至真至纯，运用生态批评的视域检视，则会别有洞天。

作为后现代批评流派的生态批评，拓展了文学研究领域，使其进一步向外转，把触角伸向了人类社会之外的、长期以来一直被人类遗忘的自然界，第一次把矛头指向了长久以来被人忽略的人类中心主义，并对这一观念加以解构，借用它来检视文学作品，人类得以跳出自身的圈子，放眼整个地球生态系统乃至整个宇宙。安徒生童话作为经典的文学作品，其中蕴含了强烈的反人类中心的思想意识，它走出了人类中心主义的藩篱，把目光投向人类之外的其他生命，并对它们加以深情观照，生命平等精神在安徒生童话里无处不在。

生态批评是现代生态学在文学批评领域内的反映，现代生态学产生于反思现代文明所造成的人与自然、物质与精神割裂的背景之下。与现代工业文明价值观相反，现代生态学所持的是一种自然生态价值观。它主张宇宙、自然和人类社会的有机统一关系。这种统一并非如传统价值观，把人类社会的发展看得最为重要，以人的实际利益作为价值的衡量尺度，而是要求人类超越工业文明的狭隘利益观，以一种系统、整体论的眼光，承认并尊重自然界中的各种生命以及非生命体所具有的内在均等价值，以达到人与自然的协调发展。因而，它是与现代工业文明价值观迥然不同的一种崭新的理念，它把自然的价值提升到与人类的发展同等重要的位置。由此对人类中心主义首次提出了质疑和挑战。

人类中心主义由来已久，它在人类历史上曾经发挥了重要作用，使人类建设了高度发达的物质文明，促进了人类的发展和社会的进步。但是，随着当今生态危机的日益加剧，从现代生态学角度重新审视文化，进行文化反思，人类中心主义则作为引发生态危机的罪恶根源被放置在了审判台上，倡导确立一种新的生态观，实现人与自然的和谐发展，就是要从根本上挑战人类中心主义，走向一种绿色经典。人类中心主义把人所具有的某些特殊属性视为人类高于其他动物且有权获得道德关怀的根据。那么，像道德自律、使用文字这类能力，动物虽然没有，但许多人也不具有，为何后者就是"道德顾客"而前者却被排除？如果我们在道德上可以对智障儿、老年痴呆患者与正常人一视同仁，那么动物为何得不到道德的这片祥云的惠顾？通过这样的反证可以得到的结论是，具有某些生物学特征与有资格获得道德关怀之间并无必然联系，而且我们可以看出，以上述错误的逻辑起点进行推论，很容易就能建立起与之类似的男权中心主义、西方中心主义的思维框架。

哲学家霍尔巴赫写道："人必然使自己成为全部自然界的中心；事实上他只能按自己的感受来判断事物；他只爱自以为对他生存有利的东西；他必然恨和惧怕一切使他受苦之物；最终他称……一切干扰他机器的为混乱，而他认为，只要他不遭遇不适应他生存方式的东西，一切就都'正常'。"[①] 根据上述思想，人类必然确信整个大自然系为他所造，自然界在完成它的全部业绩时心目中只有人，或不如说，听命于大自然的强大因果在宇宙中产生的一切作用都是针对人的。

在这里，我们可以看到从生物逻辑向价值论意义上的人类中心主

---

① 曾建平：《自然之思：西方生态伦理思想探究》，中国社会科学出版社2004年版，第67页。

义推演的过程，需要解构的正是这关键的一环。如果人的确是有优越性的，那么其优越性正在于人能够建立超越自我中心的世界观。这应该是非人类中心主义立论的基础，同时也应是环保实践和生态文学共同的最终选择。

一 人类中心主义意识下的异类悲剧：《海的女儿》

《海的女儿》向来被人称颂为一曲人本主义的颂歌，小人鱼向往人的灵魂；人间的生活，不惜付出难以想象的惨重代价。事实上，表层是对人的颂歌，人鱼向往人的爱情、人的灵魂。深层则是人鱼作为比人低下的物种，永远都不可能与人获得真正的平等，人鱼有着比人更为高尚的灵魂，它对于人类的爱，使得它宁可牺牲自己也不会伤害到人类。所以《海的女儿》是人类中心主义意识下的异类悲剧。其深层内涵是反人类中心，是对人类中心主义的批判。在人类中心主义的观念统治下，其他物种只能是比人类低级的物件，小人鱼的人间悲剧就来自不同物种间不可弥合的裂隙。人类中心主义这种价值观是在历史的发展过程中逐渐形成的，"随着欧洲文艺复兴时代的萌芽，近代人类中心论产生了，从培根发出'命令自然'的第一声呐喊，到笛卡尔的'使自己成为自然的主人和统治者'的豪言壮语，到康德的'人是自然的立法者'等，都标志着一种新的人类中心论——近代绝对人类中心论的诞生"[①]。《海的女儿》在深层结构上颠覆了这种人类中心论的价值观。

安徒生创作的《海的女儿》与他此前创作的诗剧《雅格涅特和水神》关系密切。它取材于一首古老的丹麦民歌，讲述的是少女雅格涅特与水神之间的婚恋悲剧：雅格涅特与水神相爱，随水神在海底生活

[①] 陈茂林：《质疑和解构人类中心主义——论生态批评在文学实践中的策略》，《当代文坛》2004年第4期。

8年，后因思念人间生活执意撇下丈夫和孩子返回尘世，但人间的巨变更令她无所适从，最终怅然死于海边。《海的女儿》即其续篇——讲述雅格涅特儿女们的故事，然而在相当程度上我们又不能将它完全视作续篇，因为在欧洲有着孕育这类故事的关于水中精灵和尘世凡人之间爱情传说的深厚土壤。

与安徒生这一文学创作关系密切的原始形象，当数广泛流传在毗邻生息地带的斯拉夫人中的水仙女（或译"水精"或"女水灵"）。这种水仙女形象的最初来源是以不洁方式夭亡的女人或孩子，而他们甚至也有借助迷人外貌和美妙歌声诱人入水或是通过暴力拽人下塘的可怖特点。17至18世纪以后，欧洲狂飙突进的人文主义风暴波及后进的东北欧地区，民族工作者出于文化寻根的基本需要而重新发掘传统文化中的艺术形象并将其彻底改造以推动民族意识觉醒，促进民族繁荣，才使得这一形象在文人化的文艺作品中出现。

安徒生把自己的创作成果明确称为"童话"（丹麦语：Eventyr），事实上，其中除了真正意义上的童话、儿童小说、童话散文诗、儿童报告文学等直接服务于儿童的文学形式以外，还包括为数不少的经过加工的北欧民间故事和根据《一千零一夜》等名作进行二度创作的传统故事，对《海的女儿》的创作构思概莫能外，它是丹麦人成功移植外族民间幻想故事内核而又借此充分表达本民族心理特征的典型。

小人鱼来自水生世界，水生世界在人的观念中是在层次和级别上低于人类生活的陆地世界的，因而与水生世界密切相关的就被视为比人类世界要低级的亚人类世界，比人类低级的精灵当属妖类，比如民间的"水仙女"。小人鱼形象却与民间的水仙女有很大出入，虽然也是水精，却在安徒生"文人化"的置换变形后，成了令人可心可爱的美好形象。精灵世界中的痴情（小人鱼）与人类世界中的寡情（人类王子）对比如此鲜明，所谓的高级和低级境界的划分，受到了质疑。小人鱼放弃了人类都不具有的灵性，而成为人间的弱女子，其结果使得她面对人类的世界被彻底剥夺了话语权,这也是她人间生活最终失败的伏笔。最后,我们看到的是她带着理想的幻灭,以死亡的形式与大自然融为一体。把《海的女儿》看成"一曲人本主义的颂歌",在这儿看来就变得不可思议了。在表层叙事中,小人鱼向往人类世界,渴望拥有人类灵魂,正如叶君健先生所说:"她的寿命比人类长好几倍,但她却是一个低级生物,没有人类所特有的那种不灭的灵魂,为了获得这个灵魂,进入生命较高级的境界,她放弃了无忧无虑的生活,忍受着把自己的鱼尾换成一双美丽的人腿所带来的巨大痛苦,而热恋一个人间的王子……'海的女儿'对高级生命的追求……打动了成千上万读者的心。"[①]

而小人鱼经历的人类世界和遇到的高级生命却给她带来无尽的痛苦。作为一个流落到人类世界的哑巴孤女,她孑然一身,在人类的生活世界里,始终都是一个局外人,虽然拥有出众的美貌,却敌不过身处人类圈内的公主,王子面对与自己身份地位完全相当的公主,就把小人鱼抛在脑后,对于小人鱼为了得到他的爱情所付出的巨大代价,他一无所知。反过来,小人鱼在得到姐姐的救助,可以通过杀死王子来使自己获救时,却选择了放弃。作为低级生物的小人鱼所拥有的灵魂已经超越了人类灵魂的高度。人类为了生存对于异族的杀戮尚且令人触目惊心,且别说面对异类了。小人鱼的悲剧命运与她所拥有的人都缺乏的牺牲精神、超越的爱相关联,更与人类的自私冷漠、自我中心密切相关,上升到理论的高度,就是所谓的人类中心主义意识。

回顾西方思想史,人对自然的解读亦即对人与自然关系的解读,经历了三次"范式变换",即自然观转向的三次更迭:从自然宗教观到有机论自然观的出现、从有机论自然观到机械论自然观的形成、从机械论自然观到新有机论自然观或生态自然观的产生。生态伦理思想

[①] [丹]安徒生.《安徒生童话全集·前言》,叶君健译,浙江文艺出版社1995年版。

正是第三次转向的结果，或者说是有机论—机械论—新有机论的否定之否定过程的产物，是以新有机论为基础的解读人与自然关系的新范式。有机论自然观认为自然并不是由人征服的对立物，反倒是作为人的同质物而应该从自然内部去直观理解的东西，亦即理解的对象，而不是控制的对象。到了机械论自然观，人的主体地位得到前所未有的超拔，它不仅是价值立场上的主体，也要求成为事实关系上的主体。这一时期，关于自然原本图景的自然本体论被固定为机械论样式，人的主体地位因之凸现，它极大地弘扬了人类主体的能动性，推动了生产实践和科学实验的发展，加速了人对自然的认识和改造，但也反映了人类作为物种个体所具有的狭隘性、片面性。这也是人类中心主义观念发展到极致的阶段。

物极必反，新有机论自然观以生态中心主义为依据，对人类中心主义意识提出质疑。彼得·辛格、汤姆·雷根等为代表的动物权利论者首次把道德伦理关怀的范围扩大到了动物。辛格提出"凡具有感觉苦乐能力的生物都具有道德权利"[1]。雷根认为"动物与人一样看重自己的生活，由于它们都是生命体验主体而具有'天赋价值'和'天赋权利'"[2]。这种新型的伦理观念打破了人与人自身之外世界的界限，把人放置于作为一个整体的生物圈之中，而所有在生物圈中的事物都有生存与发展的平等权利。人类应当学会多从其他生物乃至非生物的立场看问题，并进而学会从生态整体的观点看问题，才有可能摆正自己在自然万物中的位置，打消虚妄的高傲。安徒生童话中不少故事都渗透着突破人类自身局限的生命平等精神，《海的女儿》之所以被解读成人的颂歌，也是因为批评者没有突破人类自身中心意识的局限，无法看到表层叙事的背后。在人看来低级的人鱼，实际上是在争取与

---

[1] 曾建平：《自然之思：西方生态伦理思想探究》，中国社会科学出版社2004年版，第175页。
[2] 同上。

人同等的生命权利，在这个追求过程中，又因为人类世界与异类的隔阂而导致异类的追求无果而终。而小人鱼作为安徒生童话里最著名的主人公形象，来自低人一等的海底世界，却在追求人类生活的过程中，显示出超越于人类之上的精神境界，与其说她是什么人类精神的象征，不如说人类都难以达到的信仰般的爱的境界，却在一个人类看来低级的物种身上找到了。小人鱼的受难过程就是异类追求与人同等的生命权利之时，人类世界给予的伤害。在小人鱼的爱与牺牲的背后，是人类的自私、冷酷、自高自大。

小人鱼在来到人类世界前已经熟知许多人间的事，甚至对王子的生活都已倍加关注，并且在海难中救了王子。而王子对于小人鱼的生活世界一无所知。这种不对等的前提，本身就体现出两个世界的不平等，人鱼对于人类世界充满景仰，人类对人鱼的世界只有漠视。这种人类中心主义思维定势导致了小人鱼的悲剧。人鱼试图打破封闭的人类世界的尝试归于失败，体现了人与异类之间的难以沟通、平等。而《海的女儿》里面显然有着人类与人鱼的严格等级划分，其表层意义完全符合一向以人的标准划分的世界，小人鱼为了进入人的世界必须舍弃自身最宝贵的东西，以失语的状态进入人类社会，在失败中退出人类世界。但是深层意义上却完全不同，对于小人鱼这个不属于人的物种，她在作品中的光辉早已掩盖了人的荣光。

二　人类中心的失效：《拇指姑娘》

《拇指姑娘》发表于 1835 年，与《海的女儿》相反，这个诗一般美丽的故事讲的是人在小动物的世界里被看成异类，受到胁迫，显得无助的故事。安徒生童话里有很多牵涉到自然界的动植物的作品，要么直接以动植物的名字为题目，并且将动植物作为主人公；要么让动植物作为人类故事的叙述者或是旁观者，参与到故事中去。但上述两种情形，无论哪一种，都从未出现人彻底脱离人类的社群，进入自然界,并且人在能力上比人类看来很弱小的动物还要弱的情形。《拇指姑娘》应该算是一个例外。作者将作为人的拇指姑娘有意缩小,在体型和能力上不再具备人的优势,然后放置在一个远离人类社会体系的环境当中,使得作品极大地满足了人类渴望体验的心理。人将自己身形缩小借此进入了小动物的世界。可是,人类高高在上的优越感,却因为拇指姑娘身形的缩小而消失了,比癞蛤蟆、田鼠们还要小的"人"——拇指姑娘,在它们的世界里不但没有人的优越感,反而被它们胁迫、绑架,显得无助。拇指姑娘的出生就很奇特,巫婆给了女人一粒种子,种在花盆里,结出了一朵美丽的郁金香,在这朵花的正中央,在那根绿色的雌蕊上面,坐着一位娇小的姑娘,因为她还没有大拇指一般长,所以人们叫她拇指姑娘。癞蛤蟆,这种在人类眼里丑陋又低贱的动物,第一个绑架了拇指姑娘,"这姑娘倒可以做我儿子的漂亮妻子哩"。癞蛤蟆背起睡觉的拇指姑娘,就跳到花园里去了。后来,拇指姑娘遇到了金龟子,又被它所劫持。相对于小人鱼对自己鱼尾巴的悲哀和对人类"美丽双腿"的执迷,《拇指姑娘》中的女金龟子们何其自信:

"不多久,住在树里的那些金龟子全都来拜访了。他们打量着拇指姑娘,金龟子小姐们耸了耸她们的触角,说:'嗨,她不过只有两条腿罢了,这可怪难看的。''她连触角都没有!'她们说。'她的腰太细了——呸!她完全像一个人——她是多么丑啊!'所有的女金龟子们都齐声说。"[1]

面对拇指姑娘的人类特征,女金龟子们丝毫没有自卑心理,反而认为她长得很丑。人类脱离了自身的文化社会系统,陷入异类世界,他就不再具有人的特权,在昆虫的世界里,人显得滑稽可笑。英国浪漫主义诗人亨特的名诗《鱼、人和精灵》告诉人们,任何一种生物的

---

[1] [丹]安徒生:《安徒生童话故事集》,叶君健译,人民文学出版社1992年版,第169页。

优劣都是相对的。以不同的角度观察事物，用不同的价值尺度评判事物，便会有不同的认知。"以人为尺度看鱼是这样：'三角眼，耷拉着口角，张着大嘴……'而换成鱼的角度来看人，则成这样：'奇异的怪物……啊，扁平的、丑恶不堪的面孔……'"① 而人类从未想象过自身作为被看的对象，被其他自认为不如自己的生物评论。在巴黎博览会上，鱼儿们用自己的眼光品评着参观它们的人类，本来它们是被人参观的，但从它们的角度，人也是被展览的："它们是来看这展览会的……世界各国送来了和展览了他们不同的人种，使这些梭鱼和鲫鱼、活泼的鲈鱼和长满青苔的鲤鱼都能看看这些生物和对这些种族表示一点意见。"② 代表人类文明成果的巴黎展览会本身彰显的是人的优越感，可是我们却看到，人在被展览的对象眼里，也是被看的对象，人类居高临下的倨傲一下变得滑稽起来。这是一种跳出人类中心主义的圈子后得来的全新视角。抛开人类中心主义的立场，安徒生童话将生命平等精神贯穿始终，人类之外的物种不再失语，开始讲话，它们成为安徒生童话里夺目的明星，人类的眼睛不再是唯一明亮的，在人类的视线之外，更多的东西被发现了。

后来那只劫持她的金龟子也觉得拇指姑娘太丑了，就把她丢弃了。在拇指姑娘冻得发抖，走投无路时，来到了一只田鼠的门口。"可怜的拇指姑娘站在门口，像一个讨饭的穷苦女孩子。她请求施舍一颗大麦粒给她，因为她已经两天没有吃东西了。"③ "你这个可怜的小人儿，田鼠说，到我温暖的房子里来，和我一起吃点东西吧。"④ 田鼠本来是人类世界受到很多诅咒的动物，如果从动物对人类利益的益损角度进行价值衡量，田鼠一直被看作有害的动物，如公认的对人类

---

① 王诺：《欧美生态文学》，北京大学出版社2003年版，第100页。
② ［丹］安徒生：《安徒生童话故事集》，叶君健译，人民文学出版社1994年版，第160页。
③ ［丹］安徒生：《安徒生童话全集》，叶君健译，天津人民出版社2015年版，第77页。
④ 同上。

农、牧、林业有害，携带传染病病源等。故而，在人类文学作品中，鼠类从来都不被正面描写，而在此处，给落难的拇指姑娘雪中送炭的却是一只田鼠。紧接着，田鼠把鼹鼠介绍给拇指姑娘，想要她和自己的朋友鼹鼠结婚，从来没觉得它们与她有什么不般配。生命平等、反人类中心的意识在这篇故事里显得很突出。

在这个故事里，拇指姑娘早就没有了人的那种优越感，从她一出生没多久就过着被小动物胁迫的生活，对于生活，毫无主动选择权，那些遇到的小动物的喜好直接决定了拇指姑娘的命运，从某种程度上讲，好像人与动物的关系被颠倒过来了。可以作为对照的作品是《邻居们》。《邻居们》里面的麻雀妈妈被孩子们捉住了，成为他们玩乐的对象，因为麻雀在人类看来没有艳丽的外表，人们决定把它装饰一番，浑身涂上了一层蛋清，又在上面粘上了金叶子，头上加上了红布做成的鸡冠。麻雀妈妈变成了一个不伦不类的怪鸟。整个过程中，麻雀妈妈除了难受得四肢发抖，还能做什么呢。在明朗的阳光中逃走的麻雀妈妈最终因为外形的怪异而被鸟儿们新奇地追逐，把它的羽毛啄得精光，全身流血坠落而死了。麻雀妈妈受到的是一场莫名的迫害，连性命都被人类的玩笑搭进去了。人类中心主义观念使得人很少考虑一只麻雀的命运，人因为自身的强大，早就习以为常地把比自己弱小的动物当作自己随意支使的臣民，在麻雀这样普通又平凡的小动物面前，人类经常都是专制暴君，麻雀的命运掌握在周遭人的手里。而玫瑰花则是因为它们的香气和美丽，而一直活下来，还被人移植在了艺术家多瓦尔生的墓前。这个故事里的老邻居玫瑰花和麻雀们的命运完全都来自周遭世界人们对于它们的态度和喜好。拇指姑娘来到小动物的世界里，就像一个弱小动物在人类面前一样，命运如何完全看人类怎样处置。运气好，能够满足人类的需要，那么就留下来，如果不能，可能就会性命难保。而拇指姑娘遇到了善良的田鼠，才不至于被饿死，悉心救护了一只濒死的燕子，才能被燕子带出黑暗的田鼠洞穴。所以,《拇指姑娘》在被动的生活中,靠着运气最终获得了较好的归宿。所以,《拇指姑娘》可以看作一个正面解构人类中心主义的故事。

三 走出人类中心樊篱的动物书写

长久以来,由于受人类中心论观念的影响,大部分人类的文学作品总是从人的角度出发来描写自然环境,人周围的动植物都作为环绕人物的附件存在,即便是写动物也主要是为了衬托动物如何通人性,如何为人做贡献等,文学描写的中心也是以人类为基本对象的。文学史上也有专门把描写对象指向动物的作品,主要包括狩猎故事和以动物及动物与人交往为线索的作品,它在古今中外数量都极为庞大,但如果仔细考察,我们会发现,动物文学史实际上是一部动物被崇拜、被人化或妖魔化的历史,而实际上人与自然的关系史也基本上与之同步。不论动物故事用什么形式和体裁写成,它古老的历史都可以追溯到文学的发端。随着文明的进程,自然开始在人日渐丰满的羽翼下隐退,动物也相应地在文学中失去了真实的身份,并开始在故事中反映人类的道德观念。野兽们不可能抗议强加给它们的不光彩的角色,而是被迫担负起它们的任务,使抽象的品质具体化,这些品质仅仅是当时质朴的道德观所能认识到的一些显而易见的善行和恶行。动物逐渐只被看作特定性格的种类和符号——鳄鱼是凶残的,狐狸是狡猾的,而狼是贪得无厌的。

就如同人对待自然一样,人在对动物进行道德划分时仍然体现了强烈的人类中心意识。动物的主要价值仍然是作为一个物品为人取得经济上的成功服务的。当狼危害了畜牧业时就是恶的,啄木鸟因为能吃害虫就是善的(甚至"害虫"的提法也是如此的偏颇)。整个文化对动物善恶的认同是根深蒂固的。当我们很轻易地说出"禽兽不如"一词时,我们当然是在说人,可这儿的预设却是把动物行为作为极低的比较标准来看待，反映了对动物的歧视、羞辱和污蔑。

对动物的道德定性尤其在儿童文学上表现得更加武断。比如"大灰狼"这样的角色早已打上了人类社会的文化标记，成为人类道德范畴里"邪恶"和"欺骗"的代表。癞蛤蟆因为有着在人类看来丑陋的外表，所以常常使得它担任巫婆的使臣。在童话作品里出现的动物更多是拟人化的写法，尤其在现代童话中，这些本来属于大自然的动物全都被社会化了，动物们都积极扮演着人类社会的角色，全部参与到了人类社会当中。狗熊学开汽车，让猴子和狗熊都手握方向盘，成了新时代的英雄。让黑猫警长骑着摩托车，穿上警察的服装，抓捕逃犯；让舒克和贝塔开着战斗机，完全是人类社会的英雄形象。加菲猫以它肥胖的身体代言了现代社会里懒散、贪吃、不乏生活趣味的人群，灰太狼则是现代女性青睐的好丈夫形象，等等。社会化角色的动物形象是现代童话和卡通片里的基本类型，共同的特征是以人的需要和喜好为标准创作出的动物形象，这些动物形象与其说是动物，还不如说是穿着动物外衣的人类。

只有少数的生态文学作品让动物成为真正的主角，比如著名生态文学作家雷切尔·卡森的叙述体散文作品《海风下》，就分别以一只黑撇水鸟、一只鲐鱼和一只美洲鳗为视点进行叙述。很少有文学作品做到如下：去除人为的道德定性，不将动物作为低人一等的人类文化符号，或者去掉动物为人类服务的"天然角色"，在这些动物的眼里，世界以全新的面貌出现在人的眼前。

而安徒生童话里的动物算是这很少的一部分中的一员。先从数量方面来看，在安徒生的一百多篇童话里，以动物为主人公或是动物在其中承担重要角色的篇目占据了近半数。更是有二十篇故事直接以动物命名。动物在安徒生的童话故事里，处于一个相当重要的地位。以动物为主人公的有：《鹳鸟》《夜莺》《丑小鸭》《幸福的家庭》《凤凰》《两只公鸡》《甲虫》《在养鸭场里》《蝴蝶》《蜗牛和玫瑰树》《小小的绿东西》《癞蛤蟆》《跳蚤和教授》《邻居们》。

他笔下的动物们都生活在真实的大自然环境当中，而不是一个模仿出的亚人类社会，虽然在叙述中动物们都在说话，并拥有思维，但都保持着自己的物类特征。鹳鸟生活在炎热的尼罗河畔，只有夏天才飞来北欧避暑，它们在人们的屋顶上做窝，生儿育女，正如燕子在人们的屋檐下做窝一样。它在北欧人中引起许多幻想，同时也获得了北欧人对它们的特殊好感。丹麦流传着许多关于鹳鸟的故事。所以在安徒生的童话故事里，鹳鸟也成为出现频率最高的动物，集中在《癞蛤蟆》《鹳鸟》《沼泽王的女儿》这几篇里。在《癞蛤蟆》里，鹳鸟在为全家演讲，它斜眼望着菜园子里的那两个年轻人：

"听他们说些什么，可是到头来他们却连个像样的嘟嘟都打不出来。他们卖弄他们说话的本领，他们的语言！他们的语言倒真不错。只要我们旅行一天，他们的语言便不中用，那边的人便听不懂了；这个人听不懂那个人的话。我们的语言全世界通行，在丹麦在埃及都行。而且人也不会飞，他们乘一种他们发明的东西上路，他们把它叫作'铁路'，可是他们在那里也常常折断脖子。我一想起这些不禁嘴就哆嗦起来；世界可以没有人。我们可以没有他们，我们只要有青蛙有蚯蚓就够了。"①

从人类中心主义的角度看，鹳鸟的这番话滑稽可笑，充满了无知。但若跳出人类中心的观点，鹳鸟完全可以对自以为了不起的人类充满不屑。本来，人类拥有语言是人自认为优于其他动物的地方，可是鹳鸟并不这样认为，反而觉得人类的语言不如它们的语言，比如会受到地域的局限，而它们的语言则全世界通行。对于人类科技文明的产物——铁路，鹳鸟提到的却是跌断脖子这样的灾难性后果，毫无钦羡之意，似乎对于人类文明充满怀疑。"世界可以没有人。我们可以

---

① ［丹］安徒生．《安徒生童话故事集》，叶君健译．人民文学出版社 1994 年版，第 354 页．

没有他们，我们只要有青蛙有蚯蚓就够了。"人自诩地球的主人，以为自身对于其他生物来说具有极重大的意义，实际上不过是一厢情愿的幻想罢了。

在《沼泽王的女儿》中，鹳鸟充当了故事的叙述者和见证者，并且和故事里的人平等地存在于同一个生态自然中。故事里的鹳鸟完全遵循它们在自然界的生活习性，比如鹳鸟的窝建在一片茫茫的沼泽地附近的维京人的屋顶上。因为经常去沼泽地边的芦苇丛，所以鹳鸟亲眼看见了事实的真相，埃及公主的遭遇对于故事里的人来说是个秘密，但是鹳鸟却知道得清清楚楚，还亲眼看到了从沼泽地里开出的花朵上躺着沼泽王和埃及公主生的孩子，并把她送到了维京女人的房间里。在整个以沼泽王的女儿为中心的故事里，鹳鸟作为讲述者不时地出现，但是鹳鸟和故事里人的生活并无交集，不管沼泽王的女儿、维京人的妻子经历了什么，鹳鸟的足迹仍然是夏季住在丹麦的沼泽地，秋冬就飞往温暖的埃及。

"在那细长的尖塔上坐着许多对鹳鸟夫妇——它们做了一番长途旅行，现在正在休息。整群的鸟儿，在庄严的圆柱上，在倒塌的清真寺的拱门上，在被遗忘了的纪念碑上，筑了窝，这些窝一个接着一个地连在一起。枣树展开它的青枝绿叶，像一把阳伞。灰白色的金字塔，在遥远的沙漠上的晴空中耸立着，像大块的阴影。在这儿，鸵鸟知道怎样运用它们的长腿，狮子睁着巨大而灵敏的眼睛，注视着半埋在沙里的斯芬克斯大理石像，尼罗河的水位降低了；河床上全是青蛙——这景象，对鹳鸟的族人来说，是这国家里最值得看的东西。"[①] 这是鹳鸟飞到埃及后的情景。一幅纯美的生态图景，鹳鸟、狮子、鸵鸟、青蛙，这些大自然里野生的动物有着它们的独特世界。在鹳鸟的世界里，它们更多关心的是"这儿有的是青蛙和蝗虫"。回到埃及的

---

① [丹] 安徒生：《安徒生童话全集》，叶君健译，天津人民出版社2015年版，第843页。

赫尔珈，让鹳鸟帮忙把问候带给她的维京人养母，委托燕子把祝福和祭奠带给森林里神甫的墓碑。

"人与所有非人类物质都是整个大自然的儿女，都是地球生态系统的组成部分，生态系统决定了人和其他万物的兴亡命运，决定了人与非人类生物不可能离开大自然而生存，生态系统至高无上，整个大自然高于一切。"① 正是从这一点来说，人与万物是平等的，人类与所有物种一样都是大自然链条中的一个环节。鸭子的脚上系着证明身份的红布条，在乡下的溪水里、养鸡场里转悠，全然不顾人类的世界。母鸡和雄猫以自身的思维方式质问丑小鸭："你能够生蛋吗？你能拱起背，发出咪咪的叫声，和迸出火花吗？"（《丑小鸭》）甲虫把垃圾堆作为使他舒服的宅第。（《甲虫》）夜莺把歌唱作为最基本的生存方式。（《夜莺》）狗儿认为恋人就是将要搬进一间共同的狗屋去住，啃着一根共同的骨头。（《雪人》）蜗牛认为整个森林就是为它们的家庭而发展起来的。（《蜗牛》）这些生活在自然界各个角落的大大小小的动物在安徒生的笔下，都拥有了按照自己的天生禀赋、喜怒哀乐生存的权利，而且被赋予前所未有的尊严。麻雀说："历书不过是人类的一种发明罢了，它跟大自然并不符合！它们应该让我们来做这些事，我们要比他们聪明得多。"② "他们有个叫作日历的东西。这是他们自己的发明，因此每件事情都是照它安排的！但是这样却行不通。只有春天到来的时候，一年才算开始——这是大自然的规律。我就是照这办事的。"③

那些本来在人类世界中被认为微不足道的低等"公民"，在安徒生童话中却个个相当倨傲。作者总是能够跳脱出人类中心主义的圈子，让这些被人类所轻视的小动物都能拥有发言权。麻雀在这里自信

---

① 王诺：《生态批评与生态思想》，人民出版社 2013 年版，第 165 页。
② ［丹］安徒生：《安徒生童话全集》，叶君健译，天津人民出版社 2015 年版，第 605 页。
③ 同上。

地代言了自然，由此来质疑人的发明，"只有春天到来的时候，一年才算开始——这是大自然的规律，我就是照这办事的"。麻雀这句看上去有点自大的观点，倒也不无道理，走向文明的人也在逐渐远离着自然，对于自然的了解程度，那些真正栖居在大自然当中的动物难道不比人类更有发言权吗？真正对自然的律动了如指掌的并非人类，而是这些在人类眼里微不足道的小动物，只因它们与自然的关系是真正平等而相亲的。

生态伦理理论家阿尔贝特·施韦泽于1915年提出"敬畏生命"的伦理。这种伦理否认高级的和低级的、富有价值的和缺少价值的生命之分。"生命"不仅包含人的生命，而且指每一个生物的生命。先前的文化只看重人的生命，蔑视人之外的生命存在，这是传统文化和伦理的根本缺陷所在。很少有作家像安徒生那样对生活无限热爱，这种热爱来自对自然界一切生物乃至无生命的事物的深情关照和细腻体察，对宇宙空间里一切生命个体无差别的尊重与爱护。在安徒生的童话里，自然界所有的生灵都突然间被放置于一个开放平等的交流空间中，没有高低贵贱之分，在自然界通常被认为是弱小的种类如昆虫、飞鸟等，都受到前所未有的尊重，任何一种生物或是存在物都被放置在一个统一的生态系统中，"自然中充满了生命……每个生命都是一个秘密，我们与自然中的生命密切相关，人不再能仅仅只为自己活着。我们意识到任何生命都有价值，我们和它们不可分割"[①]。深层生态学认为，在自然中所有生命都是相互联系、相互依赖的，共同生存于一个生物圈内，生命的价值大小并不能按人所理解的有用性来区分，在安徒生的童话作品里，蚍蜉拥有的快乐都是珍贵而伟大的：

"蚍蜉在空中飞着，舞着，欣赏它那像薄纱和天鹅绒一样精致的翅膀，欣赏带来原野上的车轴草、篱笆上的野玫瑰、接骨木树和金银

---

① 曾建平：《自然之思：西方生态伦理思想探究》，中国社会科学出版社2004年版，第31页。

花的香气的熏风，欣赏车叶草、樱花草和野薄荷。这些花儿的香味是那么强烈，蚍蜉觉得几乎要醉了。日子是漫长而美丽的，充满了快乐和甜蜜感。当太阳低低地沉落的时候，这只小飞虫感到一种欢乐的愉快的倦意。它的翅膀已经不想再托住它了；于是它便轻轻地、慢慢地沿着柔软的草叶溜下来，尽可能点了几下头，然后便安静地睡去——同时也死了。"①

蚍蜉在人类文化认知中一直是微弱力量的代言者，因为它的身躯那么渺小，谁会在意它的生存感受呢？即便是作为文学描写的对象一只小飞虫的死亡，也从未如此充满诗意。在死亡面前，一切生命原本就是完全平等的。从生态主义看来，蚍蜉的死亡和人的死亡一样，应该获得同等的尊重。和安徒生笔下所有人物的死亡一样，蚍蜉的死亡平静而自然，甚至带着憧憬和愉快。从这些微小的动物微妙的生活感受里，充溢着对于生命渴望的精确体察以及对于弱小生命的深情眷顾。蚜虫的生活也是那么独特有趣，幸福的感受在蜗牛和风信鸽的眼里也那么重要，世界上发生的变化，对于蝴蝶和枞树总是千差万别。大大小小的花儿们，都拥有自己的思想情感，在夜晚到来时，人们都睡去的时候，怎么能够想象花儿们正在进行一场热闹狂欢的舞会呢？（《小意达的花儿》）"世界上有许多事物，往往是一种事物向另一种事物转化时的过渡。它们由于既不属于前者，又不属于后者，便获得了自身的独立价值；它们由于既包含了前者，又包含了后者，从而更加饱满和丰富。"② 于是万物便都处在互为关联的网络之中，都存在着相濡以沫的亲情。这是从对世界的生态化理解到对万物亲善的懂得，再到把人的世界和非人的世界统一在同一个伦理的自然世界中的思考轨迹。

---

① ［丹］安徒生：《老橡树的梦——安徒生童话全集之八》，上海译文出版社1978年版，第146页。
② 苇岸：《去看白桦林》，《太阳升起以后》，工人出版社2000年版，第56页。

《雏菊》里的雏菊与百灵鸟是两个互相给予慰藉的弱小生命，百灵鸟被孩子捉去装在笼子里，雏菊被连着草皮挖去放在鸟笼里，代替百灵鸟广阔的外部生活世界。它们相互安慰，却在无望的囚禁中相继死去。百灵鸟本来是自由自在地飞翔在大自然的精灵，却被人捉去关在笼子里，虽然有雏菊的陪伴，还是不久便死了，孩子们流下伤心的眼泪，还为它举行了隆重的葬礼，"在他活着能唱歌的时候，人们忘记了他，让他坐在牢笼里受苦受难；现在他却得到了尊荣和眼泪，可是那块草皮连带着雏菊被扔到路上的灰尘里去了。谁也没有想到它，而最关心百灵鸟、最愿意安慰他的却正是它"①。一直以来，像雏菊和百灵鸟这样在自然界微不足道的小小生命，在生存中遇到的挣扎和苦痛，是很少有人来思考的，它们作为人之外的生命，其价值的高低常常以对人有用性的多寡来衡量，它们的生存与死亡对人类来说无关痛痒。但在这篇故事里，它们的生命历程和苦痛挣扎都被作者悉心记录下来，并且寄予深切的同情，在结尾为他们遭遇到的来自人类的不公正待遇而呼吁。

　　透过安徒生对于这些微小生命的描摹，可发现他是沉浸在自然中去感受，而非居高临下冷眼旁观。他眼里的事物都不是孤立存在的：人格的完整与道德的完善既依托对土地的血脉联系，也取决于个人与包括所有生命在内的其他个体的共生。

　　《小小的绿东西》是一篇写于1868年的故事。这个故事里的主人公是人类眼中的害虫——蚜虫。长久以来，人类中心主义观念下的人们习惯从实用主义角度看待自然。似乎凡是对人类没有明显益处的东西都没有存在的权利；似乎我们的利益就是造物主的利益。功利主义地对待自然，是人类的一个通病，也是生态文学批判的主要对象之一。这个故事是从蚜虫的视角出发来写的，有着非常明显的反人类中

---

① ［丹］安徒生：《安徒生童话故事集》，叶君健译，人民文学出版社1994年版，第219页。

心立场。蚜虫之所以被人类定义为害虫，是因为它对于人类的农牧业、园艺等领域都有破坏性，这些破坏会直接损害人类的利益，所以作为害虫，人类消灭的对象蚜虫很少被作为一个文学书写的对象出现在读者面前。这篇故事里的蚜虫理直气壮地自我宣告："我们是世界生物中一个最了不起的队伍。"

"他们那样傻气地望着我们，绷着脸，用那样生气的眼光望着我们，而这只不过是因为我们把玫瑰叶子吃掉了；但是他们自己却吃掉一切活的东西，一切绿色的和会生长的东西。他们替我们起了最下贱和最丑恶的名字。"① 蚜虫一针见血地指出人类鄙夷和歧视它们的原因，随后以牙还牙地指出人类自身的问题，"他们自己却吃掉一切活的东西，一切绿色和会生长的东西"。跳脱出人类中心主义的圈子，想想人类的所作所为，不得不承认，比蚜虫也强不了多少。由于蚜虫吃掉了玫瑰的叶子，人类就把它作为罪不可赦的杀灭对象，对于蚜虫的一切判定都是来源于它们对人类的利益损害。而反观人类自身，可不是吃掉一切活的东西，一切绿色会生长的东西吗？倘若蚜虫可以获得和人一样平等的权利和地位，人是否也会获得蚜虫的宣判呢？在人类中心主义的前提下，但凡人类愿意吃的东西，几乎没有吃不到嘴里的，人总是能给自身找来诸多理由为其行为开脱。可蚜虫呢，自然界更多像蚜虫这样的生物呢，还不是每天都在接受着来自人类的各种宣判，却没有任何申诉的可能。这篇故事里，蚜虫自我申辩道："我是在一个玫瑰树的叶子上出生的。我和整个队伍全靠玫瑰叶子过活，但是玫瑰叶子却在我们身体里活着。"② 从人类中心主义角度来看，这可看作蚜虫无耻的狡辩。可是若从生态整体主义的角度来看，蚜虫讲出的它们和玫瑰叶子的关系，不正是在说生态系统中的所有生物之间都

---

① ［丹］安徒生：《安徒生童话全集》，叶君健译，天津人民出版社2015年版，第1267页。
② 同上。

有着环环相扣的不可切断的关系吗?"人类大规模地消耗甚至灭绝任何一个物种,都可能导致另一些物种的灾难,进而导致整个生态系统的紊乱和向系统的总崩溃逼近。"①

法布尔在《昆虫记》里饱含深情地描写了食粪虫、食尸虫等人类讨厌的昆虫。法布尔之所以对这些从人的角度来看是肮脏的、恶心的虫子如此偏爱,是基于这些昆虫在生态系统中的作用,是将自然物个体置于生态系统中的审美。每一种昆虫"都有其存在的理由",理由就是它对大自然整体利益的作用。"在母爱之丰富细腻方面,能够与以花为食的蜂类媲美的,竟只有那开发垃圾、净化被畜群污染的草地的各种食粪虫类……大自然中充满了这类反差的对照。我们所谓的丑美、脏净,在大自然那里是没有意义的。"②法布尔的《昆虫记》反映了人类中心的审美价值与自然整体的审美价值的矛盾。大自然以大美大净观念——自然整体美的观念教育我们,促使我们超越人类中心主义的审美观,从生态整体主义的审美观去认识和欣赏食粪虫显示的真正的美和真正的净。那么,同样地,在生态整体主义的格局里看蚜虫,之前的那种定势化思维,也就可以改观了。

第三节 对自然的亲和与热爱

当代挪威的世界级作家乔斯坦·贾德在1991年出版的《苏菲的世界》一书中说,祁克果(克尔凯郭尔)的思想是"对浪漫主义者的理想主义的反动,但它也包括了跟祁克果同一时期的一个丹麦人的世界观,他就是著名的童话作家安徒生,他对大自然种种不可思议的细

---

① 王诺:《生态批评与生态思想》,人民出版社2013年版,第211页。
② 同上书,第255页。

第二章　安徒生童话中的生态思想内涵

微事物也有很敏锐的观察力"[①]。在安徒生童话里，自然成为外在于人类的主体性存在，童话独有的幻想性使得山川草木、虫鱼鸟兽，甚至风雨雷电，都有机会成为故事真正的主角，亚麻、玫瑰树、雪球花、阳光、彗星等一起熙熙攘攘地登上舞台，在生机盎然的生态图景的背后，表现出对自然的一种亲和与热爱的生态情怀。生态文学及批评倡导学会敬畏自然，并在其面前保持谦卑，由此破除二元对立的思维，建立融入自然的视角，明确位置意识，崇尚有土地之根的文学。在这个意义上，安徒生童话似乎有着浑然天成的生态精神。在他的笔下，自然界人以外的成员，不再被看成一种非人类的存在物而是被赋予有着人一样品格和内在价值的有生命的个体。

一　自然——伟大的存在

"自然"被提升到与人平等的地位，这也是现代生态学的一个基本价值取向。生态学者克里斯托弗·斯通曾提出：应当把法律权利赋予森林、海洋、河流以及环境中的其他自然客体即作为整体的自然。斯通以自然的法律权利为基础的伦理体系把"环境人格化到了一个前所未有的高度"[②]。在安徒生童话里，克里斯托弗·斯通这种前无古人的观点得到了呼应。

"在海的远处，水是那么蓝，像是最美丽的矢车菊的花瓣，同时又是那么清，像最明亮的玻璃。然而它又是那么深，深得任何锚链都达不到底。海底的人就住在这下面。不过你千万不要以为那儿只是一片铺满了白沙的海底。不是的。那儿还生长着最奇异的树木和植物。它们的枝干和叶子是那么柔软，只要水轻微地流动一下，它们就摇动起来，好像活的一样。所有的大鱼小鱼在这些枝子中间游来游去，就

[①] 转引自潘一禾《安徒生与克尔凯郭尔——安徒生童话的成人解读》，《浙江学刊》2001年第6期。
[②] 转引自曾建平《自然之思：西方生态伦理思想探究》，中国社会科学出版社2004年版，第177页。

像天空的飞鸟。海里最深的地方是海王宫殿所在的处所。它的墙是用珊瑚砌成的,尖顶的高窗子是用最亮的琥珀造成的;不过屋顶上却铺着黑色的蚌壳,它们随着水的流动可以自动开合。"①

宽敞华丽的海底宫殿、绮丽多姿的海底花园、亮晶晶的珍珠、随波摇曳的珊瑚、陆地上的皇宫、群山、森林,以及天上玫瑰色的彩云、温暖的太阳和无数透明的飞翔着的天使都被放在充满温情的关照之下,人类、有生命的植物和动物以及无生命的物件都在同一个世界里交流,安徒生在描绘它们的时候运用了一种有情视角,好像每一样都是有气息和思想的活物,人与自然和谐共生,钩织出一幅幅美妙无比的生态画卷。

"乡下真是非常美丽。这正是夏天,小麦是金黄的,燕麦是绿油油的。干草在绿色的牧场上堆成垛,鹳鸟用它又长又红的腿子在散着步,啰唆地讲着埃及话。这是它从妈妈那儿学到的一种语言。田野和牧场的周围有些大森林,森林里有些很深的池塘。的确,乡间是非常美丽的。太阳光正照着一幢老式的房子,它周围流着几条很深的小溪。从墙角那儿一直到水里,全盖满了牛蒡的大叶子。"②

这是色彩明丽、朴素悠闲的乡村,丑小鸭的生活世界,小麦、牧场、鹳鸟、田野、森林……生机勃勃的自然气息扑面而来。

"冰河一望无际地伸展开去,那是一股汹涌的激流冻成的绿色冰块,一层一层地堆起来,凝结在一起。在这冰堆下面,融化的冰雪闷雷似的轰隆轰隆地朝山谷冲过来。再下面就是许多深洞和大裂罅。它们形成一座奇异的水晶宫,冰姑娘——她就是冰河的皇后——就住在这宫里。"③

北欧独特的冰雪自然被拟人化成一个精灵,因而有了灵性。

---

① [丹]安徒生:《安徒生童话故事集》,叶君健译,人民文学出版社1994年版,第1页。
② 同上书,第42页。
③ 同上书,第224页。

"宫殿的墙是由积雪筑成的,刺骨的寒风就是它的窗和门。这里面有一百多间房子,全是雪花吹到一起形成的。它们之中最大的房间有几丹麦里路长。强烈的北极光把它们照亮;它们非常大,非常空,非常寒冷和非常光亮。"

白雪皇后的大厅里是空洞的、广阔的和寒冷的。北极光、积雪和寒风带来浓郁的北欧气息。

"'欢迎!欢迎!'每一线阳光都这样唱着。花儿伸到雪上面来了,见到了光明的世界。阳光抚摸和吻着花儿,叫它开得更丰满。它像雪一样洁白,身上还饰着绿色的条纹。它怀着高兴和谦虚的心情昂起它的头。'美丽的花儿啊!'阳光歌唱着,'你是多么新鲜和纯洁啊!你是第一朵花,你是唯一的花,你是我们的宝贝,你在田野里和城里预告夏天。'"[1]

这是可爱的夏日痴雪球花早早地破土而出时的情景,阳光、花儿这些在人看来没有生命或者没有思维的自然界的成员,在安徒生笔下却成为可以相互理解、沟通、抚慰的小生灵。按照生态批评的范畴,把自然归为简单低级的,把文明归为复杂高级的,着实是人的自以为是的偏见。自然时而是狂暴、冷酷、野性、驳杂的,时而是和煦、温暖、驯顺、单纯的,自然的不可理喻的背后却有着规则。安徒生在摹写山水时显然带有敬畏的眼光和反思的意识。《一年的故事》运用麻雀和观念的视角对大自然的四季轮回进行了描绘,里面含有大量美妙的自然描写。

二 《冰姑娘》——多维复义的"自然"

《冰姑娘》是安徒生写于1862年的一篇故事。整个故事基本以写实为主,只有较少的童话意味,属于安徒生一百多篇童话里篇幅较

---

[1] [丹]安徒生:《安徒生童话故事集》,叶君健译,人民文学出版社1994年版,第334页。

长、具丰富意蕴和一定深度的故事之一。甚至从某种程度上讲,这个故事完全是一篇适合成人阅读的小说,然而却一直受到较少关注。故事以欧洲大陆阿尔卑斯山麓的冰河为叙事起点和中心,讲述了一个生于斯长于斯的"自然之子"洛狄的命运故事,具有相当浓郁的地域特色。熟悉这篇故事的读者和研究者一定会注意到故事里频频出场的"自然"以及人与自然之间复杂难离的种种关系甚至恩怨。李红叶曾指出,在研究层面上,"安徒生是被'成人文学'研究群体遗忘的一个角落"①。运用生态美学的视角,作品里深沉的诗性情怀以及具有启示意义的深刻主题或许能得到有力的彰显,这对于突破"小儿科"定论的安徒生研究,将是一种有意义的尝试。

(一) 自然作为独立的存在

早在18世纪,卢梭"返回自然"的口号就呼吁人们"带着滋味无穷的迷醉消融在他自觉与之浑然一体的这个广袤而美丽的大自然中"②。这可谓是生态整体观的最初萌芽。事实上,对自然以及人与自然关系较大量的书写,在西方文学中始于浪漫主义时代,然而自然在浪漫主义诗人那里更多地被作为表达和传递自己思想意绪的工具,或者对自然抱有明显的功利主义目的,比如从中获得某种有用的启迪,或者为自己提供逃避世俗的场所,对于卢梭初具生态整体主义思考的观念并无纵深性的接续和阐发。安徒生的创作期属于19世纪欧洲浪漫运动风行的年代,他必然受到时代潮流的影响,留下的100多篇童话里,至少一半以上毫不遮掩地体现出对自然的钟情。自然在安徒生的书写中,在某种程度上默默呼应了卢梭的生态整体主义思想。作为一个童话诗人,他以晶莹剔透的赤子之心在言说中获得了某种与自然

---

① 李红叶:《安徒生在中国》,《中国比较文学》2006年第3期。
② [法]卢梭:《一个孤独的散步者的遐想》,张弛译,湖南人民出版社1985年版,第114页。

最特别的亲密关系，人与自然的关系以最终融入自然为旨归。《冰姑娘》算是其中较为突出的一篇。

《冰姑娘》这个故事里的大自然并不只是作为人物活动的背景或是人格精神和情感心灵的扩张比附，而是取得了独立地位。读者可以在故事里随处感受到大自然本身所具有的尊严和魅力，冰河、飓风浮恩、茫茫雪海、美丽的"阿尔卑斯山之火"这些独特的自然景观和现象与作品中的人物一道成为读者驻足观赏的极有生命力的存在。在这篇故事里，自然是一个自在、自足、自成一体的独立生态系统。山的险峻、水的奔流与浩荡、冰河的闪亮与壮阔，焚风"浮恩"的猝不及防，雪山顷刻间的崩颓，构成了阿尔卑斯山独特的生态景观。"太阳炽热地照在深谷里，照在深厚的雪堆上；经过了许多世纪，雪堆凝结成闪亮的冰块，然后崩裂下来，积成了冰河。在一个叫作格林达瓦尔得的小小山城旁边，在警号峰和风雨峰下面的宽广的山峡里，就有两条这样的冰河。"①故事开头，冰河以一种独立的姿态首先出场。"上面的山峰会罩着低垂的云块，好像是一层浓厚的烟幕；下面的溪谷里有许多棕色的木屋。偶尔有一层阳光射进溪谷，把一块葱绿的林地照得好像透明似的。水在浩浩荡荡地向下奔流，发出吼声，但是上游的水却只是潺潺地流着，进出一种铿锵的音调，看上去好似一条从山上飘下来的银带。"②"低垂的云块""葱绿的林地"以及发出吼声的瀑布和潺潺的小溪统统都是外在于人的一种独立存在，并不因为人的来去而有所改变。将自然作为一种独立的存在去书写，这是一种对传统的超越。具有生态思想底蕴的作品区别于将自然作为背景或舞台的传统作品，即"自然与其说是人存在的背景或舞台，毋宁说是与人相互言说、相互生发的有机组成部分。不是人单向度地去打量自然，自然也

---

① ［丹］安徒生：《安徒生童话全集》，叶君健译，天津人民出版社2015年版，第1112页。
② 同上。

反过来打量、浸染置身其中的人"①。在《冰姑娘》中，这种开放式、对话式的形态表现为"冰姑娘"所代表的壮美甚至严酷的自然与人之间的来回较量，及以人最终回归冰姑娘怀抱的结局。

利用童话的外壳和习惯表达方式，安徒生给这篇故事里自然的代表——冰河，起了一个拟人化的名字"冰姑娘"。"冰河一望无际地伸展开去，那是一股汹涌的激流冻成的绿色冰块，一层一层地堆起来，凝结在一起。在这冰堆下面，融化了的冰雪闷雷似的轰隆轰隆地朝山谷里冲过来。再下面就是许多深洞和大裂罅。它们形成一座奇异的水晶宫，冰姑娘——她就是冰河的皇后——就住在这宫里。她——生命的谋害者和毁灭者——是空气的孩子，也是冰河的强大统治者。"② 原本冰冷严酷的自然，与人始终保持着遥远的距离，在冰河皇后这样一个拟人化称谓出现后，人与冰姑娘代表着的自然之间的距离被拉近了，人与自然的对话和互动关系就以这样一种方式巧妙地展开了。不同于前文提及的带给人崇高之美的壮丽自然，冰姑娘以狰狞威严的面孔出现在这里，扮演了一个毁灭者的角色，这显然是身处严酷自然环境中的人对于自然的想象投射。人类对于自然现象的很多判断，如残忍严酷，并不是从自然本身考虑的，而是以人类的伦理道德为标准做出的。故事里主人公洛狄的母亲就是掉进格林达瓦尔得附近冰河里的冰罅，以致丧命的。人身处的周遭自然以无情的手段吞噬着人的性命，冰姑娘就表现为这样一副面孔。"他们自以为就是主人，但是大自然的威力仍旧统治着一切！"③ 这是冰姑娘对于人的狂妄所下的结论。人类在文明进程中逐渐以主人自居，试图叫自然臣服于人类，成为地球的主人，从生态整体主义角度看，这是一种极为荒谬的论调，这篇故事里，借着冰姑娘的话，作者指出了人类自以为是、一厢情愿

---

① 王喜绒：《生态批评视域下的中国现当代文学》，中国社会科学出版社2009年版，第216页。
② [丹]安徒生：《安徒生童话全集》，叶君健译，天津人民出版社2015年版，第1117页。
③ 同上书，第1114页。

的错误观念。

"毁灭和占有！这就是我的权力！""他是属于我的，我要占有他！"冰姑娘的叫嚣杀气腾腾，故事里居住在阿尔卑斯山一带的山民与冰姑娘的关系并非我们在一些生态文学作品里看到的那样——和谐友善。恰恰相反，从冰姑娘对人生命的时时威胁，看到的是人与自然之间的紧张对立关系。人对于自然更多的是恐惧与敬畏，而自然眼里的人，也绝不可能高高在上。在工业化到来之前，人与自然关系本该如此，只有科学技术让自然去魅之后，自然在人类眼中才没有了原先的威力和神圣，而那种神圣本身就包含敬畏，所谓敬畏必然存在着人对自然威力的顾忌和惧怕。

（二）自然之子——洛狄

如果说冰姑娘代表的自然是这个故事的第一主人公，那么另一个主人公就是人类的代表——洛狄。洛狄这个人物，从生至死都与自然有着密不可分的关系。在作品中，无论冰河还是峭壁都不能单纯作为一种背景，而是与主人公的生命浑然不分、相互成就的重要角色。大自然与人物构成了一种对话与共鸣。如果抽离了严酷、独特的自然环境，人物将会变得空洞和苍白。

1. 人与自然的相亲相谐

洛狄从冰罅里死里逃生的经历似乎暗示了他将是一个与众不同的孩子。这种与众不同表现为洛狄和自然的胶着关系。"除了当他站在倾泻的瀑布旁边，或者是听到狂暴的雪崩的时候，谁也不曾看见他笑过。"[①] 倾泻的瀑布和狂暴的雪崩代表着自然界粗犷的生命力和不可预知的破坏力，在人类文明层面，是要加以管理和控制的对象。年幼的洛狄却在面对它们时发出笑声。这种笑可以理解为小洛狄身上和自然

---

① ［丹］安徒生：《安徒生童话全集》，叶君健译，天津人民出版社 2015 年版，第 1118 页。

相一致的野性，即不受文明制约的蓬勃生命力。洛狄只有在发生人们看来很可怕的自然现象时，才会笑。这暗示着洛狄与普通人的差异，比如与大自然生命律动的特殊联结。相比于一般人同自然的距离与隔膜，洛狄更多的是亲密和认同，而且这种亲密和认同似乎与生俱来，出自天然，并非后天刻意为之。

这种与大自然合拍的野性从洛狄幼年时就已经表现出来了。洛狄很早就是一个胆大勇敢的孩子了。"如果说一个会跟羊一起爬山的人算得上是好牧羊人，那么洛狄就是一个能干的牧羊人了。他爬起山来比山羊还爬得高。"① 洛狄身上的特质总是用动物才可以形容出来。小洛狄成长最初阶段获得的基本认知、生活启示及本领几乎全部来自大自然和栖身其中的动物。幼年洛狄最初的朋友是一只大狗和一只公猫。在洛狄眼里，大狗和公猫和他并没有什么不同。洛狄尤其对这只猫特别有感情，因为它教给他爬高的本领。"小洛狄，跟我一起到屋顶上去吧！"这是猫开始说的第一句话，也是洛狄懂得的第一句话。"只要你不害怕，你绝不会跌下来的。"洛狄照它的话做了。结果他就常常爬到屋顶上，跟猫坐在一起。后来他跟它一起坐在树顶上，最后他甚至爬到连猫都爬不到的悬崖上去。"只要你不害怕，你绝不会跌下来的"，这句猫教给洛狄的话，在后来出现了多次，成为成年以后的洛狄遇到挑战时萦绕耳边的警句，也是勇敢的洛狄前进路上的永恒信念。通常安徒生童话里的男性角色在面对爱情时，总是显得沉默、被动。比如《柳树下的梦》里的克努得，《单身汉的睡帽》里的安东，《依卜和小克丽斯汀》里的依卜，等等。洛狄则是个另类，他在面对自己心仪的巴贝德时，告诉自己"不要胆怯！只要你不害怕跌下来，你就永远不会跌下来的"。

似乎长大后的洛狄变得那么勇敢，都和这只猫导师有着密切关

---

① ［丹］安徒生：《安徒生童话全集》，叶君健译，天津人民出版社2015年版，第1116页。

系。八岁的洛狄即将要离开外祖父家了,他最先跟老狗阿约拉辞行,洛狄紧紧地拥抱着它的颈,吻它的潮湿的鼻子。然后他又把猫抱进怀里,随后和母鸡、山羊一一告别。小洛狄和周遭动物培植起来的感情如亲情般温暖。对于小洛狄,自然似乎格外垂青于他。"太阳的光线——她们是太阳神的传播幸福的女儿——吻着他的双颊。"① 太阳的女儿们特别喜欢花、蝴蝶和人类,"而在人类之中她们最喜欢洛狄"。可见,洛狄与自然的亲近也得到了自然本身的认可和呼应。餐风饮露本身是说人在野外生活的辛苦,也意味着人在拥抱和渴望文明的同时对自然的排斥和厌弃,因为不受文明控制的自然意味着放弃舒适,甚至是面临死亡的威胁。但是在这一段对洛狄跋山涉水的描写中,却没有一丝艰苦和沉重的意味。"洛狄爬上最高的山峰;有时太阳还没有出来,他已爬上了山岭,喝着清晨的露水,吸着滋补的新鲜空气——这些东西只有万物的创造者才能供给。据食谱上说,这些东西的成分是:山上野草的新鲜香气和谷里麝香草以及薄荷的幽香。低垂的云块先把浓厚的香气吸收进去;然后风再把云块吹走,吹到杉树上,于是香气在空中散发开来,又清新又新鲜。这就是洛狄清晨的饮料。"②

这简直是大自然对洛狄无私馈赠的最神圣的人间珍馐。当然,只有一个甘心处在大自然怀抱里的人才能获得这种奖赏。小洛狄在自然慷慨无私的滋养中,拥有了和自然浑然一体的野性和生命力。八岁的洛狄徒步走过了峭壁和险峰、茫茫雪海以及悬着巨石的冰河,"他站在光滑的冰上,站得像羚羊那么稳"③。对于险峻的旅途,小洛狄毫无畏惧,在他眼里,只有大自然带给他的变幻无穷和新奇莫测。只有一个充分信赖大自然,与大自然有着亲情般相偎相依情感的人,才会在这样的路途上,享受其中。

---

① [丹]安徒生:《安徒生童话全集》,叶君健译,天津人民出版社2015年版,第1118页。
② 同上书,第1115页。
③ 同上书,第1147页。

成年后的洛狄成为一个能干的羚羊猎人,集合了自然界诸种动物之特长,"他游泳的时候,冰水不能伤害他。他可以在水里像鱼似的翻来覆去;他爬起山来比任何人都能干;他能像蜗牛似的贴在石壁上。他有非常结实的肌肉,这点从他的跳跃中就可以看出来——这种本领是猫先教给他,后来羚羊又继续教给他的"[1]。来自大自然的动物给洛狄相当多的启示与帮助,同时,人与动物间的界限和距离感也不复存在。

2. 与自然较量的壮烈之美——生态崇高

斯洛维克在《走出去思考》一书中提到了"生态崇高"。"生态崇高"指的是"需有特定的自然体验来达到这种愉快的敬畏与死亡恐怖的非凡结合"[2]。《冰姑娘》这个故事除了展现人与自然的和谐之美,比如洛狄与自然相偎依的协调状态,还展现了人与自然搏斗与较量的崇高之美。在洛狄的一生中,冰姑娘象征的自然以残暴、无情、恐怖、神秘的面孔如影随形。冰姑娘以恐怖和专制的面孔代表了人类对自然的印象。冰姑娘在书中的形象,实际上投射的是人对自然的恐惧和敌意。人人都怕冰姑娘,只有洛狄不怕,当人不把自然当作异己力量时,恐惧也就不会产生。故事里提到的洛狄和冰姑娘的正面交手有五次。比如幼年的洛狄曾经掉入冰罅却能死里逃生,这是他和冰姑娘的第一次较量。冰姑娘对此一直耿耿于怀,"他是属于我的,我要占有他"。后来,冰姑娘曾派昏迷之神去执行任务,但是无法成功,因为洛狄的攀爬本领很强,无机可乘。在射击比赛之后,洛狄在高山上背着奖杯回家的路上,冰姑娘设下了埋伏,可是洛狄说:"我并不怕她,在我小时候她就得放过我,现在我已经长大了。她更捉不住我了。"[3] 洛狄再次战胜了冰姑娘。后来,为了和巴贝德结婚,洛狄冒险

---

[1] [丹] 安徒生:《安徒生童话全集》,叶君健译,天津人民出版社 2015 年版,第 1147 页。
[2] [美] 思洛维克:《走出去思考》,韦清琦译,北京大学出版社 2009 年版,第 172 页。
[3] [丹] 安徒生:《安徒生童话全集》,叶君健译,天津人民出版社 2015 年版,第 1139 页。

去捉崖壁上鹰巢里的小鹰。这是一个看上去不可能完成的任务。"冰姑娘披着淡绿色的长发,坐在翻腾的水上。她的一对死冰冰的眼睛像两个枪眼似的盯着洛狄。""现在我可要捉住你了!"在这样一次命悬一线的冒险中,洛狄凭着他精湛的技艺和坚定的信念,奇迹般地取得了成功。

冰姑娘的每一次报复,都像是在考验洛狄的能力。从某种程度上讲,洛狄正是在与象征大自然暴力的冰河对垒中,英雄本色才逐渐彰显出来。洛狄的生命热力靠的是险峻的阿尔卑斯雪山以及冰河的激发和滋养。一方面,这些自然力给洛狄的生命带来威胁;另一方面,却是它们成就了洛狄。冰河激发了洛狄的生命活力,没有冰河,就不会孕育出洛狄这样透着蛮荒与卓绝的生命强力的勇士。洛狄的生命机能也不会被无限放大,过人的爬山本领,精湛的攀岩技巧,无不是因着雪山和峭壁才一一得来的。冰河和大峡谷则因着洛狄这样勇敢的生命个体而更加生生不息。冰姑娘与洛狄的较量象征性地表明了人与自然对话的过程。在这种对话与互动中,人与自然相互试探,通过自然对人的接纳和磨炼,人不断发现自我、提升自我,并最终达到某种超越。而自然则因为与人的对话,而变得更加丰富,或因为人的参与,而获得进一步的彰显。比如冰姑娘也是因为人类的存在,才被赋予更多想象和意义。

3. 融入自然循环

故事结尾,洛狄的生命以回归冰姑娘怀抱的方式而告终。"你是属于我的!"高处的一个声音说。从这个爱情飞到那个爱情,从人间飞到天上,多么美啊!"噪音在大自然的和谐音乐中被融化了……"[1]人间的爱情结束了,但是洛狄回到了大自然的怀抱里,在大自然的和谐音乐中,洛狄的生命之曲被融化其间了。在这段冰姑娘

---

[1] [丹]安徒生:《安徒生童话全集》,叶君健译,天津人民出版社2015年版,第1147页。

抢走洛狄的描写中,看不到死亡的悲伤与恐惧,反而有一种回归的适意与宁静。

　　人与自然的较量,并未分出胜负。洛狄的死亡象征着人作为自然的一部分,必将回归其怀抱。自然成就了洛狄,最终也将洛狄收回了自己的怀抱,这像是人类与自然之间应该保有的健康关系的一个隐喻,起于自然的命运,终将返归自然。洛狄的生命原本就是属于雪山、峡谷和冰河的,葬身冰姑娘的怀抱也是顺其自然的。在生态角度看来,人最完美的死亡应该就是能够真正融入自然,进入生态循环,在自然的能量循环中找到自己的处所。

　　故事中还提到洛狄和叔父去打猎的情景,叔父正在深渊的飞檐上攀爬时,"他忽然看到一只巨大的兀鹰在他叔父的头上盘旋着,兀鹰只需拍一下翅膀,就可以把叔父打进深渊"[①]。深渊对面有一只母羚羊和一只小羚羊,叔父在注视着它们的动静,而洛狄则在注视叔父头上的那只兀鹰。他知道这鸟的意图,因此他把他的手按在机枪上,随时准备射击。叔父盯着羚羊,却不知已经被兀鹰盯上,而准备攻击叔父的兀鹰则被洛狄瞄准。故事展示了一个千钧一发、扣人心弦的打猎场景,却也正好演示了生命不分贵贱,在食物链中自然循环的生态整体观。依据这一整体观,人的死亡和任何生命的终结一样,也是大自然循环的一个环节,只有循环往复才能生生不息。此时的叔父、洛狄、羚羊母子和兀鹰,无论哪一个生命都同样可能面临死亡,作者对于他们也并无偏袒。结果,母羚羊被叔父的子弹穿透了,小羚羊逃生了,兀鹰被枪声吓跑了,叔侄二人正要庆幸生还,却没料到一个更大的危险已经逼近了。顷刻间发生的雪崩带走了叔父的生命。对于一个家庭来讲,这是莫大的悲剧。可是对于自然界的循环来讲,叔父的死和羚羊的死并无多大差别。从人类中心主义的视角看,带来死亡的雪崩是

[①] [丹]安徒生:《安徒生童话全集》,叶君健译,天津人民出版社2015年版,第1168页。

残暴的，吞食尸体的鹰是可恶的。若从生态整体主义的视角看，雪崩是自然界必然存在的现象，雪崩带来的死亡，人类应该坦然接受。"斯奈德指出，在这个永恒的能量流动的生态系统中，死亡也是生命延续的一种形态，万物的死亡都是对生态系统的一种献祭，在互相分享生命的盛宴上，万物得以共生，伟大的生态系统得以运行，因此个体的人，不应当惧怕被非人类物种吃掉或者消灭，而应当坦然面对。"[1] 文中，叔父的法国妻子平静地接受了丈夫的死亡。叔父死于雪崩，最终将生命埋葬在了峡谷之上，和羚羊一起做了自然的献祭者，永远地回归于大自然的怀抱。这个死亡结局，没有传递出多少悲哀，而是庄严的崇高感。这和洛狄死于冰姑娘怀抱的结局，如出一辙。

"'自然界不存在是与非，是非乃是人的概念。'自然界自有其不以人的价值与美感为转移的客观独立的美的价值，即使这个星球满是天然的伤口、崎岖不平，即使处处是生命的扭曲和杂乱，自然的整个客观存在也是大美。"[2] 生态整体观告诉人们，彻底放弃人类中心主义的偏狭，那么就不得不承认，只要是顺应自然规律的，有利于物种多样性的，不是借助现代科技进行灭绝性的，斩断食物链的屠戮，只要有利于生态系统或者生态系统可以承受的，所有杀与被杀、吃与被吃无涉伦理，没有道德境界的高下。按照这样的观点来观照大自然中的灾难，如山崩、雪灾、火山爆发等，只要不是人为的科技因素导致的，无论对人的生命是否构成威胁，都可以说是自然界大美的一个部分。安徒生在《冰姑娘》这个故事里，也没有对这些威胁到人的生命的自然现象做过多评价和议论，而是以平静自然的方式让主人公的生命归于寂灭。这种处理方式或许暗合了生态主义思想的整体生态观。在《瓦尔登湖》里梭罗写道："大地就像一个花园，所有的生命都被

---

[1] 王诺：《生态批评与生态思想》，人民出版社2013年版，第170页。
[2] 同上书，第254页。

平等地培育。"在这个大花园里,最高的规律不是人的利益而是整体的法则。人即使有所损失也不能贸然干预自然的法则。作为与整体相关的部分,万物具有平等的内在价值,共同享受着生的欢愉。

第四节 对工业文明中的社会伦理、科技理性的疏离

作为人类认识自然的能力和经济发展水平的标志,科学技术对生态的影响是显而易见的,而且随着科技的进步,它对自然环境和人类精神生态的作用日益深刻。生态批评和自然写作在对人与自然的关系现状做出评价时,其关注的重点之一便是对技术的批判。特别在最初的阶段,必须依赖主客二分的分析性思维。在这样的思维的引导下,人与自然逐渐转为对立的关系,尤其在笛卡尔和牛顿之后,自然被视为可拆解为各个零部件的机械装置。自然对人类童年的那种神秘感以及由此激发出来的崇敬和艺术创造的灵感越发黯淡,同时技术的进步使人在自然面前的自信心急剧膨胀起来。自然的被征服、奴役逐渐成为理所当然的人类权利。也就是说,科学理性的初期发育,为人类对自然环境的任性举动提供了思维方式上和观念上的支持。梭罗认为,近代科学的主要错误之一是人们只注意引起人兴趣的现象,把它当成相对独立而不是与人有联系的某种东西。换句话说,这一错误的危害在于割断了人与自然的亲和性,而且无视自然的内在价值。

人类发展经历了传统的农业文明与工业文明。农业文明是在农耕牧渔生产力较为低下的情况下发展起来的,相对于工业文明,它对于大自然的改造是温和、渐进、适量的。工业文明是在以蒸汽机为标志的工业革命基础上发展起来的,它强调征服自然、改造自然,对于大自然的征服和索取是强硬、猛烈、超量的。随着阶级和国家的产生,与其俱来的是脑力劳动和体力劳动的对立,农业劳动和手工业劳动的

对立，城市和乡村的对立。马克思和恩格斯说："物质劳动和精神劳动的最大的一次分工，就是城市和乡村的分离。城乡之间的对立是随着野蛮向文明的过渡、部落制度向国家的过渡、地域局限性向民族的过渡而开始的，它贯穿着文明的全部历史直至现在。"① 而农业文明和工业文明的对立又以农业劳动和手工业劳动的对立、城市和乡村的对立为标志。安徒生童话也反映出这种对立，肯定代表自然价值的前者、否定体现物质文明的后者，虽然不像其他作家那样剑拔弩张，但如同潜流，暗蕴在故事的深层结构里。

安徒生生活的时代刚好是19世纪上半期，整个欧洲都处于资本主义工业文明的发展时期，生产力的发展，促进了城市化的发展，人类历史首次出现了城市占统治地位的文明。大量的农业人口迁入城市，从农民蜕变为商人、手工业者。年轻的姑娘通过嫁给城市人而脱离农民身份，这样的情节在安徒生中后期的故事里出现过好几次。"在整个有机或无机的世界里，作为一种亲身经历的现实，安徒生深深地涉足于原始的生活，以至于被人看作文明社会中的野人。"② 安徒生的作品孕育在农业文明的浓郁氛围里，在怀旧哀伤的情调里，充溢着作者对于即将逝去的、田园牧歌般的农耕社会的无限留恋。与此相对，对于工业革命带来的人类文明的科技成果、工具理性，表现出怀疑和批判。

一 "文明"与"自然"的对立

自然美从美学中消失，与现存的工业时代有关，具体来说，是与工业时代对待自然的态度联系在一起的。"从批判启蒙的工具理性着眼，阿多尔诺认为现代人对于自然的轻蔑与对于人工产品的推崇是一

---

① [德] 马克思、恩格斯：《马克思恩格斯选集》（第1卷），人民出版社1995年版，第105页。
② [丹] 欧林·尼尔森：《汉斯·克里斯琴·安徒生》，郭德华译，中国对外翻译出版公司1988年版，第116页。

致的，现代人对于自然美的漠视与对于自然物实用的热衷是一致的。正是工业文明与自然的冲突，导致了自然美从人类视野中的消失。"①

在安徒生的童话里代表"文明"的人工、机械的东西被放在"自然"的对立面，成了虚假的、欺骗人的东西。发表于1844年的《夜莺》是一篇意味深长的故事。这个以夜莺为题目的故事，通过一只人造夜莺和大自然当中的夜莺构成"手工机械"与"天然"的对立主题。这个主题阐发的正是人工智巧体现物——人造夜莺，尽管一度使人沉迷，最终还是败给了大自然中的生命——夜莺。

一只有着美妙歌喉的夜莺住在树林里，靠着大海。皇宫里的皇帝通过外国旅行家的作品才知道了在自己的国土上有这么一只鸟儿。"夜莺？我完全不知道有这只夜莺！我的帝国里有这只鸟儿吗？而且它还居然就在我的花园里面！我从来没有听到过这回事儿！这件事情我居然只能在书本上读到！"②同样的，皇宫里的大臣们也不知道这只夜莺。原来这是一只"除了宫廷的人以外，大家全都知道的夜莺"。真正欣赏夜莺的是一个忙碌的穷苦渔夫和一个在皇宫里干粗活的小女孩。渔夫在夜间出去收网的时候，会听到这鸟儿美妙的歌声。厨房里的小女孩说："当我在回家的路上走得疲倦了的时候，我就在树林里休息一会儿，那时我就听到夜莺唱歌。这时我的眼泪就流出来了，我觉得好像我的母亲在吻我似的。"③当小厨娘带着皇帝的侍臣到树林里找到这只夜莺，邀请它到宫里给皇帝唱歌的时候，夜莺说："我的歌只有在绿色的树林里，才唱得最好。"在绿色的树林里才唱得最好，这句话真是意味深长。夜莺是属于大自然的鸟儿，大自然是它的生存之根，夜莺的歌声怎么离得开大自然的滋养呢？皇宫是文明的象征，与自然相对立的存在，把一只来自大森林的夜莺囚禁在皇宫，相当于

---

① 鲁枢元：《生态文艺学》，陕西人民教育出版社2000年版，第84页。
② [丹] 安徒生：《安徒生童话全集》，叶君健译，天津人民出版社2015年版，第324页。
③ 同上书，325页。

把自然也纳入文明的控制之下，那么夜莺的命运可想而知。

果然，夜莺来到皇宫，住了下来，只有白天出去两次和夜间出去一次的自由。出去的时候还有十二个仆人跟着，并且腿上被系上了丝线。大自然里的灵魂歌手俨然成了皇宫里的囚徒。在这"花朵上还挂着银铃"的地方，充满了过度装饰和斧凿之气，文明带来的过度精致，使得宫廷里的生活远离了自然的质朴和粗犷的生命力。夜莺，这只象征着大自然灵气的鸟儿显然与这里的环境格格不入。直到一件装在盒子里的工艺品——人造的夜莺出现在皇帝的面前。这是一只"全身装满了钻石、红玉和青玉"的人造鸟儿。凭借着炫目的外表，这只靠着发条来唱歌的夜莺很快就得宠了。真正的夜莺从这土地和帝国被放逐出去了。"谁也没注意到它已经飞出了窗子，回到它的青翠的树林里去了。"① 人造夜莺两次获封皇家歌手这样的称号，甚至乐师写了一部关于这只人造鸟儿的书：一部学问渊博、篇幅很长的著作。显然这只人造鸟儿比起那只来自大自然的夜莺获得了文明秩序内更多的青睐和看重。这当中，只有渔夫说："它唱得倒也不坏，很像一只真鸟儿，不过它似乎总缺少了一种什么东西——虽然我不知道这究竟是什么！"② 渔夫是能够真正欣赏大自然中的夜莺的歌喉的人，只有他觉得这只人造夜莺似乎缺少了一种什么东西，这里缺少的东西，渔夫说不出来，那么安徒生就让它含蓄地隐藏在文本的深层了。挖开表层，我们还是能够看得见，这缺少的东西难道不是只有自然拥有的奔涌的生命力里，内心的真诚吗？人类科技文明的相当一部分始于模仿自然，或从自然中获得启迪，或从自然中谋得精髓，自然事实上是人工智能的启蒙老师。这个似乎超越了天然夜莺的人造鸟儿动听的歌声里还是缺少一点什么，人类自认为超越了自然，将自身创造的文明和自然对

---

① ［丹］安徒生：《安徒生童话全集》，叶君健译，天津人民出版社2015年版，第329页。
② 同上。

立起来。一般认为，自然的就是蛮荒、落后的，而文明、先进就是超越自然的。而实际上，人类作为大自然生态系统中的一员，作为整体的一部分，无论如何都是无法超越栖身其中的自然的。自然的智慧来自大地、天空、森林、湖泊、海洋、山丘以及遍布其中的生灵，岂是人类凭着一己之力就可以超越的？现代科技是人类为自己书写的神话，科技给人带来的盲目自信让人误以为自身可以无限地超越自然，凌驾万物。而自然却总是以无言的智慧给人以反击和警醒。

人造夜莺停止了歌唱，皇帝第一反应，叫来了他的御医。这是一只靠发条转动的鸟儿，御医有什么用呢，于是叫来钟表匠，最后的结论是，里面的齿轮坏了。人工夜莺走到了它的大限，那么大自然中的夜莺就该出场了。皇帝患病，死神降临，那只夜莺却突然到来，在美妙的歌声中，驱走了死神，皇帝得救了。这只因为人造夜莺的到来而一度遭到放逐的鸟儿，却在皇帝危难时刻挺身而出，用自己灵魂的歌唱挽回了皇帝的生命。这样的安排，使得主题越发明显。

两只夜莺，一只来自大自然，一只来自人类工匠之手，前者与大自然融为一体，它的歌声美妙来自天然，而后者完全是机械的结构组装出来的，它的歌声是有限的、人可以预料和掌控的。"你们永远也猜不到一只真的夜莺会唱出什么歌来，然而在这只人造夜莺的身体里，一切早就安排好了，要它唱什么曲调，它就唱什么曲调！你可以把它拆开，可以看出它的内部活动：它的'华尔兹舞曲'是从什么地方起，到什么地方止，会有什么别的曲调接上来。"[①] 让一只夜莺唱出人类编排的音乐曲调华尔兹，这只有人工制造的夜莺才可能做到。而让一只鸟唱歌都唱人类社会的曲调，这本身就是对于自然的反叛与扼杀。人工的夜莺以机械的方式结束了它的生命，来自人类手工的产品当然有它自身的寿命。营救皇帝这样的重任，只有来自大自然的夜莺

---

① ［丹］安徒生：《安徒生童话故事集》，叶君健译，人民文学出版社 1994 年版，第 37 页。

才能够胜任。来自天然的鸟类的真正歌唱，撼动了死神，留住了皇帝的生命。人造夜莺因为华丽夺目的外表，符合人们追求文明矫饰的审美口味；因为腹中曲调来自人类的乐曲，迎合了人的娱乐需求；因为可以操作和控制，满足了人的猎奇心理和控制欲。它虽然外观似一只夜莺，实质上却是人类根据自己的喜好设计出来的一个小玩物、小奴仆。人类和人造夜莺之间的关系是主与仆、主体和附庸之间的关系，人造夜莺并没有自我主体和独立性。树林里的夜莺，却是和人类平等的自然界中的一员，与人类交往过程中，这只夜莺来去自由。应邀来皇宫至少是夜莺自愿的，当人造夜莺到来时，它的悄然隐退也是自愿的。皇帝病危时，夜莺也是不请自来的。夜莺无意成为皇宫里的一员，也就意味着代表自然的夜莺无意被人类文明收编和接纳。但是，这不妨碍夜莺和人类和谐相处，皇帝面临死神威胁时，夜莺自愿前来相助。人造夜莺，不管外表多么像一只夜莺，歌喉和夜莺多么不相上下，始终也无法属于森林，无法替代真的夜莺。就如同人类的科技再发达，再具有超越性，也无法真正超越自然，完全用人工替代自然。真正的夜莺最终的胜利象征着自然的无可替代性。文明与自然的交锋，绝非人类自以为是的所向披靡，而是只有消弭对立，放下对自然的蔑视和征伐，将尊重自然作为前提，把自然作为平等的主体自我，进行和谐对话和互补，才是合理的。正如故事里的夜莺和皇帝的关系，以真诚的方式交往，只有真正的尊重才能赢得信任和友爱。夜莺来到虚弱的皇帝面前，说出了它回来的理由："当我第一次唱歌的时候，我从您的眼里得到了您的泪珠——我将永远忘记不了这件事。每一滴眼泪是一颗珠宝——它可以使得一个歌者心花开放。"[1] 因为皇帝的真诚，夜莺才能够在他病危时前来营救。皇帝希望夜莺能够留下来，但是夜莺选择了离开："我不能在宫里筑一个窝住下来。"属于大

---

[1] ［丹］安徒生：《安徒生童话全集》，叶君健译，天津人民出版社2015年版，第334页。

自然的夜莺知道它的根基在哪儿。《夜莺》的故事背景就设定在东方的中国，"这个带有中国艺术风格的故事如同最精美的艺术品中的一件精致的瓷器"①，不仅是一曲对于天然、自然的赞歌，也通过皇帝和夜莺的关系，启发性地提出了如何处理人与自然、文明与自然之间关系的问题。而故事背景恰好在中国，似乎更加富有深意，相比于工业化较早的西方，东方的中国也成了抵制和反思现代科技文明的想象之地。在安徒生这样的欧洲作家笔下，东方的中国彼时也许正好扮演了想象中的人与自然和谐相处的理想世界。而实际上，安徒生时代的中国也确实仍然处于农业文明的时代，现代科技的坚船利炮尚未轰开古老中国的大门，任西方作家想象驰骋的中国，在人与自然的关系上也的确是"天人合一"的较理想状态。一个作家若试图通过异国想象来获得某种东西，至少说明了他自身对本民族文化的某种深思。也许可以这样理解，这个借用了远方中国背景的童话故事，透露出安徒生对于欧洲正逢其时、高歌猛进的工业化，以及带来的相应的社会文化、人伦变革，人与自然的关系都已经怀有深深的隐忧。

另外，在《猪倌》里，也蕴含着同样的意味，公主对于王子送来的天然的礼物——夜莺和玫瑰花嗤之以鼻，王子把一朵来自父亲墓上的珍贵的玫瑰花和一只有着动人歌喉的夜莺送给了他心仪的公主，"公主把花摸了一下，她几乎哭出来了"。"这花不是人工做的，它是一朵天然的玫瑰花！"公主竟然因收到的玫瑰花是天然的，而大失所望。紧接着发现送来的夜莺也是一只来自大自然的鸟儿，公主怅然若失："我真希望它不是一只天然的鸟儿。"因为这样的天然礼物，王子求婚失败了。后来，公主却被乔装成猪倌的王子手工制作的小玩意儿吸引，不惜答应以 100 个吻来换取。最终被猪倌耍弄的公主被王子关

---

① ［丹］欧林·尼尔森：《汉斯·克里斯琴·安徒生》，郭德华译，中国对外翻译出版公司 1988 年版，第 116 页。

在了他王国的大门外。"一个老老实实的王子你不愿意要,玫瑰和夜莺你也不欣赏;但是为了一个玩具,你却愿意去和一个猪倌接吻。现在你总算得到报应了。"① 玫瑰花和夜莺都是来自大自然的东西,因为自然而质朴,缺乏人工矫饰的精致和机巧,公主对此嗤之以鼻,却对王子以雕虫小技炮制出的人工小玩具格外痴迷,可见自然的朴拙与鲜活生命力在人类文明衍生的炫目机巧面前显得多么廉价和无用。换言之,在公主眼里,玫瑰花在自然界随处可见,人类摘下它甚至无须花费毫厘,无须付出任何成本,要知道,千百年来,人类对于自然的索取,何曾付费,自然只要尚未纳入人类社会监管的区域,就不会被标上价签,那么就毫无价值可言。如同荒野里的野花,采摘多少也是无所谓的。而被纳入人类监管区域的自然物则成为人类的私有物,成为买卖的对象,比如土地、山林,以及出产物等。"科技精神使人失去了对万物之美的追求,使万物在人的眼睛里彻底去魅,使人走向功利主义、实用主义的极端。在伪自然占尽优势的时代,河流里的青蛙和森林里的野花毫无用处。"② 的确,在功利主义的人类眼光看来,遍布自然界的青蛙和野花如果不能给人类带来直接的利益,毫无价值可言。相形之下,超市里的会跳会唱的玩具青蛙可能因为标上品牌和价签,要比田野里的青蛙贵重得多。万物之美、自然的智慧,就如同玫瑰花的芬芳和夜莺动人的歌唱,在公主眼里,只能是无用和不起眼的了。那口可以闻到别人家灶火上食物味道的锅,显然和玫瑰花不是一回事。就像夜莺的歌声和那个小玩具奏出的"华尔兹舞曲"也不可相提并论一样。公主迷恋的是远离自然的人工智巧。这些缺乏真实生命力的小玩意,怎能与父亲墓上的玫瑰相比呢?怎能与森林中的夜莺相比呢?最后,这个着迷小玩具的公主被扮成猪倌的王子所耍弄。这个

---

① [丹]安徒生:《安徒生童话全集》,叶君健译,天津人民出版社2015年版,第313页。
② 鲁枢元:《生态文艺学》,陕西人民教育出版社2000年版,第66页。

带有象征意义的故事,用公主最后得到的惩罚来表征:所谓人类科技文明带来的功利主义和实用主义尺度,可能会导致人逐渐远离了大自然,乃至自然人性,这种行为方式有悖于人本身,并将得到惩罚。

《冰姑娘》里也穿插了文明与自然的对立这样的主题。洛狄作为自然之子,故事里安排了一个和他相对照的人物——一度使巴贝德的爱情信念蒙尘的英国年轻人。这个巴贝德的表兄是英国绅士,来自发达的工业文明都市,给巴贝德带来诱惑,最终为爱情埋下了悲剧的种子。洛狄与其表哥构成对立,两人分别代表了自然和文明哺育下的男性形象。一个粗犷、勇敢、坦率,一个文雅、怯懦、含蓄。

故事通过洛狄和英国表哥的对立,展示了自然和文明的对立。借着洛狄,作者对都市文明里精致背后的虚伪矫饰以及生命力的萎缩进行了隐形批判。在表哥出场的房间里,虽然漂亮又精致,但洛狄感觉到非常拘束,"他走起路来简直像踩着铺在光滑的地板上的豌豆似的"。和大家一起出去散步的时候,洛狄如果向前走两步,必须再退后一步才能跟大家看齐。文明的绅士淑女要去参观锡永古堡,洛狄完全不能苟同:"他们认为看这些东西是一桩愉快的事!这是一个执行死刑的地点。"① 明明巴贝德已经和洛狄订婚,英国表哥还把巴贝德对他的招待理解为对他的暗示,半夜跑到巴贝德的窗下去挑逗。作者特意强调了英国人在磨坊木槽边缘踩过去的动作:"他从来没有学过爬,因此他差不多要倒栽葱地滚进水里去了。"② 对于洛狄可能是不费吹灰之力的事,在英国人这里,简直狼狈不堪。被洛狄发现后,他就再也不见踪影了。巴贝德对于洛狄来讲是他幸福的源泉,而对于这个英国人来讲,也许不过是一次逢场作戏的艳遇罢了。

洛狄作为自然之子与代表文明都市的英国表哥在外表、喜好和行

---

① [丹]安徒生:《安徒生童话全集》,叶君健译,天津人民出版社 2015 年版,第 1150 页。
② 同上书,第 1154 页。

事方式方面形成鲜明对比。英国表哥虽然有着所谓绅士的外表和趣味，可是在对待巴贝德的感情上，并未见出真情和执着，并且完全无视巴贝德已经有婚约在先的事实。相反，洛狄勇敢坦率，感情热烈。而在洛狄眼里，英国人的绅士派头不过充满了虚伪的腔调和无用的派头。可是，所向无敌的洛狄在冰姑娘那里都从来没有过胆怯和怀疑，在英国人这里却受到很大影响。也正是因为英国表哥的出现，为他们最终的悲剧埋下了伏笔。这也在一定程度上象征着文明对于自然世界的冲击。这其中，也许寄寓了安徒生对于文明的复杂态度。

二 家园意识与处所想象

在安徒生的前期童话里，还带有很浓的民间童话的特征，如《小克劳斯和大克劳斯》《打火匣》《野天鹅》。童话人物还来自民间谱系，还未完全脱离出王子公主的母题模式，基本上都是古代民间童话的进一步完善与发展，而民间童话无一例外的都是农业社会的产物。20世纪60年代以后的创作中，安徒生倾向于写作一种介于童话和散文诗之间的作品，或者说是带有散文诗性质的童话，如《老房子》《老栎树的梦》《守塔人奥列》《孩子们的闲话》《一串珍珠》，等等。其特点是保持着童话的幻想性特点，叙事松散，叙事人对事件的印象、感受、评价在叙述中占了较大的分量。这类童话中可以寻得见人间生活的痕迹了，不再是纯粹的精灵古怪的故事。在后期童话中还有一类，属于还原的现实生活故事，如《单身汉的睡帽》《沙丘的故事》《看门人的儿子》《柳树下的梦》《依卜和小克丽斯汀》《老约翰妮讲的故事》《园丁和主人》《幸运的贝儿》等。这些作品基本不含童话的幻想因素，完全是对现实生活的描述。在这一部分里，最典型的是以男女主人公爱情为题材的三个情节相似的故事：《单身汉的睡帽》《柳树下的梦》《依卜和小克丽斯汀》。安徒生试图通过模式化的恋爱故事来反映与工业文明相伴而来的人伦关系的变化。

两小无猜的童年生活有美丽的自然风景相伴，老柳树见证了他们的纯真感情。但好景不长，约翰妮的父亲在大城市哥本哈根谋得了工作，约翰妮改变了生活境遇，并由此使她的歌唱天才得以展现，她成名了，进入了上流社会。约翰妮"不再是一个却格的姑娘了，她是多么文雅啊"，而克努得仍旧是一个却格的小伙子，普通的鞋匠学徒。于是，他们的幼年恋情无果而终。凄楚的克努得无声地离开，在漂泊中死去。《依卜和小克丽斯汀》里的克丽斯汀也和依卜遭遇了相同的情境，因为克丽斯汀也在成长中遇到了改变境遇的机会，使她放弃了依旧是农夫的依卜。

《单身汉的睡帽》以倒叙的手法起笔，一个漂泊异乡的老单身汉安东，在夜晚的眠床上打开回忆的闸门，一个和《柳树下的梦》相类似的故事出现在眼前。如同《柳树下的梦》中的丹麦小镇却格，《单身汉的睡帽》里也有一个让主人公萦绕在心的故乡——德国瓦尔堡附近的爱森纳赫。"丹卖的山毛榉林子是美丽的！"人们说，但是瓦尔堡附近的山毛榉林子，在安东的眼中，显得更美丽。如同克努得和约翰妮的老柳树爸爸，小安东和朱莉有一颗共同的苹果树。安东和朱莉一起种下的苹果籽先是发出两瓣嫩芽，最终长成了一棵苹果树。苹果树一年一年地长大，朱莉和安东也长大了。朱莉要跟着父亲离开老家，去向华丽的魏玛城了。当安东骑着马去看朱莉的时候，他常常唱着游吟诗人的一支歌，"从那沉静的山谷里，从那树林，哎哎哟！飘来夜莺的歌声"。他在她意料不到的时候去看望她了。他飞快地回到了爱森纳赫。他想毁掉苹果树，但没有做。因为父亲的破产，他只好离乡谋生。多年后的安东回到故乡爱森纳赫，房子仍然和以前一样，当年的苹果树，一棵花园里的树，居然流落到花园外的大路上。

这三个故事，内中虽然各有千秋，但结构统一，代表农业文明的小手工业者及农夫身份的男主人公，被进入工商业文明社会的少年恋人所弃。他们童年纯真、美妙的爱情伴随着恬静、闲适的农业小镇而生，也伴随着女主人公的成长境遇的变化（来到文明、发达的工商业大都市）而终。男主人公一律信守爱之契约，但在身处工商业都市的恋人面前，显得落伍。代表正在逝去的农业文明的男主人公都拥有执着的爱的信念，宽广的心胸，朴实的性格。他们执念于童年时代的纯真情感，克努得至死都不忘家乡却格的老柳树，依卜在克丽斯汀面临更好的选择时，宽容地决定放弃，让她选择繁华的文明都市，在克丽斯汀后来遭遇贫病死去后，又收养了她的女儿。老单身汉安东始终惦记着见证他们纯真爱情的苹果树。为了信守爱的诺言，他们或者成了老单身汉，或者在漂泊中死去。

他们代表的农业文明中，人与自然的关系是和谐共建的，他们与各自的恋人在大自然中度过的童年的美妙时光，与成年后的恋人走向文明都市带来的离弃与背叛，形成对比，更进一步讲，他们因为坚守古老的自然理想和生活方式，而与进入近代文明生活方式的恋人产生了冲突，这种冲突是必然的，难以调和的。恋人对他们的背弃，直接代表了来势迅猛的近代工业文明对于古老的手工业和农业的冲击，在充满感伤的怀旧氛围里，几个单身汉郁郁而终。

在表层叙事上，故事里的三个男主角都是失败者，它们败给了都市，败给了更加文明和先进的生活方式。他们作为旧有生活方式的保有者，旧的生产关系的代表者，旧的伦理关系的体认者，在已经走向蜕变的童年恋人面前显得落伍和不合时宜，但是在深层结构上，他们却寄寓着作者固守的理想。在和谐的自然环境中，人具有鲜活的生命力。只有在自然的怀抱中才能找到心灵的慰藉。作者以乡野作为抨击都市文明的尺度。在乡村文明与都市文明的对照视野下，作者的生态理想由此形成。女主人公都纷纷离开了故乡，也就是故土和家园，走向一个全新的环境，代表着文明和发达的都市。与女性角色的离家甚至是弃家之旅形成对立的是男性角色对家园的固守和对故土的眷恋。男主人公们对于童年生活、情感的执念伴随终身，他们无论身在何方都沉浸在对旧日欢愉的记忆当中，旧日记忆又与童年生活的故乡自然风物息息相关，克努得的却格的老柳树，安东的苹果树、"荷莱夫人"，这些充满灵性的植物和传说人物与他们的旧时恋情相互交织。在这几个并未获得爱情的单身汉身上寄寓着作者浓重的家园意识，而这种家园意识又和男主人公的爱情理想掺杂在一起，难分彼此。这几个故事基本遵循了"家园立约—离乡弃约—通过回乡自我成全"这样一个大致的结构模式。其中，家园、故乡这样的概念成为故事的叙事起点，也同样成为叙事终点。故事最终以一个圆形结构获得完结。下面，依循这样一个结构来具体看看这几个故事。

（一）家园与立约

家园（home）指物质层面上的土地、房屋、故乡与生息地等以及情感所依附的家庭与生活。家园（home）概念既体现人与地理空间的关系，也包括人与人之间、人与社会之间的关系。"'家园意识'是当代生态美学观的基本范畴之一，它凝聚了人类对自我和存在状态的思考，对诗意栖居的向往，强调人与自我、他人、社会的一体性。"[1]在西方传统的主客二分的认识论中，家园被看作与个体对立的客体，是自我认知过程的障碍物，是自我发展的束缚。而在生态存在论美学的观点中，"'家园意识'是个体对存在与环境、社会关系的理解，是个体对自然、社会的精神归属感，是'人的本真存在的回归和解放'"[2]。

这几个故事不约而同地分别选择了一个让主人公终身难以离弃的家园——一个与自然风物紧密相连的自然生活区域，超越了住宅空间

---

[1] 曾繁仁：《试论当代生态美学之核心范畴"家园意识"》，《温州大学学报》（社会科学版）2010年第5期。

[2] 程海萍：《生态美学观照下的家园意识——论菲利普·罗斯小说中的家园叙事》，《宁波教育学院学报》2013年第2期。

的家，它是远离都市的乡村，甚至是一条河，一棵树，一座山。且看故事《柳树下的梦》的开篇：

"却格附近是一片荒凉的地区。这个小城市是在海岸边的近旁——这永远要算是一个美丽的位置。要不是因为周围全是平淡无奇的田野，而且离开森林很远，它可能还要更可爱一点。当你在一个地方真正住惯了的时候，你总会发现某些可爱的东西，你就是住在世界上别的最可爱的地方，你也会怀恋它的。"①"荒凉的地区""平淡无奇的田野"表明这里的家园是远离繁华与文明前沿的前现代区域，自然属性成为这里的标志性特点。家园就是被自然所滋养着的独特处所，不管它的实际景致有多么平淡，它都会让住惯了的人恋恋不舍。克努得和约翰妮原本都是荒凉的却格小镇里穷苦人家的孩子，他们的童年在荒凉却也美丽的小镇上度过：

"在这个小城的外围，有一条流向大海的小溪的两岸，有几个简陋的小花园，这儿，夏天的风景是很美丽的。两个小邻居，克努得和约翰妮尤其是有这样的感觉。他们在那儿一起玩耍；他们穿过醋栗来相会。"②人在家园的诗意栖居，是故事最初的场景，栖居意味着一种归属感，人从属于大地、被自然所接纳、与大自然共存的感觉，其对立面是失去家园。与家园相伴的是，人之本性中潜藏的自然天性得以自由释放和敞开。在花园里的接骨木树和柳树下，幼年的约翰妮和克努得得到大自然滋养的感情真挚而纯洁，并在天、地、人的和谐美态中，一天天走向成熟。此后，无论主人公身在何方，代表了家园的"接骨木树妈妈"和"柳树爸爸"成为主人公一生的牵绊。男女主人公的真挚感情也成为这里人伦关系的一个表征和缩影。"空间是可以扩展转变的，文化是可以扩散携带的，但人与处所的联系却是长久

---

① ［丹］安徒生：《安徒生童话故事集》，叶君健译，人民文学出版社1994年版，第93页。
② 同上。

的，人的自然家园却是固定的、唯一的。"① 自然家园的固定性和唯一性，奠定了故事的基调。

《单身汉的睡帽》以倒叙的手法起笔。在漫长而又孤寂的夜里，在哥本哈根小房子街的一间屋子里，来自德国的老单身汉安东泪眼婆娑，回忆如同瀑布开闸，倾泻而来：

"'丹麦的山毛榉林子是美丽的！'人们说，但是瓦尔堡附近的山毛榉林子，在安东的眼中，显得更美丽得多。那个巍峨的骑士式的宫殿旁长着许多老栎树。它们在他的眼中要比丹麦的树威严和庄重得多。石崖上长满了常春藤；苹果树上开满了花，它们要比丹麦的香得多。他生动地记起了这些情景。于是一颗亮晶晶的眼泪滚到他脸上来了，在这颗眼泪里面，他可以清楚地看到两个孩子在玩耍——一个男孩和一个女孩。"②

一个已经离乡多年的老人，在异乡的寒夜里，回忆到的是他出生并且度过少年时代的故乡。老安东最快乐的回忆从比丹麦的山毛榉林子还要美丽的瓦尔堡附近的山毛榉林子开始，那个开满常春藤，长着老栎树、苹果树，散发着迷人芳香的故乡艾塞纳哈虽然远隔千里，却一直是老安东永远的"家园"。"有时它们像火焰似的燎起来，在他面前照出一幅生命的图画——一幅在他心里永远也消逝不了的图画。"③这幅永远也消逝不了的生命的图画是一个人与自然相谐相依的家园，以及生长在家园里的真纯之恋。

故事的回忆中特别提到小安东和小朱莉共同种下的一粒苹果籽，在花盆里破土而出，从两片嫩芽长成了粗壮的大树。苹果树从播种、发芽、开花到结果，整个的过程都是按照植物的自然生长规律进行的，并不能受到人为的控制。这棵苹果树的来自天然的成长节律象征

---

① 王诺：《生态批评与生态思想》，人民出版社2013年版，第193页。
② [丹]安徒生：《安徒生童话故事集》，叶君健译，人民文学出版社1994年版，第96页。
③ [丹]安徒生：《安徒生童话全集》，叶君健译，天津人民出版社2015年版，第803页。

着男女主人公以顺应自然节律的方式很自然地积蓄起真挚而深厚的感情,没有丝毫文明带来的虚饰与包装。

同样地,依卜的"家园"在"欧石楠丛生的荒地上,或在伏牛花灌木丛里"。"离古德诺河不远,在西尔克堡森林里面,有一道土丘从地面上凸出来了,像一堵墙一样伸展开去。人们管它叫'背脊'。在这高地下面朝西一点有一间小小的农舍,它的周围全是贫瘠的土地;在那稀疏的燕麦和小麦中间,隐隐地现出了沙子。"① 河流、森林、土丘、隐隐现出沙子的贫瘠土地,这个远离都市文明、略显蛮荒的地方是依卜的家园。在背脊后面的树林里,是依卜和小克丽斯汀"探险"的地方。依卜和克丽斯汀的感情是从塞歇得荒地上的树林里生根发芽的。童年的纯美感情和这些质朴的自然景致浑然一体,离开这样的家园,这样的情感将会因为失去依傍,而无处生根。"按照我们人类经验和历史,一切本质的和伟大的东西都只有从人有个家并且在一个传统中生了根中产生出来。"② 他们的身心受到大自然的感召,生命力在美好的大自然中得到尽情舒展。

"在那个时候,这儿没有什么工厂,也没有什么城镇。这儿只有一个老农庄,里面养的家畜也不多,水冲出闸口的声音和野鸭的叫声,算是西尔克堡唯一有生物存在的标记。"③ 这里是一个远离工业文明的理想栖息地,伴随着文明入侵前的蛮荒与落后,自然也保存了人与人之间最真纯的关系。更接近于人本身的生存方式。依卜和克丽斯汀在林中探险,河上漂流,遇到了神秘的吉卜赛女人,这个实际上应该是女巫的女人给两个孩子送了神秘的礼物,并且许诺会得到他们想要的东西。而克丽斯汀后来得到的一切也可以说是在这里的时候,依

---

① [丹]安徒生:《安徒生童话全集》,叶君健译,天津人民出版社2015年版,第714页。
② 曾繁仁:《试论当代生态美学之核心范畴"家园意识"》,《温州大学学报》(社会科学版)2010年第5期。
③ [丹]安徒生:《安徒生童话全集》,叶君健译,天津人民出版社2015年版,第715页。

卜给她馈赠的，因为他把吉卜赛女人手里最好的东西送给她了。依卜对于贫穷的小姑娘克丽斯汀，充满了爱护和包容，遇到吉卜赛女人给她们神秘礼物时，他把最好的让给克丽斯汀。当克丽斯汀有了更好的选择时，依卜选择默默地放弃。在做出决定时以克丽斯汀的幸福为准则。这个幼年时代林中探险的插曲，看似随意，却为日后两位主人公的命运埋下了伏笔。吉卜赛女人送给他们几个榛子，说是里面有最好的东西，打开以后，却是一点点黑土。看上去丑陋又廉价的黑土，作为礼物，让人觉得索然无味。但是在象征层面则隐喻了人与土地的关系。人与土地相依相偎的存在才称得上诗意的栖居。大地总是以最质朴无私的方式默默回馈土地上生息的人们。看上去朴素无声的土地，却给了人最好的东西。

故事里此阶段的主人公都处于童年阶段。由于童年心灵的洁净，未被世俗观念污染，且较少成人的因果观念和逻辑思维，因此童心往往可以超越世界的实在性和功利性而进入无拘无束的自由幻想天地。天真的童心更容易领悟宇宙间不朽的信息，更接近自然中真实的生命。童心和自然有了更多的神交意会，洁净的童心与大自然进行着无声的对话。这种对话伴随着他们的童年恋情。

（二）离乡与弃约

几乎每个故事里的女主人公都经历了离乡。约翰妮离开小镇却格，去了京城哥本哈根。朱莉离开爱森纳赫，去了中心城市魏玛。克丽斯汀离开塞歇得荒地，最终嫁给了住在哥本哈根的新郎。这些离开乡村的女主人公们，统统来到了真正意义上的大城市，成了熙熙攘攘的都市人群中的一员。她们都进入了代表都市文明前沿、占有大多数都市资源和物质财富的上流社会或富人群体。她们对于都市差不多都是欣然接受的态度，似乎因为来到文明都市，命运给了她们比待在原地要丰厚的犒赏。文明的馈赠给她们带来相当的满足和欢欣。小约翰妮在哥本哈根不再是一个却格的姑娘了，变得文雅漂亮，如同上流社会的小姐了。朱莉用满杯的酒、愉快的陪客、高雅的朋友来欢迎安东。克丽斯汀实现了童年在塞歇得荒地的森林里遇上的吉卜赛女人许下的诺言，在给她的两颗果子里，一颗藏着金车子和马，另一颗藏着非常漂亮的衣服。在京城哥本哈根，一切华贵的东西她都拥有了。对于之前那个与乡土自然紧密联系着的个体身份，她们都采取了回避的态度。所以，当那些个承载着她们幼年时代几乎全部记忆的童年恋人，从故乡出发，日夜兼程、风尘仆仆地赶来时，发现她们都变了。伴随着她们对都市的接纳和适应，那些仍然生活在乡村家园的男主人公反而让她们觉得产生了距离。

离乡是她们成长过程中的重要节点，来到都市后，再次出场的小女孩们都已褪去了幼年时代的天真和稚嫩，进入了成人世界。离乡在这里有了更进一步的象征意义，离乡既是告别故乡，也是告别童年。离乡是这些少女们的生命历程当中一次严肃不可逃避的成人礼。

伴随着她们的成人礼，那些生长在故土上的爱情统统因为水土不服而死去了。童年时代的终结，宣告了那些与自然心神交融的日子一去不复返了。与自然缔结的契约——那种原本只属于那片土地的感情，好比失去土壤，拔去根须的植物，再也没有寄身之处了。离乡成为爱情死亡的宿命。约翰妮告诉克努得他们就像兄妹，朱莉告诉安东，"我们彼此有了许多变化——内在的和外在的"。克丽斯汀则是选择了嫁给富有的求婚者。与离乡紧紧相联的即是背弃和诀别。背弃是对原先的身份的逃离和放弃。而这种诀别不仅仅是和一个少年恋人的诀别，更是和那个"家园"的诀别，她们再也回不去了，已然不再属于那个"家园"。约翰妮辗转于旅途和一个又一个繁华都市。克丽斯汀因为死亡，永远地留在了哥本哈根。朱莉在魏玛有了自己全新的社交圈子。这些离开家园的少女在成长的过程中和家园渐行渐远了，和家园自然风物的自然联系也就割断了。按照生态的处所理论，离开家园，跻身都市的她们，处于一种"非处所生存"状态。

生态的处所（place）理论是近几十年来，西方的生态文学家和生态批评家讨论较多的理论。强调人对特定的、与自然亲密接触的地方（place）、地域（region）的依附。但它又借鉴了思想文化界有关空间的理论和人文地理学思想，并与海德格尔的存在论哲学有密切的关系，其哲学意味更浓。处所理论研究认为，"不能体现人与自然联系、不能确定和标记人的生态存在和生态身份的特定空间就是'非处所'"[①]。如果将"处所理论"的生态批评视角移入对"约翰妮"的审视中，可以把约翰妮离开家园后的生存状态看作"非处所生存"。"如果家园、故乡等与自然密切联系的自然区域是处所，机场、宾馆甚至整个与自然脱离的城市都可以称为非处所。"[②]

这些女性主人公在都市得到的一切，都是以丢弃处所生存为代价的。约翰妮住在还要给父母交付房租的公寓里。成为歌唱家的约翰妮从一个城市到另一个城市，甚至从一个国家到另一个国家，巡回演出的生活是居无定所的。在喧闹的欢呼和沸腾的掌声里，哪里还有昨天"接骨木树妈妈"和"柳树爸爸"的影子？所以站在舞台下的克努得怎么呼喊她的名字，约翰妮也是不会听见了。比起童年时代的生活，约翰妮在都市的生活已经失去了自然特性和地域特性，仅仅是人造的"位置"，这样的生存不是自然的栖居，更谈不上诗意的栖居。对于生活在工业化时代的都市中人来讲，"家被降格为住宅，一个离开劳动市场'现实世界'的休息寓所。房子变成只是一个便利的场所和娱乐活动的基地。随着家变成房子，意义和身份渐渐消失。房子和住在其中的人成为一个更大的系统中可互换的零件"[③]。

处所，简而言之，是指人所依附的特定自然区域，它决定、影响

[①] 王诺：《生态批评与生态思想》，人民出版社2013年版，第203页。
[②] 同上。
[③] 同上书，第205页。

和标记着人的生存特征、生态思想和人的生态身份，同时这个自然区域也受到在其中生存的人的影响和呵护。处所与人之家有着亲密的互动关系。《依卜和小克丽斯汀》中，克丽斯汀的结局，意味更加明显。克丽斯汀选择了放弃赛歇得荒地的依卜，嫁给哥本哈根的新郎，可是最终却死在了哥本哈根的贫民区里，故事的叙事简直像是在说因果报应一般。克丽斯汀在故乡和哥本哈根之间选择了代表文明和富裕的哥本哈根。远离家园的克丽斯汀割断了与自然的依附关系，放弃了自己的生态存在，解除了与自然立约为背景的纯洁感情，成为都市里"非处所生存"的一员。家园丧失的克丽斯汀并没获得幸福，而是获得了报应一般的结局。伴随着家园丧失的是生命的自由、人与人之间坚韧的情感纽带，对善的珍重、对简朴生活方式的放弃。在都市里，"孕育生命的山水告退，真淳质朴的人性丧失，有的是萎缩的生命、残缺的人性、肉欲的游戏、道德的沦丧"[①]。都市物质财富的充裕，再配上都市里形形色色的享乐手段和酒色场所，滋长了人性里潜藏着的鄙陋一面，激起人的虚荣和贪欲，金钱带来的人生悲剧活生生地在克丽斯汀身上上演了。家园丧失后的物质主义生活方式使得人在追逐金钱、不断扩张物质享受中获得满足，并把它当作人生的唯一目的。极度的欲望膨胀扼杀着人的灵魂和美好天性。事实证明，物欲膨胀不仅伤害了自然也伤害了人自身，使人丧失其天真纯洁和美好的心灵。人的身体太舒适了，精神就会败坏。所以生态主义主张要想谋求精神生活的丰富，需有简朴宁静的生活方式。只有返归家园的真正意义上的处所生存才是诗意的栖居，比如他们童年时代的生活，未受工业文明侵扰的田园生活，才是一种处所生存。

[①] 王喜绒：《生态批评视域下的中国现当代文学》，中国社会科学出版社2009年版，第220页。

（三）返乡之路

"诗人的天职是返乡，唯通过返乡，故乡才作为达乎本源的切近国度而得到准备。守护那达乎极乐的有所隐匿的切近之神秘，并且在守护之际把这个神秘展开出来，这乃是返乡的忧心。"[①] 曾繁仁在他的论文中谈到，"家园意识"在西方文学中一直占据重要的地位。《圣经》中的"伊甸园"的描述，使得"伊甸园的失落与重建"成为西方文学中具有永恒意义的主题之一。西方文化的发源地希腊，属于海洋民族，加之西方资本主义发展较早，文化与文学资源中更多地强调旅居与拓展。从《荷马史诗》中的《奥德修记》到《鲁宾逊漂流记》都在重述一个母题，人类历经千难万险都必须返回家园。安徒生在他的作品中同样通过主人公的"返乡"再次显露了这种"家园意识"。

除去《依卜和小克丽斯汀》里的依卜，三个故事的男主人公都离开家乡前往恋人所在的都市探询恋人心意或者求婚。与女主人公对都市的接纳和喜爱形成对比的是，这些男主人公们面临了相同的处境——对都市文明的不适感。对于恋人所在的都市，以及都市里文明造就的繁华与精致，他们从未表现出赞赏与羡慕，反而，在克努得眼里，大都市的高层住宅使他难以理解："他爬了好几层楼，他的头几乎要昏了。在这个人烟稠密的城市里，人们一层堆上一层地住在一起。这在他眼里真是太糟糕了。"[②] 都市因为空间的逼仄，用地的商业成本，人们的住宅只能缩减为"一层堆上一层"的一间"鸽子笼"。而这种远离自然，甚至远离地面的房间怎么能担当得起家园这样的称谓呢？相比处所生存，文明都市里的生存，是一种无根的漂泊状态。

[①] 曾繁仁：《试论当代生态美学之核心范畴"家园意识"》，《温州大学学报》（社会科学版）2010年第5期。

[②] ［丹］安徒生：《安徒生童话故事集》，叶君健译，人民文学出版社1994年版，第96页。

人不停移动，不能停留在一个地方。传统意义上稳定的归属感不复存在，人人都成了无家可归者。与此同时，这种不适感与进入都市的恋人本身发生的变化带来的疏离感掺杂在一起，"她不再是一个却格的姑娘了。她是多么文雅啊！她朝克努得看了一眼，她的视线显得多么奇怪和生疏啊"①。《单身汉的睡帽》里，安东骑着马从故乡赶到魏玛，看望朱莉，情形是："茉莉为他准备好了一个漂亮的房间和一张舒适的床，然而这种招待跟他梦想的情形却有些不同。他不理解自己，也不能理解别人。"不管是克努得还是安东，在他们面对曾经亲密无间的童年伙伴时，都不约而同地感觉到了生疏和距离。这种生疏和距离以及最终恋人对他们的拒绝，加重了他们对都市文明的不适和拒斥。他们没有一个选择留下来，去接纳和适应都市。

于是，返乡成为他们共同的选择，到后来，甚至成为生命中的唯一盼望。比如依卜"他所发现的金子的价钱，当局都付清给他了。这是一笔很大的数目——600块钱。从塞歇得荒地上树林中来的依卜，现在可以在这热闹的大首都散步了"②。如果迷恋这个都市的文明，想留下来，不回塞歇得荒地，那也没什么问题。但是依卜不仅没有留下来，还把克丽斯汀留下的孩子带回了塞歇得荒地抚养。克努得起初决定远行，最终，"他决定回到他的老家去，回到接骨木树和柳树那儿去——啊，回到那棵柳树下面去"，安东以最快的速度掉头回家。"他这次没有花一天一夜的工夫，就回到爱森纳赫来了，但是这种飞快的速度已经把他骑着的那匹马累坏了。"③

三个故事里最惊心动魄的返乡是《柳树下的梦》。克努得本想通过远行来冲淡失恋的痛苦，结果无论身在何方，都被故乡的气息搅动得寝食难安。当克努得漂泊到德国纽伦堡时，他住了下来。可是

---

① [丹] 安徒生：《安徒生童话故事集》，叶君健译，人民文学出版社1994年版，第99页。
② [丹] 安徒生：《安徒生童话全集》，叶君健译，天津人民出版社2015年版，第806页。
③ 同上书，第724页。

一到夏天,"接骨木树在开花,而这花香使他记起了故乡。他似乎回到了却格的花园里"。他不得不搬走,在新的老板那里又遇到了柳树,他从"接骨木树妈妈"那儿搬到"柳树爸爸"的近旁来了,这棵树引起了某种触动,"尤其是在有月光的晚上。这种丹麦的心情,在月光下面流露了出来"。他终于又离开了。当他看到深树林中的绿湖的时候,他就想起了却格湾的海岸。当他到了意大利米兰,看到大理石的教堂,就觉得"似乎是用故国的雪造成的"。那个远隔千里的家园总是如影随形。离开家园后那种被移植的不适应感始终萦绕于主人公的心头。在意大利,舞台上耀眼的约翰妮牵起异国贵族的手,已经认不出台下拥挤人群中的克努得了。在经文明和荣耀熏染的约翰妮身上已经完全找不到却格的影子了。她和那个曾经养育她使她生根的地方已渐行渐远。这对于克努得意味着,与之相伴随的那份坚定而甜蜜的精神期待和向往已永久地破碎了。克努得决绝地踏上返乡路途时,正是降雪的冬天,他背着背包,挂着拐杖,跟在慢慢前进的马车后面的车辙里走。在现实层面上,这是一次缺乏准备、显得盲目的返乡之旅,安全抵达的可能性相当低,但是在此时主人公的内心,没有别的选择,即便永远在路上,只要前面是家的方向,死而无憾了。

不同于两位主人公,安东则是在返乡之后被迫再次离乡。(《单身汉的睡帽》)因为父亲的破产,他只好离乡谋生。作为在丹麦的德国伙计,他成了被丹麦人调侃的单身汉——"胡椒朋友"中的一员。丹麦的小孩唱的儿歌都充满了对他们的揶揄:"砍柴砍柴!唉,这些单身汉真孤独,他们戴着一顶睡帽去睡觉,他们只好自己生起炉火。"[①]"小说中的他们因身处异乡而呈现出家园感、地方感的缺失,与这种缺失相伴,他们经历着社会中的误解、对立和疏离,这两种经验之间

---

① [丹]安徒生:《安徒生童话全集》,叶君健译,天津人民出版社2015年版,第801页。

有着重要联系，因为自然环境总是在个人和集体的心理与个性塑造中发挥作用。"① 在远离家乡的异国，由于家园感、地方感的缺失，安东体验到来自周遭世界的，比普通单身汉更多的误解、疏离和冷漠。在丹麦街头小小的房间里，忙这忙那，一直忙到深夜。"在他乡作为一个异国人是一种悲惨的境遇：谁也不管你，除非你妨害到别人。"丧失了家园的安东，身处的孤独只有回忆和想象能够填补，这些回忆和想象中，最多的就是关于家园。"他的老家是在杜林吉亚——在瓦尔堡附近的爱塞纳哈城。老安东不大谈到它，但这更使他想念它。"因为很多年没有回乡的缘故，那个家园成了安东不敢触碰的伤疤。回乡，在安东那里只能是一种想象的成全。

三位以回乡为最终生命情结的主人公，分别以不同的方式得到了成全。克努得的返乡之路以诗意化的方式永远定格在了读者的脑海中。虽然最终也没能在现实层面真正回到故乡，但是在故事后半部分强烈的情感节奏里，回乡被推向高潮：

"他匆忙地走着，好像要在家里的人没有死完以前，赶回去似的。不过，他没有对任何人说出他心中的渴望，谁也不会相信他心中的悲哀——一个人所能感觉到的、心中最深的悲哀。……他是一个陌生人，在一些陌生的国度旅行，向家乡，向北国走去。"②

"心中的渴望"与"心中最深的悲哀"，如同一个失去母亲的孩子，流落街头的全部辛酸，代表了家园所能承载的全部意义，裹挟着回归家园的渴念、对家园温热触感的痛心怀恋，以及与家园失去联系后的极度焦虑和惶惑。在异国的一棵柳树下，克努得以死亡的方式回家了。"这树像一个老人，一个柳树爸爸，它把它的困倦的儿子抱在怀里，把他送回到那有广阔的白色海岸的丹麦祖国去，送到却格去，

---

① 刘蓓：《简论生态批评文本视域的扩展》，《文艺研究》2004年第1期。
② ［丹］安徒生：《安徒生童话故事集》，叶君健译，人民文学出版社1994年版，第105页。

送到他儿时的花园里去。"① 故事以梦境与死亡的方式让主人公获得了某种成全，疲惫不堪的克努得梦见他的爱情最终融化了约翰妮内心的冰。同样，在《单身汉的睡帽》中，死在他乡的安东，在临终前冰冷的冬夜，重新以梦境的方式嗅到了他和朱莉一起怀着爱心种下的苹果树的芳香。现实中受抑的交流在梦中得到了想象性的实现，无论睡眠时的梦还是白日梦，都在一定程度上平衡了现实生活中的不堪和困顿，给心灵施以相当的慰藉，已然遭到毁弃的物质和精神家园也由此获得了相当的补偿和平衡。

　　在现实层面上返回家园的，只有依卜。（《依卜和小克丽斯汀》）由于对勤劳朴素、诚实守信、乐天知命的人生观的恪守，农夫依卜身上体现了农业文明的理想操守。在农业文明状态下，人的生产和生活完全是按大自然的节律来运转的，工业文明中盛极一时的物欲和征服欲，在他们那里是没有存活土壤的。农民们从大自然中只拿走仅够维持基本生活的物质资料，对养育他们的大地，怀有难以割舍的深刻感情，人与人之间不是以权势、财富相挤压，而是以信义相交接。重情义、守本分、懂知足在依卜身上显得很典型。依卜在幼年时就把最好的东西让给克丽斯汀，后来为了克丽斯汀过上富裕生活的愿望，他又主动放弃了对她的爱情，后来捡到金子，却不辞辛劳、日夜兼程地赶到哥本哈根去交公。拿着政府奖励给他的一大笔钱，却不愿待在哥本哈根挥霍，而是带着弥留中的克丽斯汀留下的孩子，回到了故乡荒脊下的小屋。沉默的依卜一直都在文明人不能理解的退让和随遇而安中生活，可是一直未曾使他改变和让步的，是他对于"家园"的坚守，在其他两个主人公都只能以梦幻的方式来自我成全之时，只有依卜成功地回到了自己的"家园"——塞歇得荒地，"脊背"下的小屋里。"在那个山脊下，在许多大树下边的一个避风的处所，有一个小小的

---

① ［丹］安徒生：《安徒生童话故事集》，叶君健译，人民文学出版社1994年版，第105页。

农庄。它粉刷和油漆一新。屋子里，泥炭在炉子里烧得正旺。屋子里现在有了太阳光。笑语声，像春天云雀的调子，从这孩子鲜红的嘴唇上流露出来。"[1]克丽斯汀因为死亡永远地留在了哥本哈根，返归故乡已没有可能。小克丽斯汀，作为她生命的延续，却被依卜带回了山脊下避风的处所，这个从哥本哈根无望的贫民窟里回到家园的孩子，象征着家园新的希望和明天。

这三个故事里的男主人公，早有研究者指出他们身上有着作者安徒生本人的影子。故事中三个人物处境与安徒生的现实遭遇相似。克努得和安东的故事当然很容易叫我们联想到安徒生几次不幸的爱情遭遇，但再深入下去，可以挖掘到更为深刻和必然的心理原因。作家安徒生拥有完全主观的诗人气质，从他的自传中不难看出，他一生都怀着对出身其中的贫民阶层和心向往之的贵族阶层的双重眷恋。但与此同时，这种双重身份和双重眷恋恰恰使他不能全身心地融入任何一个群体，也无法从任何一方获得完全的身份认同。精神上的无依着感一直伴随着安徒生的奋斗生涯，安徒生一生当中真正待在故乡的时间很短，在异国他乡漂泊是他生命的常态，怎样在动荡的世界上找到属于自己的一片土地，也许是安徒生一直追寻的目标，没有地理上的支撑点就没有精神上的支撑点，在作品中反复出现的处所想象，可看作安徒生是把"家园"作为精神上的支撑点。乡村中人与自然和谐共处的温暖家园成为他对抗都市的精神支撑点。无数次的梦里回乡演化成故事里对乡村的温情书写。在对童年乡村生活充满温爱的回忆中，表达出现代都市中身心俱疲的漂泊者渴望回归自然家园的深情呼唤。这几个故事从象征层面，反映出了安徒生的"家园意识"。而这个"家园"里，含有更多想象的成分。在三个故事里，也出现很多自然物作为"家园"的象征，一再地被提及，比如却格小镇的"接骨木树妈妈"

---

[1] ［丹］安徒生：《安徒生童话全集》，叶君健译，天津人民出版社2015年版，第727页。

和"柳树爸爸",安东的家乡里的古老歌谣"在荒地上的菩提树下,从那沉静的山谷里,从树林,哎哎哟!飘来夜莺甜美的歌声",依卜塞歌得荒地上的石楠花,等等。众所周知,想象是对现实的弥补,在安徒生的童话里,与安徒生家园相似的自然意象,与其童年、青少年时期相似的处所体验一再出现在他故事中。比如丹麦的山毛榉林子、夏天飞来丹麦避暑的鹳鸟、丹麦随处可见的接骨木树及柳树、大海、汹涌的冰河、石楠花。处所的想象是生态文学的重要使命,也是重要内容——通过文学想象的方式填补"非处所"生存造成的现代人心灵的空白。作家通过想象来填补非处所生存的遗憾。"一个人即使一生都没离开过沥青路面、电线和方方正正的城市建筑,仍可能是荒野的热爱者和保护者。我们需要荒野,不论是否曾涉足那里,我们需要一个避难所,即使永远也不必去那里。比方说,我可能一生也不会到阿拉斯加,但我依然为有它在那里而高兴。毫无疑问,我们需要逃避的可能,就像我们需要希望一样。"[①] 想象中的处所也是人类精神的避难所或伊甸园,生态文学应当为被剥夺了处所性的当代人提供艺术虚构的生存处所理想。在这个层面上,安徒生通过它的童话故事给我们提供了大量的处所想象。

"现代技术挑动、损扰并折腾着人,使人的生存根基受到致命的威胁,加倍地堕入'茫茫外无家可归'的深渊之中。"[②] 返归家园成为每个现代人心灵深处的原始渴望,然而伴随着现代性文明的演进,环境破坏日益严重,乡村被都市逐步吞噬,原始自然被文明一再放逐,工具理性更增强了人的无根的飘零之感,家园何处?"从深层次上看,'家园意识'更加意味着人的本真存在的回归与解放,即人要通过悬

[①] 王诺:《生态批评与生态思想》,人民出版社2013年版,第208页。
[②] 曾繁仁:《试论当代生态美学之核心范畴"家园意识"》,《温州大学学报》(社会科学版)2010年第5期。

搁与超越之路，使心灵与精神回归到本真的存在与澄明之中。"① 更需要返璞归真的是心灵。如同在现实中难觅不被世俗污染的爱情，却可以在文学作品中获得心理慰藉一样，生态文学的处所想象或许为我们提供了一种诗意栖居的心理满足。纵使我们不得不面对污染过的天空和大地，不得不呼吸充斥着有害物质的空气、吞下有可能致病的食物，我们依然还有生态文学可以陶醉、向往。安徒生童话为我们描绘了理想的生态处所和理想的生态栖居，通过文学图景实现人在大地上的诗意栖居，用大自然的阳光雨露恢复人对物最本真的质感，激活沉睡于生命中的本性，使人对生存有更深刻的感受和理解，勉励我们挣扎着活下去，并朝着那力所不逮、遥不可及的目标前进。生态的栖居者和大地终将互相接纳。

三 科学主义批判

在安徒生童话中，有几篇故事涉及了人类科技发明、科学技术对人类社会发展及人类生活的影响。在这些故事的表层叙事中，看到了作者对于人类先进科技成果的赞美与歌颂，以往的研究者，更是从人类中心主义的观念出发，对安徒生的创作意图给予了明晰的揣测。事实上，这几个故事里的深层叙事全都指向了批判和反思，和表层叙事构成了恰恰相反的意义。

（一）《海蟒》

安徒生完成于1871年的《海蟒》，是其中具有代表性的一篇故事。情节是由横贯大西洋的海底电缆的下水而诱发的。"海底电缆，在安徒生看来，标志着人类文明向前迈进了一大步，惊动了整个世

---

① 曾繁仁：《试论当代生态美学之核心范畴"家园意识"》，《温州大学学报》（社会科学版）2010年第5期。

界。……安徒生如果活到现在，看到卫星传播语言和形象化的信息，不知会更作如何夸张的歌颂。他永远是一个'现代'和'进步'的讴歌者。"① 以上是叶君健先生对于安徒生《海蟒》写作目的的一个评价。在他看来，安徒生写这篇故事的用意旨在讴歌"现代"与"进步"。的确，安徒生生活的时代，19世纪中叶及下半叶，正是西方工业革命如火如荼的时代，欧洲人正在经历着因为科技发明的新成果而给社会生活领域带来的全方位的变化。"现代"与"进步"作为和"古代"与"落后"相对立的概念，被寄寓以相当多的正面意义。"现代"与"进步"昭示着这个即将到来的前所未有的速度迅猛发展的新时代，这个新时代因着科学技术的支撑似乎变得无所不能。而"现代"与"进步"的反面就是"古代"与"落后"，从科学主义角度看，这样的划分并没有错。比如，海底电缆对于人类是伟大的胜利，对自然的胜利，这应该是人类文明史上了不起的科技成果。这样的观念从人类中心主义出发，从科学主义的角度发言，的确无可厚非。但是如果从生态整体主义的角度来看，会发现，几乎无人关注在人类征服海洋、占领海洋时，海洋的"原住民"——海洋生物的感受，人类对它们家乡的无情入侵。科学技术，这个受到人类欢迎和崇拜的东西，对于自然界的其他生灵来讲，是否具有相同的意义？从这个层面重读安徒生的《海蟒》，则是另一种意义。

  安徒生对于工业文明的批判，进一步带来对于人类现代科技的质疑，人类来势迅猛的科技发明是对于自然的野蛮入侵，并直接侵犯了自然界其他生物的天然生活领域。《海蟒》以海中生物的角度讲述了人类科技发明成果海底电缆出现在海底时，给海洋"原住民"们带来的巨大震动。请看故事里大大小小的生物对此做出的反应：

  "正当它们自由自在地在水里游着、无忧无虑的时候，随着一声

---

① ［丹］安徒生：《安徒生童话全集》，叶君健译，天津人民出版社2015年版，第1436页。

可怕的巨响，一条又长又重的东西从上面落到它们当中。这东西一会儿也不停闲，越伸越长。它一撞小鱼，小鱼便粉身碎骨，或是被撞成重伤，再也不能复原。所有的小鱼大鱼，从海面到海底的鱼，都惊慌地逃向一边。那又长又重的东西越沉越深，越来越长，有好几里长，穿过整个海。"①

这个代表人类智慧的庞然大物，在海底世界的出场具有明显的侵略意味，伴随着可怕的巨响，海鱼们有的粉身碎骨，有的惊慌逃窜。这个不速之客给海洋生命带来的是紧张、恐惧、不安和潜在的危险，扰乱了它们平静自足的海底生活。在海洋生物那里，海底电缆被看成一个怪物，它们对于人类科技入侵它们的生活世界感到非常恐慌。先是不断地进行试探，发现这个巨大的东西完全不同于生活在海底的任何一个成员，它那么庞大，而且没有呼吸、无声无息，最后才搞明白原来是人类制造的服务于人类社会的工具。对于这个故事，若看作对于人类科技文明的歌颂，完全是从人类中心的角度看这个故事的缘故，事实上，故事里的叙述视角是海底生物，在它们的眼里，人类的海底电缆根本没有人类眼中所具有的意义。

"他们撒网，在钩上放上食饵来引诱我们。那是一种很粗的线，他们以为我们会咬它，他们蠢极了！我们才不呢！别去动那不中用的东西。它会烂掉，会变成一堆烂泥，全烂掉。从上面放下来的东西都是有毛病、破损的，都不中用！"②

生活在海里的生物对人类的文明成果在无法理解的同时也毫无敬意。相反，在故事里，人类的海底电缆进入深海，是一次对于海洋生命的入侵，海洋生态环境是一个自足的生态系统，各种海洋生命和谐共存于其中。海洋生物以不屑一顾的语气咒骂着电缆和人类，对于人

---

① ［丹］安徒生：《安徒生童话全集》，叶君健译，天津人民出版社2015年版，第1437页。
② 同上。

类文明入侵海底世界的行为，表现出十足的反感和愤怒。然而，除了这些，它们并无其他办法可以和人类抗衡，"它穿过一切海洋，绕过地球，在汹涌翻腾的水下，在清澈如玻璃的海洋下"。人类科技文明的力量在海洋生物的眼里，是不速之客，是野蛮、暴力的代表，在入侵海底家园之前既不会告知它们，也不会征得它们的同意，凡电缆落到的地方，海的合法居民就感到惊恐，引起一阵骚乱。不少不明就里的小鱼撞上去立刻死去。海鱼们在争吵之后，电缆仍然无动于衷。海洋生物根本无法和人类取得平等对话的机会，来争取自己的权益。人类在为自己的科技文明欢欣鼓舞、高歌猛进的时候，也正是生活在海洋和森林里的"原住民"惊恐凄惶、无处可逃之日。人类因为科技文明的发展，不但统治了脚下的陆地，而且一次次把触角伸向天空海洋，侵占着属于其他生物的生活领地。而被侵占了家园的其他生命却无法反抗人类的入侵。

在人本思想膨胀的工业文明时代，人类的存在与人类的需要成为衡量一切的真理与标准，弗罗姆在《占有或存在》中指出，人类文明是以对自然的积极控制为滥觞的，然而，这个控制到工业化的时代就开始走向了极限，工业的进步强化了这样一个信念，即我们正在走向无限制的生产，因而也就是无限制的消费；我们正借助技术日趋无所不能，借助科学日趋无所不知。

（二）《树精》

发表于 1867 的《树精》，是一个值得细读的故事。一棵年轻的栗树，本来属于风和日丽的乡下，生活悠游自在，却日夜向往着大都市巴黎光怪陆离的生活。最终她来到了世界博览会期间的巴黎，在亲历一夜的繁华之后，树精因为生命力的萎靡和减弱而最终死在了喧嚣的巴黎。

写这个故事的灵感，来自安徒生两次参观 1867 年 4 月 1 日至 10

月31日在巴黎举行的"世界博览会"。安徒生在他1867年出版的《童话和故事集》中，在这个故事后面，加了一段说明。他写道："在1867年的春天我旅行到巴黎去，参观规模宏大的'世界博览会'。我过去和以后的各次旅行，都没有这次事件能给我如此深刻的印象和愉快。博览会的确是一次使人惊奇不已的盛会。法国和其他国家的报纸都在描述它的辉煌场面。一位丹麦的记者公开宣称，除了狄更斯以外，没有任何人能够写出这种稀世的景象。不过我觉得这两项工作倒特别适合我的才能。如果我能完成这项任务，使我的同胞和外国人都感到满意，我将会感到非常愉快。有一天，当我正在想这个问题的时候，在我住的那个旅馆外面的广场上我发现有一棵栗树，它已经枯萎了。在附近一辆车子上有一株新鲜的年轻的树。它是这条早晨从乡下运来的，以代替这棵将要被抛弃的老树。通过这棵年轻的树，我关于世界博览会的思想就油然而生了。这时树精就向我招手。我在巴黎逗留的每一天以及后来我返回丹麦以后的时日，树精的生活以及它与世界博览会的关系一直盘踞在我的心中，而且逐渐具体化。我觉得我有必要再去参观博览会一次。我头一次的参观，还不够全面得足以使我的故事可以写得真实和丰满。因此我在9月间又去了一次。从那里回到哥本哈根后，我才完成了这篇作品。"[1]

"深刻的印象和愉快""惊奇不已的盛会""辉煌场面"，无不在强调世界博览会是人类文明和科技成果的一次全方位展示，代表了人类充沛的雄心和满溢的自豪感。按照人类中心主义和科学主义的角度，一篇写博览会的故事除了歌颂还能有什么呢？安徒生在故事出版时的说明自然被认为是写作意图的直接流露。这些相当正面的表述更是加深了这样的理解。在安徒生晚年的自传里，他还提到了一个有关在巴黎博览会的细节，在代表巴黎最奢华的都市味道的玛比勒歌舞厅，

---

[1] [丹]安徒生:《安徒生童话全集》，叶君健译，天津人民出版社2015年版，第1487页。

"我的一位年轻朋友拉了一位玛比勒美人来到我跟前,问我:'对这样的诗意,和这样一副脸蛋儿,你怎么说?'我指着光芒似泻、完美无缺的月亮,说:'我更喜欢那副永远年轻的老面孔。'……我在那里待了一刻钟,在《树精》里我把我感受到的和我体验到的全部印象都写进去了"①。这个细节也是耐人寻味的。

树精的生活以及它与世界博览会的关系一直盘踞在作者的心中,而且逐渐具体化。安徒生最终以他独特的视角奠定了作品的基调。一场人类的科技文明盛会将由一棵来自乡下的栗树亲历并讲述。当作品真正生成以后,它自足的表意系统将不再以作家为主导了。所以,我们不得不承认,读完整个故事,巴黎博览会的辉煌、人类科技文明的卓越力量都没能给人留下太深刻的印象,反而是树精命运的选择带给人很深的反思。树精执迷于大城市文明的内心渴望,随着短暂的一夜漂流倏忽不见了。

这棵栗树生长在风和日丽的乡下,生活悠游自在,阳光和鸟儿的歌唱,蝴蝶、蜻蜓和苍蝇,一切会飞的东西都来拜访她。他们要聊天闲谈,讲城市,讲葡萄园、树林、古老的宫堡和宫堡里的花园里的情形,所有这些当中,巴黎是最美丽、最宏伟的。鸟儿可以到达那边,可是她却永远不能。于是,她日夜向往着大都市巴黎光怪陆离的生活。

这种向往变为愿望,成为生命的渴望——于是在安宁、寂静的夜里,有一个声音告诉她:

"你将到那个魔术般的都城去,你将在那里生根,去体会那里喃喃细语的流水、空气和阳光。但是你的寿命将会缩短,在这个自由自在的天地里能享受的寿命将缩短成几年。可怜的树精,这将是你的灾难!你的向往将增长,你的追求、你的渴望会越来越强烈!树将变成

---

① [丹]安徒生:《安徒生自传》,林桦译,人民文学出版社2010年版,第561页。

你的监牢。你将离开你的居所，脱离你的本性，飞了出去，和人类在一起。于是你的生命便会缩短到只有蜉蝣生命的一半，只有短短的一夜。你的生命要熄灭，树叶枯萎脱落，再也不会回来。"①

这段话与其说是对树精的警告，不如说是对人类的预言！树精对都市文明的向往何尝不是人对都市文明的仰慕，在充斥着科技文明的都市，"你的寿命将会缩短，在这个自由自在的天地里能享受的寿命将缩短成几年"。人类在追求文明、发展科技的同时，对自然的过度开发所引起的生态恶化加剧了都市的环境污染。而今，雾霾、水污染等现代都市魔障带来的疾病不正在助人短命吗？"你的向往将增长，你的追求、你的渴望会越来越强烈！树将变成你的监牢。你将离开你的居所，脱离你的本性"，这个预言警告树精，如果她去了巴黎最终会"离开你的居所，脱离你的本性"。在科学主义推动下，一步步脱离所谓自然的蒙昧和野蛮，走向文明的人类，也经历了一个"离开居所，脱离本性"的过程。在这个过程中，人与大地之母之间的关系也在发生变化，从相依相偎、天人合一的和谐状态转变成了控制与被控制、改造与被改造的紧张状态。当这种关系发展到极致，比如自然被过度开发乃至以恶劣的姿态回报人类时，也许就是"你的生命要熄灭，树叶枯萎脱落，再也不会回来"的那一天。

当树精来到巴黎，和她的期待并不完全相符："路灯、店铺和咖啡馆所射出的灯光形成一个光的大海。年轻而瘦削的树在这儿成行地立着，各自保护着自己的树精，使她不要受这些人工阳光的损害。"②都市的确是一个辉煌而华丽的处所，但是，对于树精来说，城市里的人工阳光会损害她们的健康。树精亲眼见证了那株"被煤烟、炊烟和城里一切足以致命的气味所杀死了的、连根拔起的老树"被装在马车

---

① ［丹］安徒生：《安徒生童话故事集》，叶君健译，人民文学出版社1992年版，第150页。
② ［丹］安徒生：《安徒生童话全集》，叶君健译，天津人民出版社2015年版，第1447页。

上拖走了。在华丽灿烂的背面，原来是无情的杀戮和伤害。树精的情绪变得很复杂。"我是多么幸福啊！多么幸福啊！"树精说，"但是我却不能了解，也不能解释我的这种情感。一切跟我所盼望的一样，但也不完全跟我所盼望的一样！"①"所有的流水都洗不净在这儿流过的、无辜的鲜血。"② 大街上游荡的树精还听到了这样一句话。

树精在大都市的游历带给她的感受，起初是兴奋，紧接着是迷醉，这种迷醉让人神志不清："树精全身感到一种使人疲劳的陶醉，好像吸食鸦片过后的那种昏沉。"③ 人的神经和官能受到过度刺激以后，都会感到疲劳，同时也是对人的生命力的损耗，却没有补充。这种感受正像都市文明给人带来的都市病，因为远离自然，沉迷于物欲的满足，造成人的精神的萎靡、生命力的减弱。渐渐地，树精感受到极度的疲倦。"她感到疲倦。这种疲倦的感觉在不停地增长。她很想在那些铺着的垫子和地毯上躺下来，或者在水边的垂柳上靠一靠，并且纵身跳入那清澈的水中——像垂柳的枝条一样。"④ 而在这之前，"她心中闪过一段回忆，一段在乡下老家所度过的儿时的回忆。她那热望的眼睛把周围的景色望了一下，她感到一阵极度的焦虑不安"。

她躺到潺潺流水旁边的草上，请求流水给她一点生命的活力，"你带着永恒的生命从土地里流出来！请你使我的舌头感到清凉，请你给我一点提神药吧"⑤。流水却说："我是靠机器的力量流动的。"都市的"自然"是人类用机械的力量假造的"自然"，作为人类的利用物和陪衬，它除了彰显人类的控制力，别无用处。她又请求绿草和花儿："绿草啊，请把你的新鲜气氛赠一点给我吧！"树精要求说："请

---

① [丹] 安徒生：《安徒生童话全集》，叶君健译，天津人民出版社 2015 年版，第 1471 页。
② 同上书，第 1476 页。
③ 同上书，第 1477 页。
④ 同上书，第 1484 页。
⑤ 同上。

给我一朵芬芳的花吧！""如果我们被折断了，我们就会死亡！"① 草和花儿一起说。

绝望中的树精继续哀求："清凉的微风啊，请你吻我吧！我只要一个生命的吻！""太阳马上就会把云块吻得绯红！"风儿说，"那时你就会走进死人群中去，消逝了，正如这儿的一切辉煌在这一年没有结束以前就会消逝一样。那时我就又可以跟广场上那些轻微的散沙玩耍，吹起地上的尘土，吹到空气中去。"②

绿草、花儿和微风，如果在乡下，应该是树精最亲密的伙伴，此时，生长在乡村土地上的天然友爱荡然无存，只剩下令人心寒的冷酷和自私。被置于都市的钢筋水泥森林中的花草，如同宴会上调节气氛的点缀物，早已没有了自然界的活力与底气，自顾不暇，哪还会有森林中的慷慨？这些表征自然的生命力，诸如绿草的新鲜、花儿的芬芳甚至微风的吻在都市都变得相当昂贵了，还能奢望什么无私的友爱呢？

在整个故事里，树精的渴望满足之后的幻灭感大大超过了文本表层歌颂人类科技文明成果的豪迈感。一个看似赞颂人类现代科技成就的故事，并没有给读者带来对文明和科技的向往，恰恰相反，在树精悲剧性的命运里程中，人类似乎看到了自己。本该生长在乡下天然的自然环境里的树精，硬是渴望来到巴黎，用生命换取了一夜的自由。在巴黎见识了人类的灿烂文明成果，也见识了表面繁荣的近代文明实质上是对自然的剥夺与人为改变——因为地下场所的开辟，耗子们痛苦不堪，无处藏身，"我们唯愿活在蜡烛的时代里！那个时代离开我们并不很远！那是一个浪漫的时代——人们都这样说"③。

借着耗子之口，流露出作者对于文明尚未充分发达的时代无限的

---

① ［丹］安徒生：《安徒生童话全集》，叶君健译，天津人民出版社2015年版，第1484页。
② 同上。
③ ［丹］安徒生：《安徒生童话故事集》，叶君健译，人民文学出版社1002年版，第157页。

追慕之情。在科学主义看来,这显然是保守和倒退,但是从生态的角度来看,却具有积极意义。在临终前,树精回忆起了过往,风琴的调子用歌声说出了这样的话:"上帝给你一块地方生下根,但你的要求和渴望却使你拔去了你的根。可怜的树精啊,这促使你灭亡。"① 这里对于树精的警告,更像是对于人类寓言式的警示:人类对物质的要求和欲望使人类拔去自身依附于大自然的根基,这将使人类灭亡。

在安徒生的写作中,总是或隐或显地呈现着人类文明以及科学技术对自然的负面效应,对于而今享受着科技文明成果、从来都把科学视为一个闪光而神圣的字眼的现代人来讲,无疑是种警醒。"人类再强大,文明再进步,归根到底都敌不过造物主那只看不见的神手。它无形却存在着,无时无处不在。我们要常常想起那手,并敬畏那手。"②

安徒生发表于1859年的《一个贵族和他的女儿们》,更是意味深长。贵族瓦尔德马尔·杜一家过着"老爷派头式的生活",为了造船,他砍了瑟兰岛岸上一个槲树林,这个美丽的树林是鸟的家园,"苍鹭在这儿做窝;斑鸠,甚至蓝乌鸦和黑鹳鸟也都到这儿来"。林中鸟变得无家可归,惊恐地哀号,他们却听着鸟叫大笑。只有一个人——那个最年轻的安娜·杜洛苔,心中感到难过,因为他们正要推倒一株将死的树,在这株树的枝丫上有一只黑鹳鸟的窝,里面的小鹳鸟正在伸出头来。后来他们遭到了报应,因为痴迷于炼金术而亏空了家业。丢了房子,住进了泥棚,他们成了无家可归者,乌鸦在他们头上盘旋,号叫,仿佛讥讽他们"没有了巢",正像当时哀鸣的鸟儿。故事结尾,只有那个当年为一只栖居在树上的小鹳鸟求过情的小女儿安娜·杜洛苔活下来了。这个具有因果报应模式的故事,讲述的是一个

---

① [丹]安徒生:《安徒生童话故事集》,叶君健译,人民文学出版社1992年版,第164页。
② 赵鑫珊:《飘忽的思绪(七)》,《党政论坛》1998年第11期。

第二章 安徒生童话中的生态思想内涵

贵族之家的没落,其中明显的意味是使鸟无家可归的人,自己最后成了无家可归者。"我们不要过分陶醉于我们人类对自然界的胜利。对于每一次这样的胜利,自然界都对我们进行报复。每一次胜利,在第一线都确实取得了我们预期的结果,但在第二线和第三线却有了完全不同的出乎意料的影响,它常常把第一个结果重新消除。"① 恩格斯著名的"一线胜利二线失败论",郑重地向人类宣告:人永远也不能彻底地征服大自然,人永远不应当与自然为敌,从长远来看,人对自然的征服、控制和改造绝对不可能获得彻底胜利。安徒生这个富有象征意义的故事,揭示的也是同样的道理。

写于1870年的《曾祖父》也是一篇关注科技发明的故事。这篇故事是安徒生在与丹麦电磁学家奥列斯得谈了一次话后写成的。电的发现"真是我们时代的一种恩赐,是我们人类的一种幸福",复古派的曾祖父被新时代的进展说服了,但是曾祖父的这句"人变得比以前更聪明了,但是并没有变得比从前更好!他们发明了许多毁灭性的武器互相残杀"②,仍然值得深思。人变得比以前更聪明了,并不意味着更好,人类因为科技的发展可能变得更残忍了,比如现代的科技发展促使人类争夺地球上的自然资源,在争夺中引发了更多的战争,而科技支撑下的战争对人的生命的摧毁力则是古代时期的战争不可同日而语的。在这个层面上,科技的确使人变得更聪明了,却没有变得更好。在关于旧钟和新时代的钟的一个辩论中,犹如箴言般的句子"我们失去了儿童时代那种信心,这就是近代的弱点"令人玩味再三,在人类一路向前的文明路途上,是否想起过"知雄守雌""知白守黑"的古训?

---

① [德] 恩格斯:《自然辩证法》,于光远等译,人民出版社1984年版,第304—305页。
② [丹] 安徒生:《安徒生童话全集》,叶君健译,天津人民出版社2015年版,第1403页。

第五节　生态思想内涵存在的原因探寻

花草树木、鸟兽虫鱼各得其所,在鸟语花香的自然世界里,一切都井然有序,这种来源于启蒙主义的自然法则和浪漫主义的自然观,给予了安徒生关于自然、文明的独特看法和抒写视角,也是他的童话故事能够解构人类中心主义、关怀天地万物,蕴含生态理念的根本原因。

从时间上说,安徒生出生于浪漫主义盛行的年代,他的创作浸染这样的生态理念是很正常的,就地理位置而言,"就像沃林格(Wilhelm worringer,1881—1965 年)的解释:古典的属于地中海世界,浪漫的则属于北欧的世界。因为南方较明朗,人与自然的关系很清楚;北方较阴寒,自然对人而言,充满了神秘感"[①]。

自然与安徒生的关系,从幼年时代就种下了根基。安徒生在其自传《我的童话人生》曾经提到了他漂泊流浪、孤苦无依的少年时代,带着成为歌唱家的梦想来到哥本哈根,四处碰壁后幸运地受到了意大利歌唱大师西里尼的帮助,为他提供了学习演唱的机会,可是未曾料到,因为变声,少年安徒生失去了天生的好嗓音。那些断言他会成为优秀的歌唱家的人们,对他没有了任何指望。在寄人篱下、饥饿困窘的日子里,一度绝望的安徒生却获得了来自自然的恩赐:

"春日的一天,我去了弗里德里克斯堡的公园,在我看到的第一棵山毛榉树的树叶里,突然发现了自我。树叶在阳光的照射下,显得

[①] 林盛彬:《论安徒生童话的崇高美学》,王泉根主编《中国安徒生研究一百年》,中国和平出版社 2005 年版,第 299 页。

晶莹透明，清新的空气里弥漫着一股清香味儿。草青青，长得挺高，鸟儿们在唱歌，我被这一切震慑住了，开始与它们一起沉浸在欢乐里。我张开双臂，抱住一棵树，亲吻着树皮。那一刻，我全然觉得自己是自然之子。……这时，我的嗓音不仅恢复了，而且变得更加洪亮有回响。"按照安徒生的描述，自然将生的希望赠予了绝境中的他，给了他无法从人群中获得的慈爱与信任。与自然息息相通的一面，进而积淀、升华为萦绕他一生的激情和审美追求。安徒生一生未婚，最亲密的伴侣是他的旅行皮箱，他在"丹麦文学的黄金时代"成了最伟大的旅行家，也是他同时代的文人中旅行得最多的艺术家。他曾说："只有在旅行中，你才觉得自己的生活变得充实而有活力。一个人不能像鹈鹕鸟那样仅仅依赖自己的血液生存，而是要依靠大自然生存。"[①] 据说，安徒生一生共出国旅行29次，有许多旅行都留下了文学的足迹。他把德国看作第二故乡，法国意大利的乡村景色使他钟情流连，他的很多作品是在旅行中酝酿和完成的。领略和享受各地的自然风光是安徒生旅行中最享受的东西。安徒生对于城市建筑和人文历史的兴趣远不及他对大自然的迷恋："在静悄悄的湖畔，在树林中，在长满绿草的牧场上，野禽打我身旁飞略而过，鹳的那双红色的长腿踱来踱去，闻不到政治气息，听不到争辩，从没有听见谁在使用黑格尔的术语。周围的大自然和我内在的天性都使我禁不住要模仿鸟兽的鸣叫。"[②]"这种与大自然身心交融的感受既是安徒生作为一个童话诗人的天性流露，也是19世纪浪漫主义思潮的影响所及。"[③] 鸟兽、植物的世界里没有纷争，没有喧哗，一切是和谐宁静的生长，这是安徒生安放自己灵魂之处，自然也成为他作品中特别富有魅力的地

[①] [丹] 欧林·尼尔森：《汉斯·克里斯琴·安徒生》，郭德华译，中国对外翻译出版公司1988年版，第52页。
[②] [丹] 安徒生：《我的一生》，李道庸、薛蕾译，四川少年儿童出版社1983年版，第208页。
[③] 潘延：《安徒生童话后期试探》，王泉根主编《中国安徒生研究一百年》，中国和平出版社2005年版，第370页。

方。"因为对于真正的浪漫派，自然本来就是仪态万方，恰似安徒生童话里巨大的玩具盒一样，各种玩具都在呶呶不休……"[①] 大概安徒生的天性便是温和而非暴力的，这有助于他更容易地理解和平对生存的必要性，他的理解反过来也更加深了他对世界与人的体会。因此，他的伦理观能够从人的世界延伸到一切生命的世界就很自然了。

"丹麦大批评家勃兰兑斯精深地分析过俄国文学和丹麦文学的渊源关系，他指出，安徒生和他同时代的丹麦浪漫派作家一样，都是德国浪漫派的读者和同化者。"[②] 安徒生在自传中承认，在他的青少年时期，有三位外国作家仿佛溶化到他的血液里，就是瓦尔特·司各特、霍夫曼和海涅。以童话形式来表现自己的世界观，本是当时欧洲浪漫派特别是德国浪漫派的习惯，而安徒生同德国浪漫派又有密切的关系。安徒生出生于19世纪初，正是浪漫主义运动从德国传入北欧之时，其思想与创作方法立即登上丹麦文坛。北欧浪漫派作家同欧洲大陆国家的浪漫派作家一样，对古代文史以及民谣、民间传奇和故事充满兴趣。天性敏感的安徒生就在这样的文化氛围中开始成长与学习。1819年，年少的安徒生带着初生牛犊不怕虎的勇气独自来到哥本哈根寻找未来，受人相助得到机会开始学习音乐和德语，阅读文学作品并尝试创作。一批与浪漫主义有着深刻联系的作家如歌德、席勒、海涅、莎士比亚等人的作品都成了少年安徒生的文学养料。莎士比亚作品具有极其明显的浪漫主义倾向，别林斯基甚至直接称莎士比亚为"一个浪漫主义者"。歌德和席勒是"狂飙突进运动"的主将，该运动又正是浪漫主义思潮的来源之一。前期的海涅就是浪漫主义者，拜伦更是英国浪漫主义诗歌的杰出代表。另外，"1831年在德国旅行时，

---

① 刘半九：《安徒生之为安徒生》，王泉根主编《中国安徒生研究一百年》，中国和平出版社2005年版，第122页。

② 同上。

安徒生认识了恺尼克派并接受了该派'寄情山水'的人生主张。安徒生还曾模仿过丹麦浪漫主义文学奠基人阿达姆·欧伦施莱厄"[1]。此外，他还深受德国霍夫曼的影响。柏林浪漫派才子霍夫曼是极具世界影响的全才式的艺术家。霍夫曼一生的创作丰富，作品怪诞离奇，充满了想象力，幻想与现实交织。他的创作手法为 20 世纪的现代派开了先河，许多德国本土作家和一些世界著名作家，例如果戈理、陀思妥耶夫斯基、波德莱尔、爱伦·坡等都受过他怪诞风格的影响。与其他浪漫派作家一样，霍夫曼也极为偏好童话。在他所有的作品中，最为著名的代表作是他的童话《金罐》《跳蚤师傅》《胡桃夹子和老鼠国王》。安徒生的第一部重要作品《从霍夫曼运河到阿玛格尔岛东角步行漫游记》就颇具霍夫曼的文风。虽然安徒生在后期创作了很多极具现实主义风格的作品，但是最成功的还是他那浪漫主义色彩浓郁的童话。比如，《打火匣》《小意达的花儿》《拇指姑娘》《海的女儿》《皇帝的新装》《夜莺》《丑小鸭》《牧羊女和扫烟囱的人》都是他写于 1830 年到 1840 年间的前期作品。这些作品既活泼幽默又如诗如画，充满了天真的童趣和对未来的憧憬与幻想。"在作品艺术特征方面，除了'幻想'这个浪漫主义与童话最典型的共同特征之外，安徒生童话还烙有不少其他的浪漫主义印记。最明显的是，安徒生童话充满诗意的抒情色彩和对大自然的崇尚与热爱。"[2] 安徒生作为深受浪漫主义作家和思潮影响的作家，作品中的自然观念、生态理念显然受到了来自浪漫主义自然观的影响。18 世纪末 19 世纪初的浪漫主义文学与当代的生态批评一脉相承，这相承的"一脉"便是"自然"。卡洛琳·麦茜特在《自然之死》一书中指出："19 世纪早期的浪漫主义反对科学革命和启蒙运动的机械论，回到有机论思想，认为一种有生命力

---

[1] 陈庆：《浪漫主义推动了欧洲童话的发展与繁荣》，《湘潭师范学院学报》（社会科学版）2004 年第 5 期。
[2] 同上。

的、有活力的基质把整个造物结合在一起。美国的浪漫主义者爱默生把荒野看作精神洞察力的源泉，梭罗发现异教徒和美国印第安人的泛灵论把岩石、池塘、山脉看成渗透着有活力的生命的证据。这些都影响鼓舞了19世纪后期由约翰·缪尔（J. Mair）领导的环境保护运动，以及像弗里德里克·克莱门茨这样的早期生态主义者。"[1] 浪漫主义作为文学运动，有机整体的自然规则是它最鲜明的特征。浪漫主义作家都崇尚自然。韦勒克在《文学史上"浪漫主义"的概念》一文中指出，几乎所有主要浪漫主义作家的作品里都带有三大特征："诗歌观的想象性，世界观的自然主义，诗歌风格的象征和神话的使用。"[2] 安徒生童话作品所体现的自然观、幻想性、浓郁诗意，都无一例外地与浪漫主义作家的特征相吻合。

浪漫主义诗人放弃了18世纪的机械论世界观，在他们看来，宇宙是有灵性的有机整体。"自然作为世界的灵魂，像一个活生生的有血有肉的人，而非一台庞大的机器；人是宇宙的缩影，人就是一个小宇宙，他的体内寄寓着灵魂，就像自然界充满造物主的精神一样。"[3] 几乎所有浪漫主义诗人都尊自然为师，接近自然，认同自然。所以，探寻安徒生的自然生态理念的来源，浪漫主义的影响占了很大的分量。

另外，启蒙主义对于安徒生的创作也有一定影响。18世纪普遍受人崇尚的"理性"是人的天然的知性能力，一种天然的法则。启蒙学者几乎都属于自然法学派，都以"自然法"为武器，从自然法权论出发批判封建专制制度。所谓"自然法"，就是理智或理性法则。在此，"自然"是指固有的、本性的、天然的意思。理性的高贵不在于任何超自然的力量和神的作用，而在于自然本身的造化。因此，凡是遵循

---

[1] [美] 卡洛琳·麦茜特：《自然之死》，吴国盛等译，吉林人民出版社1999年版，第111页。
[2] 转引自蓝仁哲《浪漫主义·大自然·生态批评》，《四川外语学院学报》2003年第5期。
[3] 同上。

自然法则、合乎自然法则的存在，就是合乎理性和体现理性原则的，因而也是合乎人性的。在这种意义上，自然法则和理性近乎同义。因此，"回到自然"，保持事物的自然状态，往往成了启蒙思想家们对"理性王国"追求的一种理想境界，而在文学艺术中，"自然"成了启蒙文学的一种基本审美原则与理想。显然，启蒙主义者倡导的"自然"，是与"文明"相对立的人和事物的自然纯真状态。他们要求艺术家在创作中遵循自然的原则，也即要描摹与表现人与事物的自然本性和天然状况，这种自然本性和天然状况是"自然法"的体现，也是"理性原则"的体现。在启蒙文学与美学的领域里，理性不只是哲学范畴的人的知性或理智，也不是17世纪笛卡尔的唯理论，而是一种体现人与自然之天然真相的内在法则，尤其是人的天然本性。正是在这种意义上，"启蒙文学既是19世纪理性化的现实主义的先声，又是主情主义的浪漫主义文学的滥觞"[①]。卢梭提出了"返回自然"的口号，他把自然与文明及社会对立起来，认为人的天性是美好而善良的，而现代文明腐蚀了它，使它逐渐变坏。他在《爱弥儿》中开篇第一句话就是："出自造物主之手的东西，都是好的，而一到人手里，就变坏了。"安徒生童话里面对于自然法则的崇尚，对于与文明相对立的自然纯真状态的温情摹写，正好是狄德罗"大自然的产物没有一样是不得当的"[②]这句话的极好注释。"只要自然，宁可粗野一点，绝不要虚伪腐朽的文明"[③]，狄德罗讲的"自然"是与"文明"相对的，在他看来越是自然的东西越是保持了自然人性，因而也就越合乎理性原则，因此，文学与艺术，越是表现自然状态的世界，才能越有艺术震撼力，才是更美的。

---

① 蒋承勇：《西方文学两希传统的文化阐释》，中国社会科学出版社2003年版，第243页。
② [法]狄德罗：《狄德罗美学论文选》，张冠尧等译，人民文学出版社1984年版，第363页。
③ [法]狄德罗：《和罗华尔德谈话》，转引自《朱光潜全集》，安徽教育出版社1990年版，第289页。

安徒生认同自然的价值与崇尚自然的人性，对物质主义采取了疏离与排拒的态度，而推崇纯洁、质朴、生命平等的精神。对自然价值及精神价值的提升也正是现代生态学所倡议的基本立场。以生态学的视野来审视近代工业社会，在对自然、田园的书写中，寄予着与现代工业文明价值观迥然不同的一种崭新的理念。

第三章 "蛹"的蜕变——安徒生童话中的基督教底蕴

第一节 从基督教汲取人文自信的安徒生

新时期以来,人们对安徒生童话中的"宗教"因素有了更客观的关注。李红叶曾经在她的著作中指出,中国接受者曾对安徒生童话中的宗教因素讳莫如深,社会历史批评理论的简单运用,使20世纪60年代至70年代,乃至80年代的接受者,视安徒生童话中的宗教因素为糟粕,简单地把安徒生童话中的宗教因素归结为宗教思想的宣传和流露以及宿命论的观点,并加以一概的否定和批判。他们认为,《卖火柴的小女孩》的结尾是一种败笔,"他把上帝当作救世主,让小女孩的灵魂升向天国,这是对上帝的不应有的歌颂"[1]。叶君健先生也这样评价安徒生作品里的上帝:"他的上帝不是虚无缥缈的东西,而是理想的'人'的具体化身,是'真''善''美'的代表,因而所谓'上帝创造'世界,在安徒生的思想中,实际上也就是人创造世界。"[2]

---

[1] 严磷:《童话大师安徒生》,《广西日报》1979年5月27日。
[2] 叶君健:《安徒生的童话创作》,王泉根主编《中国安徒生研究一百年》,中国和平出版社2005年版,第290页。

还有很多研究者在安徒生作品的"上帝"上边加上引号,表示安徒生本人其实不是真的这样写,暗示或明示他其实是坚定的无神论者。要深入研究安徒生,获得对其作品的深入理解,将他置于他所身处的西方文化背景中,去理解蕴藏于其中的带有强烈宗教色彩的人道主义,是公正而必要的。

进入 20 世纪 90 年代,中国接受者开始正视安徒生童话中的宗教因素。较早将安徒生童话中的宗教因素作为正面因素来解读的是汤锐,比较文学的背景要求研究者以"他者"文化为背景去解读"他者"的视角。汤锐在《比较儿童文学初探》一书中写道:"很难说《海的女儿》《丑小鸭》《皇帝的新装》《夜莺》《完全是真的》《牧猪人》《素琪》《恋人》《没有画的画册》等故事仅只是为幼儿写的。在这些故事中,有某种潜在的力量使他们获得精神的超升,这就是安徒生童话所特有的哲学意识和宗教意识的混合体。"① 近年来,学界更有在平和而理性的文化场域里解读安徒生,比如,《安徒生童话全集》的译者林桦先生是这样介绍安徒生的:"他是一个严肃的崇敬上帝的人。"台湾地区的研究,则一直以自然的态度理解安徒生童话里的基督教精神。20 世纪 60 年代,朱传誉在《童话的演进》中提到安徒生的童话有"伟大奔放的空想,把东洋的丰富幻想、希腊艺术的壮丽、北欧神话的伟大和基督教的理想合并为一","歌颂信仰和爱的胜利"②。蔡尚志也认为安徒生童话中表现了高度的基督教精神,又提出"从宗教理论方面去分析,这个方法是对的,而且只有从这一角度去切入,才能够真正地看得出安徒生童话的基本的精神"。"很多安徒生的故事,你不从宗教的角度切入,实在看不出他的象征意义是什么。"③ 林盛彬

---

① 汤锐:《比较儿童文学初探》,湖北少年儿童出版社 1990 年版,第 54 页。
② 朱传誉:《童话的演进》,《2002 安徒生童话之艺术表现及影响学术研讨会论文集》,青林国际出版有限公司 2002 年版,第 177 页。
③ 同上书,第 92 页。

的《论安徒生童话的崇高美学》一文亦指出"安徒生的美学思想奠基于基督教，突显的是一种博爱、温柔敦厚的人性，以及对生命的尊崇"[①]。

一 安徒生的故乡——北欧的基督教文化历史背景

北欧在中世纪以前信奉的是被基督教称为异教的多神教。这是古代信奉多神的拜阳教的异种衍变，这一宗教对太阳与生殖有着虔诚的信奉。它没有专门的祭祀，也没有独立的神学，但是有自成体系的神话故事。教义、训谕和戒律都是通过神话故事来表达的。不同于基督教严令对神的敬畏，强调对道德的约束和伦理教化，这一宗教的神话反映了氏族社会的基本结构和观念习俗、人们忍耐质朴的自然生活。神祇可以与人交往甚至结婚生子、掠夺人口充当奴隶等。众神身上隐约可以看出北欧海盗的身影。众所周知，基督教是产生在被古罗马帝国残酷统治压迫的下层民众之间。它最初是弱者的宗教，有自己完整的神学思想和教义教规。神圣的上帝是他们的救世主，信徒向上帝表达身为弱者的愿望和诉求。在他们身处困境时，他们相信上帝是存在的。有这样全能全知存在的上帝，无论处于怎样的患难、黑暗、失望中，也会认为自己的前途是一片光明并充满新生希望的。

公元793年，丹麦海盗入侵英格兰，拉开了北欧海盗时期的序幕。几乎在北欧海盗横行欧洲的同时，基督教也在北欧开始传播。9世纪初，基督教传入北欧地区。最开始就是由丹麦和挪威海盗在本土以外的地方皈依基督教；公元823年，传教士安斯佳到丹麦传教，公元833年，他经过十年努力在海德比城建立了第一座教堂；公元966年，丹麦全国推行基督教。到12世纪，基督教已经在北欧地区广为

[①] 林盛彬：《论安徒生童话的崇高美学》，王泉根主编《中国安徒生研究一百年》，中国和平出版社2005年版，第303页。

传播，旧有的多神教基本被废除。虽然基督教渗透到北欧社会的各个层面，审美、认知、道德、戒律等，但由于宗教改革的不彻底性，使得原本北欧神话中记述的许多社会生活习俗传统以及神话故事得以流传后世。《圣经》作为神授圣书的唯一经典由基督教传入北欧，它所面临的迫切任务就是将其译为本国的文字。北欧地区本国语言《圣经》的出现与宗教改革几乎是同时的，都从《新约全书》开始着手。1592年，丹麦翻译了《圣经·新约全书》；1550年，丹麦出版了克里斯蒂安三世钦定的丹麦语《圣经》。而挪威、瑞典紧随其后。从此，斯堪的纳维亚半岛的民族文学和大陆主流文学逐渐接轨融合，而北欧民族的基督教信仰和欧洲大陆也没什么分别了。到19世纪，丹麦处境每况愈下，逢战必败。1807—1814年，作为拿破仑的盟国，丹麦也成了战败国。海洋军舰被消灭，商船队被拖走，本来兴旺的海上贸易和殖民活动顿时萎缩。与此同时，割地赔款，百业萧条，这给丹麦的经济带来灾难性的打击。1848年2月法国爆发巴黎革命，3月柏林人民起义，丹麦王国管辖内的两个大公国石勒苏益格和荷尔斯泰因要求从丹麦独立出去。丹麦为了镇压分裂活动从而从1848到1850年进行了三年的战争。而这场叛乱以丹麦告败结束。

  1864年，普鲁士和奥地利联军向丹麦发起进攻，1866年，丹麦战败。这次战败使丹麦失去了2/5的国土和1/3的人口。曾经辉煌一时的北欧老大帝国和海上强国地位已完全丧失，丹麦沦落为任人摆布的欧洲最小的弱国之一。在安徒生出生的时候，丹麦已经失去了从前的霸主地位，走着下坡路。贵族豪门与新兴的资产阶级、市民阶级矛盾冲突日益突出，直到1848年丹麦国王签署了全国议会同意通过的新宪法，确定了君主立宪体制，国内的动荡政局才得到控制。频繁的战争和国力的衰弱使得人们生活生产缺乏保障，精神无所依托。这使得丹麦人民很自然地将一切愿望寄托到上帝身上，希冀上帝保佑赐福于他们。

二 基督教对安徒生成长及创作的影响

安徒生出生在一个虔诚的基督教家庭，一生命运坎坷。安徒生的父亲是个下层社会的鞋匠，却是个有主见、富于思想的人。他父亲曾经在他年幼时就告诉他说，世上没有其他的魔鬼，但这唯一的魔鬼就在我们的心中，基督也是像我们一样的男子汉，不过是一位特殊的男人。父亲靠每天做活来养家糊口。由于生计所迫，母亲只能当洗衣妇挣钱补贴家用。从小饱尝人间冷暖的他，即使物质生活贫乏，却仍有着自己丰富的精神财富。在安徒生初入校园之时，信手涂鸦画了一幅画，并将那幅画命名为"我的城堡"，他拿着那幅画对同桌的女生说："虽然我出身于一个没落之家，但却会成为一位高贵的王子，这是上帝派天使来凡间时告诉我的。"[1] 同桌的女孩诧异他非同常人的想法和思维。也正是由于安徒生这种独特的精神世界，使得旁人对他不甚理解。也因此安徒生从童年时代就开始体会孤独，这种孤独气质在其成长过程中不断得到深化。列夫·托尔斯泰曾说："安徒生是寂寞的，成人不能理解他，所以他写童话给孩子们看，其实孩子们更不能理解他。"[2] 他用了数十年去解析安徒生的作品，却只从中读出两个字——孤独。安徒生一生都在"夜行驿车"上，他是旅行者和漂泊者。有人说他的旅行不是为了去发现一个新世界，而是为了逃避孤独，逃避那像被白蚁蛀空的屋梁一样的孤独。他很少有真正的朋友，他总是从这位慈善的人的家庭跑到另一个慈善家庭。一生孤独而忧郁的安徒生，把向上帝倾诉作为心灵的慰藉。

安徒生的传记很多，苏联文学评论家伊·穆拉维约娃的《安徒生传》，是20世纪八九十年代对中国影响较大的一本传记。但因为作者

---

[1] [丹]安徒生：《我的一生——安徒生回忆录》，玄之译，东方出版社2006年版，第201页。
[2] [苏]高尔基：《回忆托尔斯泰》，巴金译，平明出版社1950年版，第45页。

的社会主义意识形态导致她对安徒生的评价还是唯物论的观点:"安徒生童话著作之所以有力量,应该归功于人民。不过,丹麦宗法制农民和手工业者的一些弱点——对仁慈的上帝和善良的皇帝的迷信,不能鲜明地评价各阶级的关系,对解放的道路认识模糊——也不能反映在他的作品里。"[1] 这样的评价带有浓厚的意识形态印记,显然无法从中了解一个真实的安徒生。《我的一生》《我生命的故事》《真爱让我如此幸福》《我的童话人生》都是安徒生的不同自传在中国的版本。自传虽然难免带上了作家个人的主观性印记,但它作为研究作家第一手的资料,其价值是毋庸置疑的。"安徒生并不是第一个讲述民间童话故事的人,但它却成了最有影响和最负盛名的童话作家。为什么呢?安徒生深信他的生活提供了最好的解释。"[2] 他曾多次叙述过这样一个事实:安徒生的创作是以他的亲身经历和现实生活为基础的。安徒生认为他的生活是对他的创作的最好解释,他的生活也将是极好的文学素材。安徒生早年就开始为自己作传,通过这些自传可以看到,在安徒生的一生中,他始终把信念寄托在一种仁慈与公正的天意中,而这个天意就是上帝。

《我的童话人生》作为安徒生的自传,完成于50周岁(1855年)之际。这本著作记载了安徒生从出生到50岁生日时的经历,其间充满坎坷辛酸,却又时时伴随着幸运和成功。安徒生是把自传作为解读他全部作品的最好注解来写的。所以,在这部作品中他充分谈到了他的创作历程和心路历程。安徒生写自传的一个基本视角就是基督教信仰视角。他在自传中多次流露这样的信念"仁爱的上帝始终如一地关注我的成长,一切仿佛都以一只无形的巨手牵引"[3],"生命的自白对

---

[1] [苏] 伊·穆拉维约娃:《安徒生传》,马昌议译,上海文艺出版社1981年版,第319页。
[2] [丹] 欧林·尼尔森:《汉斯·克里斯琴·安徒生》,郭德华译,中国对外翻译出版公司1988年版,第15页。
[3] [丹] 安徒生:《我的童话人生》,傅光明译,中国文联出版社2005年版,第204页。

第三章 "蛹"的蜕变——安徒生童话中的基督教底蕴

一切高尚、善良的人来说有一种神圣的忏悔的力量"。安徒生也会对教会的陋习有所批评，但只有真正信仰上帝的人才会发自内心地表达对教会的不满。在他的心目中，上帝就是一位赐福人的、爱的上帝，是亲切而又和蔼的，就像一位深爱着人类的父亲一样。可以在他的自传中不时看到这一信念的流露。相信这样一位爱的上帝，相信自己的一生都蒙这样一位神的眷顾，给安徒生的生活和创作带来极大影响。以至于他深信自己是特别蒙受上帝祝福的孩子，也深信在任何苦难的背后都会产生美好的结果，因为那位有情的上帝在掌管他人生的明天。这种信念使得这位敏感、内向的诗人对人生之未来、对世界之明天都充满了信心和盼望。事实上，安徒生最初的梦想是做一名演员或歌唱家，但是他的长相和天赋并不适合做演员，而热爱歌唱的嗓子后来也因为一场病而变得无法歌唱。梦想一次次的破灭，非但没有变成他追求成功的阻碍，反而成了他发现自己真正天赋的铺垫。他意外获得了学习的机会，大量阅读许多作家的作品，尝试创作诗歌、剧本，从挫败到成功，终于发现了自己讲故事的天赋，在童话这个领域里，达到了他人生成功的巅峰。每次遇到挫折，他总是"带着一个孩子对父亲的毫不动摇的信任，把整个思绪集中在上帝那里"。"在我的小屋里，上帝与我同在。有多少个夜晚，我向着他发出一个单纯孩子的祈祷，'一切都会再次好起来的'。我真的满心相信一切都能够好起来，因为上帝不会抛弃我。"① 这样一种信仰使安徒生坚信自己的一生是幸运的，而当他用这种信念看自己的一生时，又发现自己确实是幸运的。

读安徒生的自传会发现：安徒生从十四岁离开家乡，到41岁作品集要出版了，始终都充满了对上帝的祈求与感恩。而在更早的幼年时代，上帝基督则更像他生活中赖以依靠的长辈。《红鞋》取材于他

---

① [丹]安徒生：《我的童话人生》，傅光明译，中国文联出版社2005年版，第43页。

自己儿时参加行坚信礼的经历。行坚信礼这一天，安徒生穿着新靴子去教堂参加坚信礼，"走起路来，靴子发出的吱吱声让我兴奋不已。我想，人们从这声音就能听出我穿的是新靴子。但一分心，我就不够虔诚了。正因为意识到我同时把同样多的心思放在了靴子和上帝身上，感到了良心上的不安，所以赶紧真心实地祈求他老人家宽恕我"①。上帝对于年少的安徒生，是左右他生活和心性的坐标。

这之中最有意思的一件事是在安徒生的童年时期，他和母亲到人家田里拾麦穗，结果被一位性情粗暴的管家追打，安徒生的鞋跑掉了，落在后边，管家追上来就要打他。结果，小安徒生直盯着管家的脸惊叫说："你胆敢当着上帝的面打我吗？"结果那人不仅没有打他，反而给了他一些钱并且夸奖他的虔诚和勇敢。上帝在此时更像代表公正的权威，给予他信靠和保护。这种对上帝的信仰给予了他莫大的安慰，即使一生经历众多坎坷与磨难，也让他一生始终相信爱、善良和美好。在他接受别人冷嘲热讽和不公正对待时，他还是能够感受到另外一些人的善意和诚意。

安徒生在他困顿的青少年时代和普通人一样经历过梦想的幻灭、初入社会的迷茫、生活的困窘，死亡的念头一度占据他的脑海。在这人生第一个低谷时期，他遇到了生命中的贵人，国王特级国务参事约拿·科林。在科林的帮助下，安徒生走上了斯拉格尔斯的求学道路。由于入学年纪偏大，虽然学习很勤奋，焦虑和压力依旧跟随着他。他总担心自己的成绩，害怕批评和责备，担忧不能顺利地升到下一个年级。身心持续不断地焦虑和担忧，使得身处"孤岛"的他只能向上帝倾诉，寻求上帝的帮助。在他17岁的日记中，他写道：

"礼拜三。我垂头丧气，把《圣经》拿起来，找到圣言，我翻开书，胡乱地指着一个地方就读起来：'以色列啊，您毁了您自己，但

---

① ［丹］安徒生：《我的一生——安徒生回忆录》，玄之译，东方出版社2006年版，第30页。

您帮助了我!'说真的,上帝,我是软弱的人,但您一眼就看透了我的心,并且会帮助我升学到四年级。我已经用希伯来语回答问题了。

礼拜四。无意间把蜘蛛的一条腿扯掉了。数学考试顺利过关。上帝啊,上帝,我衷心感谢您!

礼拜五。可敬的上帝啊!请您帮帮我吧!夜是如此的寒冷,如此澄澈。顺利考完了——成绩明天公布。

礼拜六。上帝啊!我的命运早就定好了,但人们还是瞒着我。结果可能会怎么样呢?上帝,我亲爱的上帝!请不要抛弃我!我血管里的血液流得那么快,我心神一片慌乱。上帝啊!可爱的上帝,帮帮我吧!我无资格获得这种帮助,可您有宽大仁慈的灵魂啊,可爱的上帝啊!"[1]

在安徒生的心目中,上帝如同亲切和蔼的慈父般,带给他安慰,指引他方向,也就是从这个时期开始,安徒生逐渐形成了个人的宗教观,也慢慢地学会用理性去反思基督教。这使得他创作的童话故事蕴含了自身对人生独特的体验以及对宗教的哲学思考。14岁时离开奥登堡一个人闯荡世界,从此失去家庭温暖港湾的庇佑。在思念母亲的时候,也只能诉诸笔端,通过信件来倾诉。成名以后,跻身贵族上流社会的社交场合,往来于世界各国艺术家和作家之间,即使受到热烈的欢迎,他依旧找不到归属感。安徒生与监护人科林的儿子本身常有交往,然而当他小心翼翼地希望对方改用"你"而不是用"您"来称呼自己时,却遭到了对方礼貌的婉拒。这件事是安徒生终生难忘的痛楚,因为他认为这是一个上流社会的人对下层阶级人的拒绝。生性敏感、自卑的他总会躲到黑屋中,而这个黑屋中上帝与他同在,他会如同孩子依赖母亲一般向上帝祈祷。

---

[1] [丹]安徒生:《我的一生——安徒生回忆录》,玄之译,东方出版社2006年版,第201—216页。

上帝是安徒生生命中不可缺少的精神之父，不仅给他生活的理性力量，而且对于他的创作有着难以估量的影响，在基督理念照耀下的安徒生及其童话，焕发出与众不同的精神魅力。生长在欧洲大地上的作家几乎都是基督徒，要理解他们的作品，理解基督教是首要的，历数西方文学史上的作家，从中世纪的圣·奥古斯丁的《忏悔录》、但丁的《神曲》，到近代的莎士比亚、弥尔顿、歌德，再到现当代的西方名作《尤利西斯》《复活》《日瓦格医生》……无一不与基督教有着千丝万缕的联系。如果抽离了影响他们的基督教精神，这些作家作品就完全面目全非了。基督教作为一种宗教文明，在西方的现实和未来中将永远是一种不可或缺的价值体系。正如 T. S. 艾略特所说："一个欧洲人可以不相信基督教信念的真实性，然而他的言谈举止却都逃不出基督教文化的传统，并且依赖于那种文化才有其意义……如果基督教消失了，我们的整个文化也将消失。接着你便不得不痛苦地从头开始，并且你也不可能提得出一套现成的新文化来。你必须等到青草长了，羊吃了长出毛，你才能用羊毛制作一件新大衣。你必须经过若干个世纪的野蛮状态。"[①] 安徒生作为北欧第一位获得世界声誉的作家，他的宗教理想给予他的已经不仅仅是精神安慰，而是因了基督教的理念，使得他的童话作品向着更高的美学境界飞升。

当他获得了生活的稳定感和别人的肯定时，"再次回眸往昔，我能清晰地看到，仁爱的上帝始终如一地关注我的成长，一切仿佛都由一只无形的巨手牵引。……英国海军在每艘船的缆绳上，无论粗细，都系着一根红线，表明它是君王的。而生活的每个人，无论大小，也有一根无形的线表明他是属于上帝的"[②]。这样一种信仰，也给了安徒生极大的安慰，使他一生坚信人生到处有爱、善良和美好。以至于，

---

① [英] T. S. 艾略特：《基督教与文化》，杨民生等译，四川人民出版社 1989 年版，第 205 页。
② [丹] 安徒生：《我的童话人生》，傅光明译，中国文联出版社 2005 年版，第 204 页。

即便在受到他人充满偏见的议论及不公正的对待时,他也还能感受到别人的善意和真诚。而他又确实是在别人的慈善资助之下才能读书上大学的,所以他内心时时充满了感恩。"曾有位英国作家说我是个幸运儿,我也必须充满感激地承认,我这一生的所有幸福都是幸运得到的。我幸运地见到并结识了同时代那么多最高贵、完美的人。当我讲述这些的时候,同我在前面讲述我所经历的贫苦、屈辱和压制一样,都是带着感恩的心情。"① 在别人眼中的坎坷人生,在安徒生那里都成了值得感恩的美好人生。而他这份心态和信念当然和他深信那位爱的上帝掌管自己和宇宙息息相关。

当他已成名,回首往昔,他把自己的一生说成是一个逢凶化吉、遇难呈祥的美丽童话。"我对于人类的信心几乎从来没有使我感到失望,即使在艰难的岁月里也包含喜庆的因素。我觉得我所经受的所有不公,以及妨碍我发展的每一个企图,最终都给我带来了美好的结果。……当我们走向上帝时候,一切痛苦和不幸都烟消云散了,留下的只是美好的东西,在我们眼中,它是冲出乌云包围的一道彩虹。"②

终生独身的安徒生曾经对几位女性都有过爱慕之心,但都无果而终。其中最为人熟知的就是对于"瑞典夜莺"珍妮林德的痴恋。安徒生对她大为倾心,向她求婚,但是被拒绝了。之后,两人却依旧保持了十几年的纯洁友谊。安徒生在《我的童话人生》中写到珍妮林德,说通过她,我仿佛更多地领悟到了要忘掉自我,去感受艺术的神圣,并意识到上帝赋予我作为一个诗人的使命。而她羞涩、质朴、虔诚又有爱心的个性,更加令他肃然起敬。而使他成名的童话,则因为有了这种来自基督之爱的美学奠基,而显得博大深厚。

---

① [丹]安徒生:《我的童话人生》,傅光明译,中国文联出版社 2005 年版,第 280 页。
② 同上书,第 355 页。

第二节　超越的爱

美国学者欧文·辛格的《超越的爱》里集中提到了爱的几种不同成分，用希腊词来表示：eros（爱欲）、philia（友爱）、nomos（忠爱）、Agape（神爱）。Agape 也有翻译为"挚爱"。Philia 指亲情与友情之爱。Nomos 是人对于上帝的爱。Eros（爱欲）属于本性，尤其是人的本性，属于人的爱，包括了两性之间"情"与"欲"的内容，Agape（神爱）则是上帝以自发、无限的爱来接受一切事物。伽利略说他能够用一根杠杆撬动地球，对基督徒来说，爱本身就是一根无限长的杠杆，永恒地推动着宇宙，使一切事物成为它现在的样子。"作为上帝永恒的爱的显现，通过基督下降的神爱建立了基督教信仰的最后范畴。"[1]

安徒生的许多童话具有感人至深的力量，在那些感人的故事里，往往有一种爱不求回报，自发而无私，好比太阳放射的光芒，无差别的给予，是一种超越利益关系的爱。所表达的正是一种受到基督教理念影响的"爱"。"神爱先于人的爱，在每一方面都胜过它。神爱是上帝自己的给予，就像从天而降的甘霖。"[2] 这种爱全然不同于人的爱欲，它有两个特点，一个是无私的奉献，一个是无尽的期望。爱者借助于被爱者达到自身的超越。爱是无私的奉献，而无私的奉献就意味着超越，奉献而夹杂有一己之利，爱便转化为私欲，私欲则是生命的枷锁。

"人从上帝那里分有了一点点爱火，于是人像上帝一样，试图通

---

[1] ［美］欧文·辛格：《超越的爱》，沈彬译，中国社会科学出版社1992年版，第291页。
[2] 同上书，第282页。

过无私的奉献和无尽的期望超越自我，获得永生。但是人的灵火被紧紧包裹在动物般的躯体里，由于躯体的制约，人不得不时时反顾自己，所以爱只有在一步步撕裂躯体之后才能成长起来。"[1] 12世纪的神秘主义神学家圣伯尔纳认为，人在爱的成长中要经过一次次的飞升。起初，人被作为人的基督深深震撼，同情基督遭遇的巨大苦难，被他为人所做的牺牲而折服。但这还是一种肉体的爱，由这种爱向上跃进就成了对作为神的基督的爱。这时，人们从基督的降生、受难、复活及升天中悟出了更深沉的东西，这就是他的"智慧、公义、真理、圣洁、良善、美德，和其他各样的完善"。他们开始像基督那样把爱给予世上所有的人，并且像基督一样自觉地去忍受一切非人的苦难。最后，远离一切罪恶，他们的灵魂获得了超越。他们处处仿效基督，而基督始终在遥远的彼岸，他们必须跃过这个距离，使自己上升为神，而这意味着灵魂经过上帝的救赎而获得进一步的升腾。但人只有在这时候才算最终超越了自己，像基督一样生活在"属灵"的世界和上帝自身的无比神圣的光照里。这时，在他们看来，不仅是人，甚至花草、木石、牲畜无不具有感情，无不在受难，无不需要怜悯和爱。就是这种超越的爱，全然不同于我们一般意义上所说的爱，这种爱克服了人性中让人骚动不已的欲望，使人天然宁静。安徒生作为深受基督信仰影响的作家，他的童话不可避免地受到基督教思想的影响。安徒生童话中最为感人至深的故事，往往都源于一种超越的爱。这种爱，默默付出，全身心地投入，在奉献和对自己的放弃中获得最大的善。这种爱的精髓，幻化在安徒生的童话作品里，因为超越，所以异常美丽。《海的女儿》里的小人鱼，对于人间王子的爱，自始至终都是不计回报的，最后面对无望的爱情和失败的追求，小人鱼痛苦地选择了牺牲，牺牲的动因还是由于爱。然而她的爱情是没有回应

---

[1] 阎国忠：《美是上帝的名字——中世纪神学美学》，上海社会科学院出版社2003年版，第218页。

的，她所爱的对象自始至终都没有知晓她为他所做的一切：她救了他，她爱他，她为了他离开了自己亲人，让巫婆割去舌头，又时时忍受着双脚刀割般的疼痛，直至牺牲 300 年无忧无虑的海底生命。她美好的梦想和为追求所付出的一切艰辛，都和她的身躯一样，化成了海上的"泡沫"。在众多的童话故事中，这是一种特殊的爱情，爱上王子的小公主并没有获得美满幸福的生活，而是在历尽磨难之后走向绝望和毁灭。她的爱情具有了无条件性，不管对方如何，不管有无回应，她都执着地爱着，爱情铸就了个体生命的光辉，使"小人鱼"的爱超越了所爱的对象，"甚至超越了通常意义上的男女关系而成为一种精神力量。这种力量穿透时空，凌驾于真实世界的实际需求和利益关系之上，应和着人类从古至今始终不灭的追求"[①]。"爱使人们利他地行动——去遭受苦难、自我牺牲甚至死亡——但在每种情况中，总是有一些更大的善被获得了。"[②] 在《海的女儿》中，安徒生笔下的爱情最终转化为追求至善的个体走过的灵魂修炼之路，"爱情没有带来皆大欢喜的世俗的'婚配'，但也给个体带来了'特殊的出路'，那是精神层面上的'路'，通向更完美的生命境界"[③]。那不但是小人鱼式的女性的心灵之路，也是人类发展的必经之路："人类的救赎，是经由爱而成于爱。"[④]

安徒生有好多童话讲到这种默默付出、不计较结局的爱，甚至是在分别或者死亡中得到升华了的爱。《沙丘的故事》里的雨尔根本应生长在一个西班牙富贵之家，却因为父母意外的海难，使他一出生就成为被海上渔民收留的孤儿。在贫苦的渔人家里长大的他，爱上了一个姑娘，却是他的好朋友的未婚妻，他咬着牙把自己的房子让给他们

---

① 陆黎雅：《论爱情故事中的"小人鱼"模式》，《外国文学研究》2003 年第 2 期。
② [美] 欧文·辛格：《超越的爱》，沈彬译，中国社会科学出版社 1992 年版，第 78 页。
③ 陆黎雅：《论爱情故事中的"小人鱼"模式》，《外国文学研究》2003 年第 2 期。
④ [德] 弗兰克：《活出意义来》，赵可式等译，生活·读书·新知三联书店 1998 年版，第 39 页。

结婚，后又被冤入狱，获释后来到一个商人手下做事，与商人的女儿克拉娜相爱，却在一次海难中，为救她而变成了白痴。雨尔根的一生充满坎坷，但一直被爱激荡着，这种无私无畏的爱，给他永远乐观的生命力量。他对人的爱，不求回报，在一次次灵魂的斗争中，他都选择放弃自己，成全别人，在一个风暴天气里，白痴雨尔根来到了教堂，虽然他的外部世界是黑暗的，但灵魂始终是明亮的，沙暴掩埋了上帝的屋子，在最大的石棺里，雨尔根结束了他的一生。《野天鹅》里的爱丽莎，因为对哥哥的爱，默默受难，忍受被棘麻刺手的痛苦，不能言说的悲伤，最终使哥哥们得救。《母亲》中的母亲，为了拯救孩子，把明亮的眼睛给了大湖，用温暖的胸怀救助冻死的荆棘，为了进入死神的花园，还用自己美丽的黑发向守墓的老太婆换来一头雪白的银发。《一点成绩》中的老婆婆为救出冰上的游人，放火烧掉了自己唯一的茅屋；而《犹太女子》中的骑士以宽恕和慈悲对待曾经羞辱和折磨他的土耳其人。

安徒生写到爱情的几个故事，比如《柳树下的梦》《依卜和小克丽斯汀》《坚定的锡兵》《单身汉的睡帽》，虽然结局都是感伤的，却是对伤感的人间恋情的超越，乡下男孩克努得、依卜、单身汉安东，还有锡兵，虽然都无缘与自己钟情的恋人结为眷属，但他们一生都在守候自己的爱，默默地单向付出，遭到恋人的背弃之时，也不曾放弃爱的理想，克努得到死都不忘曾经见证他们爱情的老柳树，安东的记忆里始终都是家乡的苹果树。锡兵至熔化的那一刻还留着爱的信念。这其中绝无怨恨和诅咒，只有宽恕和祝福。用基督教经典《圣经》上的话来表达就是："爱是恒久忍耐，又有恩慈。"[①]《世上最美丽的一朵玫瑰花》是对于神圣之爱与凡俗之爱的最好注解。皇后病了，聪明人说只有世上最美丽的一朵玫瑰花可以拯救她。所有花园里开的最美丽

---

① 《圣经·哥林多前书》。

的玫瑰花、所有诗人们歌唱的最美丽的玫瑰花、罗密欧和朱丽叶棺材上的玫瑰花乃至一位幸福的母亲在自己孩子脸上看到的玫瑰花,都不是那一朵最美丽的玫瑰花。直到皇后的小儿子捧着《圣经》,挂着泪珠,念道:"他,为了拯救人类,包括那些还没有出生的人,在十字架上牺牲了自己的生命。"皇后看到了世界上最美丽的玫瑰花——从十字架上的基督的血里开出的一朵玫瑰花。这朵神圣的红玫瑰,带着天国之爱,带着牺牲之爱,在尘世盛开,使每一个看到这朵花的人都得到永恒的爱。

这种爱与我们寻常的那种激烈缠绵,有强烈欲求的爱全然不同,那种爱总是要求回报,伴随着嫉妒和怨恨。这种爱来自对万物和生命的感恩及护佑,与基督教中爱的与感恩的观念有着联系。"基督教通常看到的所有事物都是一种礼物,一种自发和分外的赐予以及上帝的神圣的爱的方式,而发现了所有存在的这种感恩。"[①] 因为以感恩的心态去看待这个世界,所以满足生活所赐予自己的一切,是这个世上的快乐良方。老头子去镇上赶集卖马,结果用马换了牛,用牛换了羊,用羊换了鹅,又用鹅换了鸡,最后竟然换回"一满袋子喂猪的烂苹果"。接着,老头子进酒店,有两个英国人听到了他的故事,于是说他回家一定会被老婆揍一顿,但老头子说他不会挨揍,反而会得到老婆子的吻。于是英国人和老头子打赌。结局怎么样?正如老头子所说,回到家,老头子每说一次自己的交易,都会引来老婆子的赞叹,"感谢老天爷,我们有牛奶吃了","啊,那更好","这桩交易做得好","现在我非得给你一个吻不可"。(《老头子做事总不会错》)当然,最后英国人输了。虽然总是走下坡路,但乐善好施的心使他们永远快快乐乐,因为总还能看到善良和美好的一面,之所以常乐,是因为不受困于物质的追求,不受制于物质,有一颗像小孩一样天真的心。这个故事里,还讲到婚姻里的包

---

① [美] 欧文·辛格:《超越的爱》,沈彬译,中国社会科学出版社1992年版,第291页。

容,"凡事相信,凡事盼望"。难能可贵的是老头子虽然越交换越吃亏,但却是真心诚意为老婆子着想的——"她说过不知多少次:'我真希望有一只鹅!'现在她可以有一只了。"老婆子总是相信自己的丈夫,总是欣赏对方,多的是一分宽容忍耐;而老头子更伟大,因为对于妻子对自己的爱是如此信任,没有丝毫怀疑。

第三节　向不朽飞升

"真诚的宗教生活并不只是人的精神世界的自我异化,它也润泽那种向往神圣的高尚的心灵。"[1] 1874年,安徒生写下了他的"天鹅之歌"——《老人》。在这首诗的结尾,他说:

> 上帝按照自己的形象创造出来的魂灵
> 是不会腐朽的,也不会消失。
> 我们的尘世生命是一粒永恒的种子。
> 我们的躯体死了,但是灵魂不会死去。

对于永恒的追寻,是安徒生一生坚持的信念,这种信念源于他对于人自身可以在神的指引下日趋完善的坚信,以及人性可以无限接近神性,人类可以不断进步的信心。"他的故事被不断地带到坟墓的边缘——只有六分之一的故事不涉及死的念头——尽管他用写作驱逐着死神。不管怎么说,这种对死亡的沉思有它自己的背景,这种背景存在于安徒生对永生不死的固执的信念之中。对他来说,这就是一切宗教的本质。"[2]

---

[1] 黄克剑:《人韵——一种对马克思的解读》,东方出版社1996年版,第78页。
[2] [丹] 欧林·尼尔森:《汉斯·克里斯琴·安徒生》,郭德华译,中国对外翻译出版公司1988年版,第98页。

"上帝实则是人类的'蛹',僵硬的外壳并不是用来束缚生命的,而是保护和升华生命的;不经过蛹的蜕变,人类也许永远像动物一样滞留在地面上,不能想象翱翔的奥妙。神学并没有使人远离了自己,相反在很大程度上回归了自己。"[①] 在基督教里,人因为拥有灵魂,而得以与上帝保持联系,或者说灵魂是人类肖似上帝之处,因为拥有灵魂,人具有了神性的一面。人的灵魂通过自省,而不断超升以达到静观境界——面对面见到无形与永恒的上帝。基督教认为人因为原罪,而脱离了上帝造人伊始完全、神性的人自身,而坠入俗尘,人需要不断地使自己的灵魂得到超越,找回自己丢失的神性,才可以返归自身,返归就是得救。相信上帝,就是相信人身上存在着与满足肉欲相对照的可以超升的一面。在这个意义上,上帝使人得以向更高的境界飞升,不再仅仅沉坠于人类物欲世界。所以说,"人的天性"的不完善决定了人必须在追求基督的"神性"中获救,因此,人与基督的一致是有必要的。'神性'是完善人性的一种理想化目标,人对"神性"的追求就是对理想人格和人生价值的终极追求。因此,人与基督的一致也是对一种高尚人格的向往,对人类完美的追寻。

神性也即意味着人的善性,善性与人同在,因而善的力量最终将战胜邪恶。这是安徒生相信人类有美好未来的人性依据,是一种缘于基督教文化的"神性论"。如果对安徒生童话有过全貌和细致的阅读的话,可以发现,对于"永恒"的追求是贯穿于许多安徒生童话故事里的主线。"永恒"是其中反复强调的主题。人世是没有永恒的,俗常生活中的人和事总是变幻无穷,人的生命有限,追求却是无限,所以满足永无终点。人的一生都期望获得的最后的满足,也就是那种所谓的完美,真正的幸福似乎永远无法达到。即便某些尘世的美好事物能够停留许久,人也不会充分地欣赏它,为它而满足,因为人的嗜好

---

① 阎国忠:《美是上帝的名字——中世纪神学美学》,上海社会科学出版社2003年版,第3页。

第三章 "蛹"的蜕变——安徒生童话中的基督教底蕴

也是不断变化的。人的感官和理智趣味以及感情和偏好是处在不断更新之中的。就像莎士比亚笔下的本尼狄克在嘲笑人的爱的易变时所说:"人是一种令人眼花缭乱的动物。"所以,尘世欲望的虚空,难以遏止的不满足感,永恒的缺失感、生之无常,使人产生持续的焦虑,人对于自身的命运感到捉摸不定的困惑。而上帝之国的出现,给人一种难以企及的向往和高度,基督教告诉人,上帝——这一永恒的和绝对的完善,能够提供一种充分和永恒不变的使人满足的善。"人类的追求如果不在尘世停止,那么至少在天国能够停止。人类烦恼、焦虑和自我烦扰的灵魂,可以在那时得到安宁。"①

写于 1859 年的《聪明人的宝石》属于安徒生的晚期作品。太阳树上的宫殿里住着一位法力无边的聪明人。不管他的智慧比人类要高多少,他总有一天也不免死亡。他能看得出,人类会像树上的叶子一样凋枯。叶子已落下来就再也活不过来。它只有化为尘土,成为别的植物的一部分。

肉体消减了,但是灵魂会怎样呢?它会变成什么呢?"到永恒的生命中去",这似乎是宗教所说的安慰话。聪明人很怀疑"到天上去",苍天不过是漆黑一片。肉眼的限制是多么大、灵魂的眼睛所能看到的东西是多么少,与我们最有切身关系的事情,即使智慧最高的圣人也只能看到很微小的一点。在这宫殿里一个最秘密的房间里藏着世界上一件最伟大的宝物:真理之书。一个人越有智慧他就越能读得懂,但里面有一章叫"死后的生活",没有一个字他能看清。他法力无边却无法遏制死亡,他希望寻求一种可以使生命永恒不灭的启示,但是他寻找不到,真理之书摆在面前,书页却是一张白纸。基督教在圣经里给了他一个关于永恒生命的诺言,但他希望在自己的书中能读到它。他有四个聪明的儿子,他们分别拥有超常的视觉、听觉和嗅觉

---

① [美]欧文·辛格:《超越的爱》,沈彬译,中国社会科学出版社 1992 年版,第 177 页。

127

以及味觉，一天他们做了同样的梦，梦到自己找到了由真、善、美凝成的"聪明人的宝石"，当这宝石的光辉射到书页上，"死后的生活"就全部显现出来了。于是，他们离开太阳树到广大的世界里去寻找聪明人的宝石。兄弟四人先后各自上路，却分别因为魔鬼的捣乱而丧失了自己最敏锐的感官，继而失去了信心。在家的盲妹却梦见那颗宝石就在自己的手上，她下了一个决心，要把这个梦变成现实。最后竟是盲妹带回了聪明人的宝石。

引用作者的话，这篇故事是"在形式上有点东方的意味，同时又充溢着浓厚的寓言气息"[①]。故事里的聪明人疑问永恒的生命，对生命充满怀疑。他想要得到永恒，读懂那真理之书上的每一个字。事实上，这何尝又不是世间每一个人的愿望呢，哪怕最聪明的人都无法把永恒抓在手里，因为它那么神秘遥远。聪明人的几个拥有出色的人类感官的儿子，怀揣着雄心壮志来到熙熙攘攘的世界，却被魔鬼很快挫败，那魔鬼其实不是别的，正是怀疑和信心的丧失。俗话说的心魔，就是让自己无法把握自己，不能成为自己的主人。圣托马斯·阿奎那说：人的堕落从背弃上帝始，它的第一步就是信。人对于自身神性的丧失，是缘于怀疑。怀疑一个永恒的上帝的存在，其实就意味着不相信自己通过努力可以获得永恒的灵魂。当人拒绝飞升，那注定要下沉。聪明人的那几个儿子，拥有人能够拥有的最好的敏锐感官，当他们刚刚离开太阳树，来到大世界时，大儿子决心要遵从善和真，用善和真来保护美，他发现："应该属于美的花束，常常被丑所夺去了；善没有被人理会；而应该被嘘下台的劣等东西，却被人拍掌称赞。人们只是看到名义，而没有看到实质；只是看到衣服而没有看到穿衣服的人；只是看到职位，而没有看到才能。处处都是这种现象。""是

[①] [丹]安徒生：《安徒生童话全集之七——聪明人的宝石·译后记》，叶君健译，上海译文出版社1978年版。

第三章 "蛹"的蜕变——安徒生童话中的基督教底蕴

的，我要认真来纠正这种现象。"[1]他想。这时魔鬼来了，魔鬼用沙子使他失去了最明亮的眼睛。他在茫茫的世界中成了一个瞎子，同时也失去了信心。当一个人对世界和对自己都没有信心的时候，那么他的一切也就都完了。他的弟弟们也都和他一样，被魔鬼攫走了信心，沉沦了，哪怕自己曾经拥有令世界上一切人羡慕的最敏锐的感官。

而他们本来就瞎眼的小妹妹，应该属于被上帝不公正对待的那一类人，她只待在家中陪伴父亲，并没有去寻找宝石，而只是因为哥哥们都没有回来，她才决定去为父亲寻找。她一声不响地走进这个熙熙攘攘的世界，她所走到的地方，天空就变得非常明朗。她可以感觉到温暖的太阳光，她听见鸟儿在歌唱，她听到柔和的音调和美妙的歌声，但是她也听到号哭和尖叫。思想和判断彼此起了不调和的冲突。人们各自不同的感情和思想在她心的深处发出回响。但她有另外一个歌声在自己心里：

"依靠你自己，依靠上帝，上帝的意志总会实现。"

魔鬼捏造了一个用欺骗、谎言、嫉妒塑成的和她一模一样的盲女，让世人无法分辨真假，借此来击垮她。但盲女始终满怀信心地唱着她的那首歌。她相信一定可以找到那颗宝石，而那颗宝石的光辉将会超过世上一切的光辉。"宝石在这个世界上是存在的；这一点我可以保证，而我带回家去的将不只是这个保证。……我现在得到的不过是一颗灰粒，然而它却是我们正在寻找的那块宝石的灰粒。我有很多这样的灰粒——我满把都是这样的灰粒。"[2]盲女带着信心回到了家。魔鬼用狂风吹开了藏书的密室。"吹不走的，我在我灵魂中已经感觉到了那种温暖的光线。"[3]盲女坚定地说。这时父亲看到了一道强烈的

---

[1] [丹]安徒生：《安徒生童话全集之七——聪明人的宝石》，叶君健译，上海译文出版社1978年版，第123页。
[2] 同上书，第140页。
[3] 同上书，第141页。

光。这光是从她手中那些灰粒上射出来的。它射到真理之书的那些空白页上——那上面应该写着这样的话：永恒的生命一定是存在的。但是在这耀眼的光中，书页上只看到有一个词：信心。

"神给人指定了共同的目标——使人类和他自己趋于高尚，但是神要人自己去寻找可以达到这个目标的手段。"[①] 基督教给了人超越自我，向上飞升的理由，但需要人自己拥有信念，不断自省。就像盲女在梦里所见的，那颗宝石就在自己的手上，实质上是自己救自己，上帝给予人的力量还是来自人自身。盲女就是信心的化身，"在所有的男人和女人、老年人和少年人的心中，只要她一来到，真、善、美的光辉就闪耀起来了。她走到哪里，艺术家的工作室也好，在金碧辉煌的大厅里也好，在轮声隆隆的工厂里也好——哪里就似乎有太阳光射进来，有音乐奏起来，有花香喷来，枯叶子也似乎得到了新鲜的露水"[②]。当人遭遇心灵的荒漠、软弱、忧伤、痛苦，丧失信心时，坚定的信心就好比滋润荒漠的甘泉。基督信仰里反复强调的信心，就是开启上帝之国的钥匙，任何完美的事物，都经过一番超常的努力才完成。信仰是人类特有的一种生存方式，或者如马克思所说，是人类把握世界的一种特有方式。它给人以生存的勇气和未来的希望，永远为人类所需要、所拥有。这个故事里的聪明人的宝石，并非物质的、实有的东西，而是指人可以永远追寻完美，使自己的灵魂可以趋于高尚的信念。永恒是否实有，这是一个没有人可以做出回答的问题，就像故事里法力无边的聪明人也始终无法知晓。但是信仰给了人对于永恒的盼望与期许，在对于永恒的执着守望中，人日趋高尚。但丁说，在万物之中，唯有人类是处于可朽与不朽之间。许多哲人因此恰当地把人类比作处于两个半球之间的地平线。人有两个主要部分，亦即灵魂

[①] 黄克剑：《人韵——一种对马克思的解读》，东方出版社1996年版，第78页。
[②] [丹]安徒生：《安徒生童话全集之七——聪明人的宝石》，叶君健译，上海译文出版社1978年版，第139页。

与肉体。从肉体这部分来说，他是可朽的；从灵魂这部分来说，他是不朽的。按照亚里士多德的说法，"既然灵魂是永恒的，那么单凭这一点，人就不同于可毁灭的东西"。在盼望中的人，就是相信人是可以不朽的，并努力向不朽靠近。伏尔泰说过："人类最宝贵的财富是希望，希望减轻了我们的苦恼，为我们在享受当前的快乐中描绘出快乐的远景。如果人类不幸到目光只限于眼前，那么人就不会再去播种，不会再去建筑，不会再去种植，人对什么也不准备了，从而在这尘世的享受中就会缺少一切。"① 对西方独特的文化传统来说，对希望的追求就是信仰，而信仰的必然表达方式就是基督教。人通过相信自己有一个可以超越的灵魂，可以无限地接近代表永恒的上帝，从而使自己获得精神上的超越。"人非有信，就不能得神的喜悦，因为到神面前来的人，必须信有神，且信他赏赐那寻求他的人。"② 盲妹怀着信心，怀着永恒的盼望。而他的哥哥们在魔鬼的面前都相继丧失了信心。安徒生在这个寻找永恒的故事里，没有告诉人永恒到底在哪里，人死后到底怎样生活，在宝石照耀下的真理之书上显出的字只有一个：信心。这种信心，是人相信可以通过自身的努力，从而获得日趋高尚的灵魂，生发于心的。只要信念不灭，灵魂必将永生。这就是追寻永恒的人可以得到的答案。

而《冰姑娘》则从反面说明了这个道理。《冰姑娘》中富有北欧色彩的神话人物冰河皇后"冰姑娘"，其实是猜疑和胆怯的化身。住在瑞士山区的洛狄幼时曾经从冰窟窿里死里逃生，所以"冰姑娘"非常愤怒，老是想着报复。但洛狄懂得不害怕，充满信心，就不会再被冰姑娘俘获。成年的洛狄是个出色的猎人，他勇敢地向富有的磨坊主的女儿巴贝德求婚，两个人恋爱了。冰姑娘伺机打击破坏，但洛狄充

---

① 转引自徐葆耕《西方文学：心灵的历史》，清华大学出版社2002年版，第42页。
② ［美］考门夫人：《荒漠甘泉》，团结出版社，第22页。

满了信心,冰姑娘攻不破信心筑就的爱情壁垒。遗憾的是裂缝是从里边开始的,巴贝德把爱情当作一种消遣,利用一个年轻的英国人对自己的好感,让深爱着她的洛狄吃醋。洛狄负气出走,怀疑和嫉妒充满了他的心,就在那天夜里,他在回家的路上,在高高的雪山上,因为怀疑、胆怯和寒冷,他接受了冰姑娘给他的烈酒和冰吻,巴贝德给他的订婚戒指也被冰姑娘偷走了。后来虽然重归于好,但猜疑已经在他们之间埋下了种子。巴贝德在结婚前夕,梦见自己跟着那个英国人走了,她痛苦地呼叫:"我希望在我最快乐的那一天——我结婚的那一天——死去!上帝、我和洛狄所能希望的最好的东西也莫过于此!各人的将来,谁知道呢。"[①] 她开始怀疑上帝,她的心里也有了暗影。婚礼的前夜,洛狄为巴贝德在湖中找丢失的船只时,终于落水被冰姑娘吻死了。就是因为两个人在美好纯洁的爱情中掺进了猜忌和疑惑的杂质,爱情信念已经沾染上了对于永恒的怀疑,在巴贝德心中,信心的种子早就遭到破坏,对于他们将来的婚姻已经没有信心了,才致使冰姑娘有机可乘。怀疑开始的刹那,爱其实已经有了死亡的气息。

《白雪皇后》是个与《冰姑娘》相对照的故事。白雪皇后与冰姑娘在故事中的身份如出一辙,但故事中的男女主人公则完全不同。加伊和格尔达是一对青梅竹马的好朋友,小男孩加伊受到魔鬼引诱,眼睛和心灵均已蒙尘,所以被白雪皇后拐至她的冰雪宫殿,小女孩格尔达历经重重艰难险阻,徒步寻找加伊,光着小脚丫,在冰天雪地里奔跑。驯鹿希望芬兰女人给格尔达多些力量,芬兰女人说,我不能给她比她现在所有的力量还更大的力量,你没有看出她打着一双赤脚在这世界上跑了多少路吗?她不需从我们这儿知道她自己的力量。她的力量就在她的心里。小女孩格尔达的这种惊人力量就是信念。她坚信自己一定可以找到加伊,并使他得救回家。只要拥有永恒的信念,信心

[①] [丹]安徒生:《安徒生童话故事集》,叶君健译,人民文学出版社1992年版,第259页。

第三章 "蛹"的蜕变——安徒生童话中的基督教底蕴

的泉水就会从心底渗出，给予自己无比强大的力量。信心需要危难的不断培养，圣经充满着危难的记载。它的诗篇，它的预言，它的启示莫不是种种危难的统治。有了信心危难不至于变成绝望；信心的功能是支持你去解决危难；在危难到来的时候，信心的对立面乃是灰心；信心坚持不变，就会带来最后的胜利。基督就是榜样。真正信奉上帝的人，能够得救赎，得永恒，就是因为信心。加伊在白雪皇后的宫殿里，怎么都拼不出"永恒"这个词，所以他无法得到自我拯救，因为白雪皇后答应他，如果他能够拼出那个图案的话，他就可以得到自由，成为自己的主人了。当格尔达到来时，她流下热泪，眼泪流到加伊的胸膛上渗进他的心里，把那里的雪块融化了。当他们因疲乏躺下时，他们两人就恰恰形成了一个字的图案——"永恒"。加伊因此而得救了。

在这个故事里，又一次强调了坚持信念得永恒，也即得救赎的主题。而在基督教里，人的救赎也就是向上帝的回归，神性的获得。而救赎的前提就是，人要认识自己理性的有限性，它的软弱和无能，并拒绝一切来自更低级的物质世界的引诱。认识自己不唯是认识过程，也是灵魂的不断自我蜕变、自我更新的过程。人真正认识到了自己，也就是认识了上帝，因为上帝不在别处，就在人们的心灵里。格尔达与加伊本是两个天真的小孩，他们不理解那句诗："山谷里玫瑰花长得丰茂，那儿我们遇见圣婴耶稣。"但在他们经历了救赎的过程以后，回到家，立刻懂得了那首圣诗的意义。回到家，发现自己已经是成人了，但在心里还是孩子。"除非你成为一个孩子，你决计进入不了上帝的国度！"他们在受难中得到救赎的同时突然间长大了。这是一种蜕变，人要真正趋善成圣，定要经过道德之炼狱的洗礼。个体的人必须经过"美德"对人性的考验，由人而圣。另外，在基督教文化中，儿童以其纯真被当作天国的主人。圣经记载，门徒问耶稣天国里谁是最大的，耶稣叫一个小孩子站在他们中间，说：你们若不回转，变成小孩子的样式，断不得进天国。所以凡自己谦卑像小孩子的，他在天国里就是最大的。凡为我的名，接待一个像这小孩子的，就是接待我。耶稣给孩子们做祷告时说，"因为在天国的正是这样的人"，而"凡要承受上帝国的，若不像小孩子，断不能进去"。在这里，尽管小孩子不等同于基督，基督却常把自己与小孩子相比。返归孩子式的真纯或者是灵魂的最高境界。

"正是宗教的理性精神对自然状态的人的抑制与牵引，才使人不断地摆脱原始野性而走向文明，才使人不耽于简单的原欲冲动而升华到精神与灵魂的境界，从而使人成其为人，保持为人。"[①] 安徒生在他的童话作品里对于永恒的执念，来自他对于人性可以趋于完美的信心，对于人可以不朽的坚信。人的自我救赎，也就是寻找人神性的一面，这种救赎需要人自身的力量，当你成为自己的主人的那一天，你也就真正获救了。当你获救，也就拥有了永恒。

《素琪》里的贫穷的青年艺术家因为爱上一个美丽的贵族小姐，而使他获得艺术创作的灵感，他和她谈话，任何赞美诗、任何礼神颂，都不能像她那样能融掉他的心，超升他的灵魂。以他心上人的外貌为蓝本雕塑出一个素琪，终于获得极大的成功，他带着成功的喜悦，向他的模特儿表白心迹时，却遭到拒绝。他陷入痛苦，在矛盾的挣扎中，他最终放弃了艺术生涯，做了修道士，侍奉上帝。他在修道院里，并没有获得内心的平静，又一次陷入痛苦："假如说，这儿的一切，像我舍弃了的人世那样，只不过是些美丽的梦想罢了？……永恒啊！你像一个庞大的、无边的风平浪静的海洋，你向我们招手，向我们呼喊，使我们充满了期待——而当我们向你追求的时候，我们就下沉，消逝、灭亡……"[②] 他的灵魂始终在挣扎，无一刻宁静，直至

---

① 蒋承勇：《西方文学两希文化传统的阐释》，中国社会科学出版社 2003 年版，第 15 页。
② [丹] 安徒生：《素琪》，《安徒生童话全集之十二》，叶君健译，上海译文出版社 1978 年版，第 27 页。

第三章 "蛹"的蜕变——安徒生童话中的基督教底蕴

死去。多年以后，他的那件作品"素琪"被人挖掘出来，人们赞叹着她的美，这位雕刻师是谁呢？"这个人已经死了，消灭了，正如灰尘是要消灭的一样。但是他最高尚的斗争和最光荣的劳作的成果表现出他生存的神圣的一面——这个永远不灭的、比他具有更悠久的生命的素琪。这个凡人所发出的光辉，这个他所遗下的成果，现在被人观看、欣赏、景仰和爱慕。"[1] 至美的东西是永远不会被遗忘的，这个艺术家在生前想要得到的永恒，却在他死后得到了。"人世间的东西会逝去和被遗忘——只有在广阔的天空里的那颗星知道这一点。至美的东西会照着后世；等后世一代一代地过去了以后，素琪仍然还会充满着生命。"[2] 人的肉体会伴随他人世生活的结束而走向毁灭，那可以让他不朽的灵魂却是与世长存的。在这个意义上，人终归是可以不朽的。

《海的女儿》里的小人鱼，为了追求一个永恒的灵魂，虽然失去了生命，却因为善行而成了天空的女儿。《老墓碑》里的"墓碑"代表一对老夫妇所度过的一生，很平凡，但也充满了美和善。墓碑虽然流落到他方，作为铺路石之用，但这并不说明："一切东西都会被遗忘了。"同样，人生将会在新的一代传续下去，被永远地记忆着。"美的和善的东西是永远不会给遗忘的；它在传说和歌谣中将会获得永恒的生命。"[3]《老槲树的梦》里活了四百年的老槲树，在圣诞节前夜被大风连根拔起，死去了。但就在这个晚上它做了一生中最甜蜜的梦，它觉得仿佛有一种新的生命力在向它最远的细根流去，然后又向它最高的枝子升上来……它的力气在增长，它的躯干在上升，没有一刻停止。它在不断地生长。"这是一个幸福的片刻——一个充满了快乐的

---

[1] [丹]安徒生：《素琪》，《安徒生童话全集之十二》，叶君健译，上海译文出版社1978年版，第32页。
[2] 同上。
[3] [丹]安徒生：《老墓碑》，《安徒生童话全集之六》，叶君健译，上海译文出版社1978年版，第46页。

片刻!"在快乐的顶峰中,它被风连根拔起,死去了。在圣诞节的早晨,从船上飘来的圣诗的歌声在它的躯体上盘旋着。老橡树是在幸福中死去的,因为在它最后的、圣诞节的晚上的梦中,体验到了超升的、最美的感觉。《幸运的贝儿》里的贝儿,在成功的舞台上,表演结束的刹那,快乐巅峰的瞬间,突然死去了。但是安徒生这样写道:"他心里的一根动脉管爆炸了;像闪电似的,他在这儿的日子结束了——在人间的欢乐中,在完成了他对人间的任务以后,没有丝毫痛苦地结束了。他比成千上万的人都要幸运。"

安徒生对于永恒的坚信及其追寻,使得他的童话故事超越了苦难人生,他的童话与其说是对于现实的反映,不如说是对于幻想的成全。在这里,我们得以返归人性里最为纯真的境地。人一方面要肯定现实世界,因为人生活在现实世界,他需要生活享受。另一方面,又需要否定现实世界,向着一种非现实的方向前进。卡西尔在《人论》里,把人定义为:在现实基础上向非现实前进的动物。基督教提出人有原罪,就是要否定自己,在否定自己中追求新的理想的境界。在这种追求中,人逐步向着使他完美的方向挺进。"宗教信仰作为对人的一种超现实的、非物质的审视或终极性关怀,乃人之为人的本性之所求。人之为理性的动物,其理性之特征除了思维、知性能力外,除了引导人去解决当下的生存问题之外,还要思考自身存在的意义、价值和终极归属等问题。"[①]从基督教里汲取人文自信的安徒生,在他的童话里倾注了无限的悲悯与温柔。在这个人们都步履匆匆的时代,不妨停下脚步,读一读安徒生童话,在这里,可以找到久已被人遗忘的温暖与关怀。

开掘安徒生童话里的基督教精神底蕴,并非是要宣扬宗教思想,更不是想说明安徒生童话是基督教教义的注解。安徒生童话因着基督

---

① 蒋承勇:《西方文学两希文化传统的阐释》,中国社会科学出版社 2003 年版,第 46 页。

第三章 "蛹"的蜕变——安徒生童话中的基督教底蕴

教神学的底蕴而充满悲悯意味,超越了庸常人生,乃至超越了苦难,这主要是因了来自基督教中人文性的一面,这一面使人超越物欲追求,向善飞升,使人性更趋完美。而基督教作为一种宗教信仰,难免会带有宗教不可避免的负面意义,那就是无可否认的宗教的局限性。比如对于神的完全依赖,往往会使人陷入对现实的无力状态,当面临许多现实问题时,只能消极地等待神来拯救,当遭遇不公正的对待时,就只好认命。遇到困难又无法解决时,就顺其自然,并认为神安排的一切总是对的。

"希伯来——基督教所谓的人的'原恶'实乃人之自然欲望。由于把人的自然欲望界定为人之'恶',因此,希伯来—基督教文化就成了一种抑制人的自然欲望,规约人之生命意志的理性型文化。"[1] 基督教固然有其合理的一面,合乎人文性的一面,同时也存在着非常明显的负面意义,基督教文化中的高度理性精神,在表现出对人性本质的追求趋于理性的和精神的层面,表现出人对自身理解的一种升华的同时,又表现出人对原始生命力和个体生命价值的轻视和压抑,特别是走向极端的基督教文化,甚至成了人性的对立面。基督教文化中的理性精神强调人对于上帝的服从,看中精神与灵魂,主张人的理性抑制原始欲望,轻视人的现世生命价值与意义,重来世天国的幸福与永恒。这种"理性"有人文失落乃至非理性的成分。在对于天国的盼望中,人往往把理想寄托于来世,幻想固然给了人从精神上超越苦难的力量,但究到底,人生的位置还是处在现世,彼岸世界给人盼望,此岸世界给人实实在在的生活。基督教文化中压抑人的自然原欲的一面,使人无法勇敢自由地投身现实人生,在对灵魂的过度崇拜中,人的生活乃至人性也受到了不应该的限制与压抑。挖掘安徒生童话里的基督教精神底蕴,旨在开掘基督教积极的、合人文性的一面对于安徒

---

[1] 蒋承勇:《西方文学两希文化传统的阐释》,中国社会科学出版社2003年版,第17页。

生童话作品的美学境界的独特影响，绝非全盘接受基督教，或者否认基督教的负面意义，甚至宣扬教义。如果仅仅是那样，安徒生童话也就成了定势化的基督教文学之一分子了。

人们都追求灵与肉统一、世俗与信仰统一的人生。这种人生需要人在现实生活中理智的把握好灵与肉、理性与原欲的关系，因而这又是一种永无止境的追求。正如康德所揭示的，人的自然欲求与社会道德律令处于永恒的矛盾之中，道德的崇高永远是在遏制自然欲望中得以实现的，因而，灵与肉、理性与原欲的统一，人的完全而恒久的自由永远只是一种可望而不可即的理想。安徒生一生都在追寻这种完全而永恒的自由，虽然遥不可及，但他的童话里埋藏了他最为宝贵的追求，作为一名从基督教中汲取人文自信的作家，他无疑是成功的典范。安徒生一直想获得不朽的人生，不管生前是否如愿，他留下的一百多篇童话故事却足以让他在死后不朽。

安徒生50岁时，《丹麦月刊》发表了格里默·汤姆森先生评论安徒生的一篇文章，他写道："童话里保有轻松愉快的法庭，对幻影与实质、外壳与内核进行裁判。童话里有两河流经其间：一条是讽刺的明河，对大大小小的事情进行嘲弄，与高低贵贱的人们周旋；另一条是深深的暗河，老老实实地使一切事物各得其所。这就是真正的基督教的幽默。"[①] 明河与暗河始终共同流淌，以前我们总是看到明河流过，现在我们应该注意到这条暗河的奔突，正是它使得安徒生童话，永远不朽。

---

① 转引自安徒生《真爱让我如此幸福》，流帆译，国际文化出版公司2002年版，第309页。

第四章　安徒生童话与迪士尼改编

第一节　迪士尼对传统童话的改编——迪士尼的魔咒

在美国，只要提起著名的经典童话，不论是《白雪公主》《睡美人》还是《灰姑娘》，今天的孩子和成人都会自然而然地想起一个人——沃尔特·迪士尼。人们对童话的最初或最持久的印象，或许就来自一部迪士尼电影、迪士尼图书，甚至一件迪士尼制品，而不是安徒生或是格林兄弟。20世纪二三十年代，迪士尼利用最现代的技术手段，凭借着他自己"美国式"的勇气与才智，开始将欧洲童话据为己有。"他的技术才华与意识形态倾向均显得如此完美，以至于迪士尼的签名模糊了查尔斯·贝洛、格林兄弟、汉斯·克丽斯汀·安徒生、夏尔·佩罗这些名字。"[①]

迪士尼代表了一个时代的开启，文字在童话文类发展过程中的主导地位因为动画电影而发生转变。迪士尼总是能抓住童话的文化缰绳，改变着人们看待童话的方式。在动画电影出现之前的19世纪，

[①] [美]杰克·齐普斯:《作为神话的童话／作为童话的神话》，赵霞译，少年儿童出版社2008年版，第85页。

尽管童话书往往配有插图，插图也常常丰富和深化着故事的内容，但是更多时候，插图只是作为文字文本的附庸存在。电影图像将自己加诸文字文本之上，通过破坏印刷业而形成自己的文本。动画电影中，图像支配着整个屏幕，文字或是叙述声音只有通过动画制作者的设计才能得以显现。通过图像，动画制作者们占有了文学的与口传的童话。迪士尼出生于一个相对贫穷的家庭，遭遇过冷漠苛刻的父亲，曾经被恋人抛弃。他最终的成功得益于他的坚韧、机敏和勇气。在某种程度上，童话可能恰好迎合了迪士尼个人的奋斗生活经历，早期的迪士尼动画电影更多地着眼于艺术家的自我表现。迪士尼的早期电影《穿靴子的猫》本是法国作家夏尔·佩罗1697年的作品。一只聪明的猫要帮助它穷困潦倒的主人翻身，于是它向主人要了一双靴子和一个布袋，穿过荆棘到森林里打猎。它把每次获得的猎物都献给了国王，它用机智和勇敢打败了富有的食人妖魔，最终它帮助主人得到了国王的青睐和公主的爱慕。但在迪士尼的电影中，主角变成了一位男性平民青年，黑猫仅仅成为他成功路上的助手。最终，男主角在黑猫的帮助下打败了国王，带着他的奖品出逃了。迪士尼将大部分的注意力都集中在了那个个人奋斗、追求成功的平民青年身上。这像是迪士尼在他制作的动画电影中植入了自身。迪士尼制作者设法以自己的才能、利用图像来影响观众，使之忘却那些更早的童话故事，而记住他们这些新艺术家创造的形象。

在迪士尼动画的制作史上，可以真正载入史册的是1937年发行的动画长片《白雪公主和七个小矮人》，这部作品诞生以后，就成了史上第一步权威性的童话动画片。这部最经典的迪士尼电影集众多荣耀于一身，作为世界上第一部有剧情的长篇动画电影，同时也是世界上第一次发行电影原声音乐唱片，世界第一部使用多层次摄影机拍摄的动画，还是世界第一部举行隆重首映式的动画电影，并获得奥斯卡特别成就奖。可以说，从此动画电影不仅仅是儿童娱乐的一种形式，也开始成为主流的电影形态。迪士尼公司从此成为动画电影的龙头大哥，领导着世界动画电影的潮流。同时，以童话文类为对象的动画电影，从此成为迪士尼创作的主导方面，而且《白雪公主和七个小矮人》这部影片奠定了此后迪士尼动画改编传统童话的基本制作方向，尝试了较为成功的制作策略。

迪士尼再次把他本人的故事植入作品，同时还关注到了美国人的集体命运，20世纪30年代的美国适逢经济大萧条，为了生存而努力奋斗，追寻希望和团结，是美国人的梦想。白雪公主作为被放逐的公主，经历了绝境，最终获得了胜利回归——重新获得了对自己城堡的所有权。迪士尼从格林兄弟手中拿来这个故事，以自己的趣味将它变成了一个美国故事。格林兄弟的故事原本想说什么，对于迪士尼来说，无关宏旨。迪士尼版本的白雪公主在出场时，已经是父母双亡的平民孤女，并非格林童话中的失去母亲的公主。她更接近灰姑娘角色，一个等待王子拯救的落难女孩。王子在格林兄弟的版本里，本来相当次要，但是在迪士尼的改编后，电影一开场，王子就出场了。王子在结尾也起了关键作用，他给予了白雪公主起死回生的一吻，解除了皇后的毒药。格林兄弟的故事里卑下的小矮人，在迪士尼的改编中，充满活力和光彩，成为使影片生动的关键因素。

一方面，迪士尼保留了格林童话呈现的父权观念，甚至进一步将其强化。比如，对"好女孩"榜样的树立和强化。所谓父权神话下的"好女孩"就是像白雪公主和灰姑娘那样——沉默、被动，尤其爱做家务，擅长清洗碗碟、缝缝补补、打扫屋子。这样的细节在格林兄弟和迪士尼的版本中，都表现为一致，白雪公主恳求小矮人收留她时，主动提出她愿意为他们料理家务。女性的驯化被颂扬，男性对女性的恩赐态度，都是十足的父权制意识形态。另一方面，不同于格林兄弟，迪士尼把重点放在了王子的力量上，王子具有魔力的吻，使得他成了能够拯救白雪公主的唯一人选。王子在影片开场就宣布了他伟大的爱情，而且一直要到他前来亲吻白雪公主，白雪公主的愿望才能实现。迪士尼借着王子的形象来自我表征。在影片末尾，王子骑着白马拥着白雪公主奔向美丽的金色城堡，因为拥有权力和财富，王子成为影片结尾耀眼的明星。

对迪士尼来说，挪用格林兄弟的白雪公主故事并不是为了发掘该叙事及其发展历史所具有的更深层次的内涵，而是为了展示他作为动画制作的先导者，如何成功地运用现代技术，获得万众瞩目的成就。故而，格林兄弟的版本中，王子只是最终的情节需要，而在迪士尼那里，则是故事的焦点。"男主角实施拯救为中心的情节，画面的干净和细节的周全，对逼真角色的精细绘制和操控"[①]，基本上代表了迪士尼长篇童话动画的制作公式，此后迪士尼八十多年的动画之路，基本都遵循了这个模式，其中偶尔略有变异，最终也会殊途同归。带有父权制符码的童话故事，在迪士尼动画电影中得以全面延续。

第二节　从《海的女儿》到三部《小美人鱼》

迪士尼公司创始人华特·迪士尼曾说："将世界上伟大的童话故事、令人心动的传说、动人的民间神话变成栩栩如生的戏剧表演，并且获得世界各地观众的热烈响应，对我来说已成为一种超越一切价值的体验和人生满足。"[②] 因此，迪士尼的年度大片几乎都改编自经典的神话、传说、童话、小说等文学作品。按照迪士尼本人的意愿，世界上各民族、各个国家的童话集及民间故事都有可能成为迪士尼动画改编的目标。迪士尼的动画创作自开始就表现出跨民族、跨国界、跨文

---

① ［美］杰克·齐普斯：《作为神话的童话／作为童话的神话》，赵霞译，少年儿童出版社2008年版，第88页。
② 薛燕平：《世界动画电影大师》，中国传媒大学出版社2006年版，第59页。

化的特征，其作品也成了成功改编世界经典童话、神话、民间传说的典范。从第一部成功的长篇剧情动画片《白雪公主和七个小矮人》开始，迪士尼成功出品了《白雪公主和七个小矮人》（《白雪公主》）《仙德瑞拉》（《灰姑娘》）《小飞侠》（《彼得潘》）《匹诺曹》（《木偶奇遇记》）《爱丽丝梦游仙境》（同名）《睡美人》（同名）等动画电影。然而，到了20世纪80年代，丹麦作家安徒生的童话作品仍然没有一部进入迪士尼改编的名单之中。这和安徒生在世界童话创作领域享有的声誉极不相符。现代的迪士尼早已成为传播传统童话的中介，通过迪士尼改编的传统童话，往往会获得全世界范围内不同年龄层读者的更多关注。安徒生在迪士尼六十年的发展历程中，始终与其擦肩而过，默默地坚守在文字造就的童话世界。

直到1985年，小美人鱼的导演罗·克莱门特在书店浏览书籍时，偶然遇到了这个故事。当时，他正在为他导演的动画片《妙妙探》（1986年）做收尾工作，并顺便寻找下一部片子的素材。这个偶然的机会促成了这部动画片的产生。执导动画片《妙妙探》后，他试图制作一部"关于水下世界的幻想类影片"。正在这个时候，他遇到了《小美人鱼》。安徒生的故事为他提供了他所需要的一切元素，但他还要在这基础上，做些适当的修改，以适应银屏上映的需要。"当我第一次读到《小美人鱼》时，我认为这是一个美丽且富有诗意的故事，并可以带给人们视觉很大的冲击。"[①] 由此，安徒生久负盛名的童话名作《海的女儿》进入了迪士尼视线，成为其题材，人鱼故事机缘巧合地进入了动画荧屏。迪士尼公司根据安徒生这则童话，在400多名艺术家和技术人员的共同努力下，耗时3年重点打造出了第28部经典动画电影《小美人鱼1》（*The Little Mermaidl*）。

相对于在中国已广泛传播与研究近一个世纪的安徒生童话，迪士

---

① 辛香兰：《动画片〈小美人鱼〉创作谈》，《吉林艺术学院学报》2004年第1期。

尼动画电影于 1995 年才开始正式在中国大陆上映，而《小美人鱼》更是姗姗来迟——直到 2007 年 10 月才由中央六台电影频道在大陆地区首次正式播映，其全新修复典藏版 DVD 及《小美人鱼 2》也在此后才开始正式在大陆发行。由于我国引进迪士尼动画的时间太短，对动画艺术做基础理论与实践创作的探讨也是近年来的事情，所以学术界对动画电影所展开的深层文学、文化研究还比较少，对迪士尼改编创作进行专题探讨的研究成果就更少了，更是几乎没有以《小美人鱼》的艺术改编为研究对象的学术成果。

1989 年 11 月，《小美人鱼》全球首映，它在全球的票房收入突破 2.8 亿美元大关，为迪士尼公司赚足了金钱和声誉，同时也标志着美国动画的第二次高潮的来临。① 凭借着纽约知名作曲巨匠艾伦·曼肯和作词圣手霍华·爱许曼的黄金组合，《小美人鱼》囊括了当年两座奥斯卡最佳电影原声带、最佳电影主题曲奖项及格莱美最佳电影原声带、最佳电影主题曲四项殊荣。《小美人鱼》被视为迪士尼重塑黄金时代的代表作，而走向没落的百老汇歌舞片也在迪士尼动画中找到了新生命。录像带首映作品《小美人鱼 2：重返大海》（*The Little Mermaid II：Return to the Sea*），正是应广大观众的热情期盼而于 2000 年顺利推出，这部作品完全是迪士尼的原创作品，主角是人鱼公主与王子所生的小公主。小公主从小就向往变成人鱼生活在海底，而她却并不知道自己有一半的美人鱼血统。违抗父母的意愿独自来到大海冒险的她被海洋女巫乌苏拉的妹妹引诱和利用，海底王国危在旦夕；得知真相的小公主勇敢地面对危险，战胜女巫，救回了亲人。这部续集以优秀的制作再次赢得了世界各地的观众。2008 年又继续推出录像带作品《小美人鱼 3：爱丽儿的起源》（*The Little Mermaid：Ariel's Beginning*），至此小美人鱼故事系列的改编，才算告一段落。

---

① 参见李高华《二十世纪美国动画电影综述》，《吉林艺术学院学报》2001 年第 4 期。

第四章 安徒生童话与迪士尼改编

毋庸置疑，迪士尼动画《小美人鱼》取得了巨大的成功。通过迪士尼对希腊古老传说的借用与安徒生童话《海的女儿》的借用，古老的人鱼故事真正走进了动画荧屏。动画电影通过挪用原童话故事基本的人物与故事情节保持了原童话故事的初始情境，但是又存在明显的情节变异，为了使影片更符合时代潮流及美国文化的口味，主要人物也被赋予了新的性格特征，并加入了具有迪士尼特征的配角，如小美人鱼忠实的朋友小鱼弗劳德，幽默滑稽的海鸥史卡托，海王忠实的臣仆，一只叫作塞巴斯蒂安的大螃蟹。最重要的是，安徒生童话中的故事结局被改变了：在《海的女儿》中，小人鱼没有获得王子的爱情化成了海上的泡沫，却成了天空的女儿，最终将通过自己的善行，在三百年后获得一个灵魂。而在影片中，悲剧变成了戏剧。人鱼公主重获声音，王子认出了人鱼公主，他们一起击败企图颠覆海底世界的女巫，最终顺利地结成连理。在这些改变中，人鱼故事在荧屏上获得了新生。这些变异无疑与改编主体迪士尼的创造密切相关。仔细考察《小美人鱼》的迪士尼改编，对业已形成传统的迪士尼长篇童话制作公式的既有遵循，也存在一定变异。

一 小美人鱼——对女性驯化一定程度的反驳

在迪士尼早期的童话改编作品中，延续了传统的父权制意识形态，主要女性角色几乎单向度地颂扬女性的驯化。所谓女性的驯化，深具父权制意识形态色彩，作品中的女性形象集中体现为性格的驯顺、保守、服从、被动。这其中最典型的当属灰姑娘、睡美人和白雪公主，在故事里，这些女主人公虽然有着绝世的美貌，但却表现为永远需要男性保护的无能的点缀物，甚至比起那些反派女性角色，比如白雪公主的后妈、巫婆，她们显得苍白而贫血。除了上帝赐予的美貌，她们对于巫婆的陷害束手无策，对于强加的苦难逆来顺受，生命中唯一的盼望和出路只有等待王子的垂青与眷顾。而王子对她们的垂

145

青很大程度上源于她们不需要自己做出任何努力就已经拥有的美貌，以及支撑逆来顺受的所谓善良和无辜。她们作为一个被拯救被帮助的客体，代表了父权社会对女性的道德理想。在这些故事里，生活磨难是不可缺少的一环，用来体现女主人公的美德和忍耐。比如，灰姑娘需要承担一个接一个的灾难，一方面引起人深深的同情，一方面凸显出灰姑娘承受苦难的美德与意志。为灰姑娘最终一切得到回报的幸福结局做了很好的铺垫，似乎意在表明，灰姑娘因为坚守美德咀嚼苦难才获得拯救，忍受苦难是通向幸福的必经之路。迪士尼通过接续格林童话中的父权观念，强化了女性的驯化。美丽、善良、温柔、谦卑、顺从，拥有承受苦难的美德与忍耐的灰姑娘就是好女孩的榜样。

迪士尼改编突出和强调的是小人鱼的梦想，以及为梦想奋斗的勇气。若以温驯、被动、逆来顺受等所谓父权制意识形态下的"好女孩"的标准来衡量小美人鱼，她显然不会达标。小美人鱼不同于白雪公主和灰姑娘们，她有了自己的梦想——"我要到人群中去，我想看他们起舞，在那里，他们整日沐浴在阳光下，自由行走，希望我也能成为他们的一分子。"渴望去岸上探险，代表了一种女性的求知与探索精神。而且这种梦想是不被父亲允许的。在川顿国王看来，人类世界是危险的，不会允许小人鱼离开海底。小美人鱼的出逃呈现为一种叛逆。海底世界代表的父亲的家，小人鱼离开海底世界，就是对父亲之家的叛逃。海底是川顿国王可以控制的区域，但是小人鱼走出海底，来到人类世界，就成了他不可掌控的了。一个有着叛逆梦想，并为此付诸行动的小人鱼，是迪士尼的小人鱼，带有鲜明的美国精神。在美国精神的照耀下，小人鱼身在海底，对人类世界阳光的渴望与敬仰，再也没有了安徒生笔下的悲剧意味，在百老汇歌唱家动人的歌声里，小人鱼追梦的勇气令人振奋。

在海难的波涛中救出的王子令小人鱼产生了强烈的爱情，对人间世界的向往和对王子的爱驱使小人鱼做出了选择。宁可放弃海底的生命，放弃父亲和姐妹，她也要去追寻自己的梦想。小人鱼身上没有了以往迪士尼动画女主人公的被动与驯顺，而是以充满勇气的行动来达成自己的愿望。比之安徒生笔下的小人鱼，迪士尼的小人鱼更像一个充满现代气息和美国味道的新时代女性。安徒生执着于小人鱼对人类灵魂的渴望，给小人鱼最终安排了灵魂飞升的机会——成为天空的女儿，虽然没有获得世俗意义上的婚配，从海王的女儿到人间的女儿再到天空的女儿，小人鱼通过善与爱，获得了灵魂不朽的机会。安徒生把小人鱼带入了他的信仰世界，童话里的公主和王子最终没能幸福地生活在一起，这本身就是对传统民间童话的全新反叛，人鱼公主的形象能够穿越古今，魅力常在，无不因着这最终的结局。最具安徒生特色的一笔，在迪士尼的公式里，显然是不合时宜的，迪士尼的导演克莱门特曾讲到对安徒生原作故事的看法："它是如此的具有电影感，那些形象好像要跳出书页一样。但这同样也是一个令人伤心欲绝的故事。最大的问题出在，安徒生让那个为爱牺牲却无法得到回报的小美人鱼变成了海洋中的泡沫。我们知道，我们得让这个结尾看起来开心些。我们必须找到一个既可以达到这个目的，又忠实于原著的方法。我们的结尾同原著一样苦乐参半，但又很振奋人心。"[①] 迪士尼的导演提到了他们要让这个结尾开心些，伤心欲绝不是迪士尼要的效果，虽然他们声称要忠实于原著，但振奋人心的要求，也许是无法忠实原著的。美国学者杰克·齐普斯曾经指出，迪士尼将文学童话改编搬上银屏，导致了童话文类机制的一些变化。比如，技术走在了故事之前；故事则被用来颂扬技术师及其技术手段。精心组织的影像透过动画制作师之手以及摄影机的诱惑和强迫来讲述故事。故事成为工具，变得不再重要，成为动画制作者展示自己的手段。这样一来，原作所要传达的思想对于迪士尼动画的制作者们来说，就是次要的了。"影像和

[①] 辛香兰：《动画片〈小美人鱼〉创作谈》，《吉林艺术学院学报》2004年第1期。

序列催生出一种由银幕内的救世者和银幕外的技术师所安排创造的完整感、完美感和和谐感。尽管角色们栩栩如生更为逼真，却都是单面的和服务于影片功能的。这里没有性格的发展，因为角色全是套路化的，按照想象力之驯化的规则被安排起来。这种驯化与殖民相关，因为其中的观念和类型被呈现为应当效仿的榜样。这类榜样通过银幕进行出口，从而使'美国式'的童话殖民了其他国家的观众。"① 杰克·齐普斯进一步深入地分析了改编过程，将原来停留在文字层面的故事搬上银幕，固然因为技术的先进，而给人们带来赏心悦目的画面感受，比起童话故事书里的插画，自然更容易吸引人。但是他尖锐地指出，角色成为迪士尼的套路化角色，想象力被驯化，改编后的影片强塑了美国式的价值观念，通过动画影片的向外传播过程，达到了美国文化殖民的效果。

所以，安徒生那个来自遥远的丹麦民间的海底水生世界的故事，在迪士尼的魔术棒下，变成了一个传递和表达20世纪80年代美国文化和价值观念的故事。无论人物还是情节都是美国式的，而结局更是迪士尼式的。迪士尼的小人鱼最终和王子幸福地生活在了一起。这是一个皆大欢喜的结局。小人鱼通过自己的行动证明了自己。小人鱼在迪士尼动画中的形象是属于迪士尼的，安徒生的故事成为迪士尼的"美国制造"的原料和工具。相较于安徒生童话，小人鱼的形象魅力在影片中明显弱化了。安徒生的小人鱼是个沉静的孩子，内省、沉默、爱幻想，以至于所有的愿望都暗中酝酿，一场不为对方所知晓的热烈又苦涩的单恋，只有在安徒生笔下的小人鱼身上才可能发生。迪士尼的小美人鱼没有了安徒生赋予的沉静与内敛，她更像一个叛逆勇敢的现代的美国女孩儿。她有属于自己的梦想，而这不被允许的梦

---

① [美]杰克·齐普斯：《作为神话的童话／作为童话的神话》，赵霞译，少年儿童出版社2008年版，第87页。

想，她甚至毫无隐瞒的企图，她没有经历安徒生笔下小人鱼的那种痛苦和磨砺，比如，小人鱼在迪士尼动画里没有经历不为人知、暗中煎熬的单恋，也没有经历要么杀死你爱的人，要么牺牲你自己，这样的艰难抉择。所以，迪士尼影片中的小人鱼活得轻盈无比，在前进路上，既没有来自过去的包袱，也没有对未来的忧虑。在安徒生童话中，小人鱼喝下巫婆的药剂，获得了美丽的双腿，人们看到"小人鱼挽起王子的手臂，走起路来轻盈得像一个水泡"。实际上，"她每走一步都好像是在锥子和利刃上行走"。只要获得就得付出相当的代价，这是现实世界的法则。安徒生的童话总是在瑰丽的画面后面，露出一双冷峻的眼睛。同一情节，在迪士尼《小美人鱼1》中处理得却完全不同，画面动作感很强，巫婆夺去了小人鱼的美妙嗓音之后，一道光束让小人鱼瞬间拥有了美丽双腿。而后，如同发射子弹一般，小人鱼和她的同伴们被抛出了海平面，这个深具视觉冲击效果的画面之后，大海复归于平静，小人鱼出现在了海面上。非但未见小人鱼有丝毫痛苦，反而露出无比惊喜和满足的微笑，随后，仅仅用一个画面表达了她从鱼尾换成双腿后的略微不适感——她一个趔趄，差点摔倒。就好像黑暗中待久了的人，对这个世界突现的耀眼光芒只是有点暂时无法适应，稍事休整，就会完全沉浸在喜悦中了。小人鱼轻松地完成了从鱼尾到双腿的转换，并很快地接纳了它。这是迪士尼式的，绝非安徒生。

二 王子的吻——男性拯救神话的延续

在大多数经典童话中，王子都是一个必不可少的人物，但是这并不代表，王子在故事里要担纲全篇，或是作为推动情节的重要人物出现。实际上很多时候，王子都是在故事的结尾，作为女主人公幸福来临的标志而出现，一方面作为对女主人公承受苦难的奖赏，一方面来给故事画上圆满的句号——诸如"王子和公主举行了盛大的婚礼，从此，幸福地生活在一起"。所以王子只是一个功能性的角色。在安徒生童话《海的女儿》里，王子也只是一个陪衬的角色，很多时候王子代表了小人鱼的梦想，小人鱼对人间生活的向往，通过王子被具象化了而已。故事里的王子甚至和小人鱼并无交流，因为从王子见到小人鱼及至小人鱼离开，化作海上的泡沫，自始至终，小人鱼都无法开口讲话，和王子达成真正的交流。从某种程度上讲，王子这个角色只是为了更好地表征小人鱼形象的内心世界和灵魂追求。

与安徒生的故事不同，在迪士尼影片《小美人鱼》中，王子被放置在了很重要的位置，比如，电影开场，最先出场的人物就是王子。此后，王子贯穿影片始终。随着叙事的发展，我们看到小人鱼生命中的期待，似乎与这个王子紧密相连。甚至是王子激起了小人鱼对人间生活的强烈向往，小人鱼在大船上见过王子后，几乎一见倾心。在海难中救下王子后，小人鱼陷入了热烈的爱情。萦绕在心的王子驱使小人鱼不顾一切代价地完成了鱼尾到双腿的转变。不管小人鱼这个形象在多大程度上反叛了以往迪士尼动画电影中的女性形象，这部影片中的王子却一如既往地延续了迪士尼电影的风格。迪士尼一部又一部影片都在延续这样的模式：在男性话语中塑造女性生命的男性至上叙事。在男性至上的经典叙事模式下，女性始终无法脱离男性的支配和介入来绘制自己的生活。比如白雪公主的磨难，来自女性之间为了获得男性对她们短暂的美貌的认可引发的争斗。在迪士尼电影中，王子通常扮演了一个塑形的角色。女性的幸福需要男性的支配和定义。公主或是灰姑娘都需要一个王子适时出现，把她们从来势凶猛的苦难中解救出来，带往泛着金光的幸福彼岸。王子成为男性拯救神话的永恒标志。

在迪士尼电影里，原本在童话里不是被王子吻醒的白雪公主都被表现为和睡美人一样的情形，只有王子的深情一吻，才能从休眠的状态下苏醒过来。在迪士尼的改编中，巫婆告诉小人鱼必须在三天内得到王子的吻，否则她就会变回人鱼，归巫婆所有。强调了一个时限，更重要的还有王子的吻。看来，迪士尼对于王子的吻情有独钟，多少女主人公，因为这王子的一吻，而起死回生，命运翻转。王子以恩赐的态度躬身一吻，女性就获得了此前不可得的幸福。更进一步，王子的吻其实代表了父权制社会中，女性唯一的归宿——婚姻。在《灰姑娘》故事逻辑中，女性改变命运的方式就是婚姻，而非社会变动与个人奋斗。灰姑娘的结局总是诱惑着女性，只要年轻漂亮且具有善良温顺等女性的美德，就可以找到自己的王子，带领她跨进婚姻之门，幸福就被开启了。

小人鱼的命运概莫能外。小人鱼纵然有着叛逆的理想，而这理想其实不过是嫁给一个人间的王子。如果这王子不能助她，她的理想就无法实现。在安徒生的童话里，因为王子没有娶她，她便只能化作水上的泡沫，失去生命。在迪士尼的电影里，因为王子在太阳下山之前没有吻到她，她便被巫婆乌苏拉拖走，变回了人鱼。从安徒生到迪士尼，纵有多少变化，保持不变的总是那套父权意识形态符码。重新变作人鱼，落入巫婆之手的小人鱼，进入了真正的受难阶段，我们知道，这个情节在安徒生童话里是没有的，在童话版本里，小人鱼放弃了姐姐们给她提供的保住生命的最后一个机会，选择了自我牺牲。安徒生没有给她安排世俗意义上的幸福。在迪士尼影片中，这个情节的设置倒不是为了小人鱼，而是为了王子。后面的叙事告诉我们，是王子前去与巫婆作战，救回了落难的小人鱼。在面目狰狞的狂风怒涛中，王子作为孤胆英雄与巫婆的搏斗成为影片高潮段的重点。即便势单力薄、没有法术的王子和巫婆决斗，从现实层面看，很难取胜，但是影片让王子在这场战斗中赢了。王子的英雄地位当之无愧时，拯救小人鱼也就显得顺理成章了。迪士尼通过对安徒生童话情节的重新改编和设置，进一步强化了男性拯救神话。小人鱼在看似反叛的路径上，依旧遵循着迪士尼长篇童话制作的老路。

三 父亲的权威——从隐匿到出场的海王

关于小美人鱼的父亲，在安徒生的童话《海的女儿》中只提到一句，"住在那底下的海王，已经做了好多年的鳏夫，但是他有老母亲为他管理家务"。人物在故事里并未出场。在迪士尼的影片中，小美人鱼的父亲成为被着力刻画的角色。川顿国王，作为一个代表父亲权威的主人公，也是唯一贯穿《小美人鱼1》《小美人鱼2》《小美人鱼3》三部系列影片的主要人物。

影片将安徒生故事里被模糊处理的人物海王清晰化了，比如给他起名为川顿（Tridon），这是希腊神话里海洋神波塞冬的儿子的名字。在人物外形绘制上，也参考了希腊神话中神的造型，比如川顿国王的手杖正是波塞冬的手杖的样式。这个手杖具有非凡的法力，是绝对权威的象征，川顿国王手中的神杖可掌控一切，摧毁一切。比如《小美人鱼》前两部的正邪之争，都以争夺海王的神杖为核心。神杖骇人的威力最初见于川顿国王因为小人鱼的忤逆不尊，大发雷霆，摧毁了小人鱼的人间世界收藏品。同时在电影结尾，神杖又温柔地赐予了小人鱼梦寐以求的双腿。神杖是父亲保有权威的保障。

巫婆乌苏拉和妹妹莫吉娜作为邪恶的代表，夺取权力的首要一步就是抢夺神杖，在影片中，正邪之争要想分出胜负，还得以谁得到了神杖为根据。但是影片一直在强调的是，除了海王，神杖不能属于任何人，就连孙女美丽缇也不行。神杖只要落入海王以外的人之手，那整个海洋世界必然要陷入混乱。

小人鱼想要脱离海底进入人间生活的梦想，对于海王的权威是一种挑战。所以在故事的前面我们看到了小人鱼的叛逆以及与父亲的对抗。在安徒生童话里，小人鱼离开海底之后的生活对海王造成的影响，作者丝毫未曾提及。迪士尼影片却把这部分有意地补充出来，尤其是巫婆的野心与川顿国王的权力紧密相连，为了女儿，川顿国王交出了自己的神杖，被巫婆囚禁。力挽狂澜的王子打败了巫婆，这个举动一举两得——衍生的结果不仅有救出了心爱的女人，还顺带使得川顿的神杖物归原主，亦即赢得了未来岳父的欢心。最终一个叛逆的爱情故事被放置在得到一家之主——父亲的祝福的框架里而收尾。父亲的尊严得到保全，海王以慈父的形象赐予了小人鱼双腿，使得小人鱼能够如愿生活在人间，和王子成婚。这样的情节设置似乎在说明，父亲作为一家之主的权威不可撼动，没有父亲的许可做出的叛逆之举，终将失败，只有获得父亲的首肯，幸福才有可能实现。

《小美人鱼3》是迪士尼改编《海的女儿》系列作品的最后一部。但是在时间顺序上，属于最前面。因为这部影片交代了小人鱼成年之前的故事，这是安徒生童话里提到的部分，但是安徒生着力写的是小人鱼对人间世界的渴望，没有其他的故事脉络。这部影片加入了小人鱼的母亲，这个安徒生童话里并不存在的人物。在安徒生童话里，小人鱼的母亲在故事讲述之时已经死去多年。这部影片开场着力呈现了小人鱼父母的伉俪情深，因为一次变故，母亲死去了。从此海王陷入深深的自责中，对妻子的深切思念一再地被渲染出来，这个情节进一步丰富和提升了海王这一个完美的父亲形象，一个多情的，对家族、亲人怀有深情和高度责任感的父亲被塑造出来，这是对父权神话的延续。因为对妻子的爱和愧疚，海王对他执掌的王宫下了禁止音乐和舞会的禁令。影片以小人鱼和姐妹们以及其他爱好音乐的海底动物们对禁乐令的违抗为主线，讲述故事。巫婆因为在前两部里已经被消灭，这一部里只好安放了一个酷似巫婆的管家婆，她在职能上接近于安徒生童话文本中的老祖母，负责替海王管家和抚育海公主，但在形象和行为方式上，却酷似前两部的巫婆乌苏拉和莫吉娜。她把追求权力作为唯一目标，利用海王赋予她的权力滥施淫威。影片中的小人鱼虽然因为对音乐的向往，一直想要违抗父亲的禁令，但是结尾告诉我们，小人鱼们要想真正获得解放，必须获得海王的首肯。川顿国王作为父权的象征,凌驾于整个故事架构之上,无论风云如何变幻、邪恶势力如何作祟,川顿国王独有的权威岿然不倒。三部影片的结局都需要川顿国王有力的支持,第一部中,川顿国王手杖一指,小人鱼艾莉儿瞬间获得梦寐以求的双腿;第二部中,被美丽缇窃取的手杖复归于川顿国王之手,大海风平浪静,巫婆也被彻底消灭;第三部中,因为川顿国王被感动,回心转意,收回了禁止音乐的命令,大家才能皆大欢喜地跳舞歌唱。

四 巫婆——女性邪恶

女巫们阴险、残忍,并通过魔法将一位位漂亮的女孩推向苦难深渊。这是传统童话中的女巫,尤其在格林童话这样的民间童话中,女巫更是大批量、模式化地出现,她们的邪恶本质最大限度地衬托了女性主人公的善良与无辜,唤起读者极大的同情,同时女巫所代表的力量在传统的童话文本呈现为绝对的恶,最终只有这种恶被驱逐或战胜,我们的女主人公的命运才可能解除威胁。实际上,相较于格林童话中代表邪恶本质的"恶女巫"形象,安徒生童话中的女巫属于"中性女巫"。当然,"中性女巫"的原型虽然在民间口述童话中也存在着,但她们的本质也是称不上善的。相对于"恶女巫","中性女巫"的邪恶行为相对有限,她的出现更多是作为一个角色人物,而其主要的作用则是来完成一个叙事功能。

比如,在安徒生童话《海的女儿》中,巫婆的邪恶程度远远小于格林童话中的"恶女巫"。在故事里,巫婆与小人鱼的相遇,并非巫婆主动。而是小人鱼主动找到巫婆,要求巫婆帮助她实现愿望。巫婆以公平交易的形式,提出了交换条件,这个条件虽然看上去有些残忍,但是巫婆并没有强迫小人鱼接受,而是在双方知情的情况下,自愿达成的。小人鱼因受强烈感情的驱使,不惜一切代价地接受了巫婆的交易。虽然小人鱼失去了美丽动听的歌喉。但巫婆也确实按照协议达成了小人鱼获得美丽双腿的愿望。在海的女儿中，巫婆甚至连名字都没有留下，她主要的作用是推动情节向前发展，比如，小人鱼由此而邂逅王子，巫婆不能不说是帮助小人鱼获取人间爱情的助推力。

在迪士尼动画中，巫婆变身为格林童话中的"恶女巫"形象，成为组成片中正邪之争的主力。影片一开始，被命名为乌苏拉的巫婆就蹲伏在海底的一角，以阴鸷的眼神窥视着川顿王国的一举一动。她的目标不是什么小人鱼，而是比这要大得多的野心——川顿国王的手杖，亦即掌控整个海洋世界的无限权威。巫婆乌苏拉成为恶的代表和化身，这种恶里又包孕了极端的权欲，于是，小人鱼向往人间世界的美好愿望成为乌苏拉追逐权力的路途上可以拿来利用的工具。故而，不同于安徒生作品中小人鱼去拜访巫婆的情节，迪士尼动画《小美人鱼1》中的小人鱼是被诱骗到巫婆那里的，如同格林童话中的大多数女主人公，小人鱼的善良和轻信成为巫婆对她们施害的先决条件。仅仅从这个细节，迪士尼就彻底地脱离了安徒生童话，通过对巫婆形象的精心打造，《小美人鱼1》被自然地嵌套入了迪士尼长篇童话的公式当中去了。

同时，邪恶的女巫在影片中被作为女性邪恶的象征。从女巫身上投射出父权制意识形态对性别秩序僭越者和不驯顺者的敌视与厌恶。巫婆胆大、具毁灭力量，挑战秩序和权威，在父权社会算是十足的女性反叛者。巫婆深谙法术，可见其智慧高超，但因为被涂抹上道德的邪恶意味，巫婆的智慧也是不道德的，巫婆的形象被绘制塑造为身材肥胖、臃肿、面孔狰狞的女人。她们的形象远离父权制社会文化观念下温柔恭顺的美人，有意将男权文化认可的美与善的反面赋予她们。乌苏拉和她的妹妹无不是令人厌恶的仪表和举止。父权制意识形态对性别秩序的规定，包含对女性掌握权力的深深恐惧，故而认为女人不能掌握权力，不能做支配者，否则世界的秩序会出现问题。

在迪士尼动画《小美人鱼》的前两部影片中，都设置了正邪之战，以巫婆乌苏拉和莫吉娜为代表的邪恶力量与川顿国王代表的正义力量之间的较量。最终的结局自不待言，正义必然战胜邪恶，更何况在父权话语世界，女人根本不配拥有神杖，短暂拥有神杖，也是胡作非为。《小美人鱼》三部影片，分别通过巫婆乌苏拉、莫吉娜以及权欲熏心的女管家这三个反派女性人物，反复注解了这个真理。

同时，影片还通过巫婆乌苏拉之口说出了父权意识形态对女性的要求。当小人鱼担心失去美妙的嗓音后不能讲话时，巫婆胸有成竹地说："男人不喜欢话太多的女人，他们认为话多的女孩让人害怕，他们喜欢内向的女人，这样才能抓住男人的心。"话语是女性僭越父权制性别秩序的有效力量，故而，多言的女人是让男人恐惧的，沉默、安静就成为女性美德的表现。小人鱼不能讲话，依旧可以成功地凭借美丽的外表赢得王子的爱慕。巫婆作为父权体制的对抗者，说出了事情的真相。

正如理查德·希克尔颇有见地地指出的那样，迪士尼"可以把某些东西占为己有，没问题，但这一过程几乎总是会夺走作品的独特性，取消它的灵魂；取而代之的是迪士尼填进去的各式笑话、歌曲和令人吃惊的效果。看上去，迪士尼总是碰着什么就减损什么。他始终以征服者而非仆役的身份出现"[①]。征服者而不是仆役的比喻，指的应该是迪士尼在对童话的改编中，以自己的尺度为唯一标准，对于童话原作本身缺乏尊重。尤其这些经典童话大多来自异国他乡——相异的文化语境，来自不同的民族、与美国相异的文化传统。尊重的前提是足够了解对方文化，才能以恰当的方式表达出来。但是，迪士尼更多的是考虑如何把相应的内容编织进迪士尼的特定制作公式当中，无法

[①] [美]杰克·齐普斯：《作为神话的童话/作为童话的神话》，赵霞译，少年儿童出版社 2008 年版，第 85 页。

接纳或是无法理解和认同的，就统统去除掉。然而，这并不意味着，迪士尼对于经典童话没有依赖。迪士尼几十年的动画长篇，最热衷的就是改编经典童话中的名作，事实证明，经典童话的永恒魅力和世界影响力总是给迪士尼借力不少。对比迪士尼改编之作和原创程度较大的作品，能够获得成功的还是借力经典童话的那个。举例来说，如若比较迪士尼改编的《小美人鱼》三部影片（《小美人鱼1》《小美人鱼2》《小美人鱼3》），《小美人鱼》第二部和第三部较之第一部在内容的丰富性和艺术性上明显减弱，更不用说在观众的影响力层面了。主要原因恐怕是，第二部和第三部没有了原作故事架构的支撑，和经典文本的辐射效应。当只剩下迪士尼差强人意的想象与编造时，故事变得多少有些勉强。这一事例足以说明，迪士尼虽然对经典童话的态度并不尊重，但是却非常依赖于经典童话为他们输送灵感。经典童话对于迪士尼有着非同寻常的意义。

《小美人鱼3》中出现了女管家，相当于老祖母。《小美人鱼1》和《小美人鱼3》基本和原作关联。《小美人鱼2》与原作毫无关联，因为《小美人鱼2》的情节产生有赖于《小美人鱼1》的结局，小人鱼与王子埃里克举行了盛大的婚礼，从此幸福地生活在一起。而我们知道，在安徒生《海的女儿》中，小人鱼的爱情无果而终——因为巨大的误会，王子和人间的公主结婚了，而不是真正救过他、深深爱着他的人鱼公主。所以从原作的逻辑，《小美人鱼2》无从接续。王子和公主从此幸福地生活在一起，那么之后的生活呢，这是童话故事很少交代的部分。在传统童话中，当爱情走向婚姻，一切爱情走向婚姻的路途上经历的波折都因为婚姻结果的达成而烟消云散之时，故事也就说完了，幕布拉上，剩下的就留给观众自己去想象和回味了。《小美人鱼2》讲的却是人鱼公主和人间的王子结婚以后的故事。大概许多人遐想过他们举行婚礼的场景，所谓有情人终成眷属的美满，却没有仔细考虑过二人结婚以后的生活。《小美人鱼2》将主角定位在了王子和小人鱼婚后生下的女儿美丽缇身上。婚姻最直接的结果无非是生儿育女，要交代王子和公主结婚以后的故事，选择他们生下的孩子为主人公，这的确是非常省力的办法。在这一部里，小人鱼的女儿小小人鱼美丽缇如同当年的母亲向往人间的世界那样，强烈地渴望着海底世界。在人物设置和情节建构上明显呼应第一部。在第一部中，从海底仰望海面之上的爱丽儿，用忧伤的调子唱出对人间世界的渴望，在这部影片中，出生在人类王宫的美丽缇却对人类世界的繁华与社交场合的繁文缛节表现出十足的不适感。小人鱼爱丽儿作为母亲，为了保护女儿美丽缇，隐瞒了她的人鱼身份，实际上女儿与当年的小人鱼恰恰相反，生在人间，却深深渴慕海底世界。因为与巫婆的交战，美丽缇明白了一切。电影结尾，海洋与人类城堡之间的那堵墙最终被去掉了，也就去掉了人鱼与人之间不可跨越的界限，爱丽儿告诉她的小女儿，你是一个人鱼，但是从现在起，你同时拥有了海洋和陆地。超越国界、超越民族的文化交流，也正是迪士尼多年以来一直树立的方向，这个影片的结尾多少具有了迪士尼自我表征的意味。在童话中，让生活在陆地和海洋的不同物种，以平等尊重、包容的精神去相互理解和欣赏，也是迪士尼在动画制作中渴望的多元包容的宏阔胸襟。在安徒生的童话《海的女儿》中，人间的王子娶了人间的公主，小人鱼却只能化作水中的泡沫，这样的悲情结局本身就在注解，人鱼和人的界限，是无法克服的。《小美人鱼1》的结局已经在打破这种界限和宿命，一反经典文本的安排，让小人鱼和王子喜结连理。一百多年来，安徒生童话留给人们的遗憾，在迪士尼动画影片中，毫不费力地解决了。这符合现代消费文化范围中人们的娱乐需要和期待。安徒生写就的诗，在迪士尼的美国文化趣味的包装下，成了可供大众消费的餐后甜点。"迪士尼童话的娱乐指向的是缺乏反思的观看。一切都浮于表面，维度单一，而我们也从这样单面的描绘和思考中得到快乐，因为它的简单使它显得可爱、轻松而又能抚慰人。"①迪士尼的动画改编更多地体现出物质主义时代美国消费文化的价值观念。

曾因华特·迪士尼先生逝世而短暂衰落的迪士尼动画再度兴起，虽然迪士尼的场面制作、镜头语言有很多新的发展与变化，但他们在剧本创作上仍旧沿承和发展了"迪士尼化"。尽管这种改编创作也被认为是经典文学作品的"平凡化和净化"②，但作为"不是献给儿童，而是献给每个人的童心"的迪士尼动画电影，其"有关主题、人物、结构、风格、样式的经验，不但成为了迪士尼公司所奉行的金科玉律，同时也成为以后大部分商业动画电影制作所效仿的重要典范……这些规律都似乎成了票房的保障，在某种意义上成了'主流'的代名词"③。

第三节　从《白雪皇后》到《冰雪奇缘》

安徒生写于1967年的《白雪皇后》是一篇意蕴丰富的故事。整个情节像一首诗——一首歌颂天真无邪、纯洁感情的诗。小小的格尔达和加伊是一对青梅竹马的好朋友，因为魔鬼将他制造的镜子的碎片刺进加伊眼睛和心里，加伊变得冷漠难测，最终被白雪皇后掳去，囚禁在她寒冷的冰雪皇宫里。小女孩格尔达用她坚强的毅力和纯真的感情，冲破一切艰难险阻，终于战胜了重重困难，使她亲爱的朋友小小的加伊得救。当二人经历了考验，挽着手胜利归来时，他们发现自己已经成长成大人了。所以故事的结尾又在隐喻孩子的成人礼，经历

---

① [美]杰克·齐普斯：《作为神话的童话／作为童话的神话》，赵霞译，少年儿童出版社2008年版，第88页。
② [美]布伦·布里曼：《迪士尼风暴》，乔江涛译，中信出版社2006年版，第10页。
③ 聂欣如：《动画概论》，复旦大学出版社2006年版，第97页。

磨难和考验后才真正地长大了。早在20世纪30年代，华特·迪士尼就有过改编的想法，然而《白雪皇后》作为安徒生后期童话里略显晦涩的一篇，并不是循规蹈矩的传统童话故事，单从情节方面看也不太适合迪士尼的趣味，改编难度相当大，迪士尼先生只好作罢。的确，一首诗怎么能轻易地改编成娱乐大众的迪士尼电影呢？《冰雪奇缘》成为迪士尼中最"难产"的片子，1990年迪士尼复兴时期，改编计划再次被提上议程，然而数次尝试均以失败告终，2002年，在主创宣布退出并参与《魔法奇缘》的制作后，整个计划被取消。2008年，迪士尼又一次启动了改编计划，最初的电影标题是《安娜和冰雪女王》，设定上与原著十分接近，影片采用传统的二维风格，由梅根·莫拉莉为艾莎配音，2010年时，工作陷入了困境，但幸好有惊无险。2013年，在迪士尼成立90周年之际，《冰雪奇缘》（*Frozen*）成功上映，不仅获得了包括金球奖最佳动画长片、奥斯卡最佳动画长片、英国电影学院奖最佳动画长片等多项大奖，而且还以全球12.72亿美元的票房成为全球动画史票房冠军。另外，作为迪士尼与皮克斯合并之后的新作，电影问世之后获得了业界与市场的双重好评。一句话，迪士尼改编《冰雪奇缘》，大获成功。为了向安徒生致敬，电影中人物的名字汉斯（Hans）、克斯托夫（Kristoff）、安娜（Anna）、斯特（Sven）连起来就是Hans Christian Andersen（汉斯·克里斯蒂安·安徒生）。但是就其情节而言，与原著相差甚远。

一 会巫术的公主也是好女孩

在安徒生故事《白雪皇后》里的主人公是青梅竹马的平民孩子加伊和格尔达，在迪士尼改编后，主人公变成了皇宫里的两姊妹安娜和艾尔达。安徒生故事里的加伊因为受到魔鬼的戏弄，被玻璃碎片扎入眼睛，心灵由此蒙尘，性情大变，变得冷漠、封闭，继而受到白雪皇后的蛊惑，心被冰封，成为她的附庸。白雪皇后和魔鬼作为邪恶的外力，使天真无辜的孩子心灵遭到扭曲，小格尔达通过自己爱的力量，救回了加伊。

片中的艾尔达则天生拥有超自然的法术，幼时和妹妹游戏时，一个无心之举，误伤了妹妹。由此，艾尔达为自己天生携带的控制冰雪的能力感到深深恐惧，按照传统童话和迪士尼之前的改编，艾尔达这种点水成冰的法力即是巫术，拥有它的人只能是巫婆。在童话故事里，巫婆作为恶的化身，第一标志就是具有魔力和法术。正面女性角色通常都是些没有任何法术，甚至连保护自己的能力都没有的弱小女性。所以，在巫婆的法术面前，她们常常只能束手就擒，随后等待拯救她们的王子出现。但是，这部迪士尼影片前所未有地让第一主人公有了巫婆才有的强大的法术。这样的设置颠覆了几十年来的迪士尼长篇动画的传统。一个力量强大到可以摧毁一切的女主人公被作为正面人物，没有作为邪恶的化身，在迪士尼动画史上也是空前的。

实际上，原本的改编是设定艾尔达最终会因为魔法而变为邪恶的冰雪女王，所以主创们根据剧本为"邪恶"的艾尔达谱写了角色主题曲 *Let It Go*，试图表达出她摆脱束缚后的内心世界，然而当歌曲小样被送到制作人员面前播放后，他们在惊呼之余普遍回应这首歌中表现的艾尔达根本不像是邪恶女王，反而更像是一个被人误解的女孩，导演当机立断，决定推翻之前的剧本，根据歌中表现的情感来重新塑造艾尔达的形象。这样的当机立断造就了迪士尼全新的女主人公形象。

而艾尔达的魔法虽然很强大，但是起初却并不被艾尔达所接纳。影片中艾尔达的魔法常常是在无意中显现的，魔法经常显现的是主人公自身的情绪变化，而不是攻击力、野心和权欲。如起初误伤妹妹，是因为慌乱。加冕日冰封阿伦黛尔，则是因为艾尔达在被安娜无意间抢下手套并受到质问时无法控制情绪，一挥手不小心在自己和宾客间竖起一圈尖锐的冰凌；慌乱惊恐的艾尔达逃出城堡，在满怀期望的臣民面前手无意间碰到喷水池的边缘，再次将喷泉的水花冻结成扭曲、怪异的形状。尖锐的冰凌和怪异的冰花隐喻艾莎内心的惊恐、愤怒和慌乱。影片虽然和安徒生原作在情节上不同，但这个细节设置的细腻追求却无限接近于安徒生风格。

二 走下神坛的王子

电影以直观的视觉形象叙事，电影中人物形象的变化，也成为传达主题的特定方式。迪士尼动画的公主电影中，王子向来不可或缺，这部影片虽然让巫婆遁迹了，但仍然保留了王子。实际上，在安徒生的原作《白雪皇后》中，王子只是作为一个非常次要的角色出现在格尔达寻找加伊的路上。而且这个王子已经有了一个准备迎娶的公主，与故事的主干和主人公几乎不相干。迪士尼的影片当然不会像安徒生那样有闲情逸致，把一些和故事主干无关的人物，洋洋洒洒地安排在主人公游历的路途上，作为旅途见闻呈现出来。安徒生作为一个终身都在路上的作家，游历和不断结识旅途中的朋友，早就是他生活的一部分了，这不可能不影响他的创作内容和创作思维。迪士尼显然不会和安徒生一样，在改编中，被安排进的每一个角色，都必然与故事情节的发展有着至关重要的作用。在安徒生原作里只作为旅途见闻而出现的王子，在迪士尼电影里，是一个核心角色。

艾尔达成年后，因为父母双亡，作为姐姐，她需要继承王位。女王加冕的那天，王子出现了，他与艾尔达的妹妹——安娜公主一见钟情。影片中二人钟情的画面由舞蹈和歌声组成，和后面的情节对照看来，讽刺意味相当强烈。安娜带着他一见钟情的王子来介绍给姐姐艾尔达，姐姐却说："你不能嫁给一个刚认识的人。"这一句话令人惊讶。多少迪士尼童话在告诉我们，哪一个公主不是和刚刚认识的男人欢天喜地结婚了呢？而这次却成了问题。这或许暗示了王子在这部影片里的特殊。后来的剧情告诉观众，艾尔达是对的。王子是这部影片中最大的反派角色。影片再次意味深长地设置了王子的"真爱之吻"

这个环节，安娜公主因为和姐姐的矛盾，再次被姐姐的法术误伤，冻结了心脏。地精告诉人们，只有真爱之吻才能解救她已被冰封的心灵。这个任务听上去想当然地属于王子。从睡美人到白雪公主，王子的吻，总是具有非凡的效力，女主人公的性命以及最终幸福的获得，都仰赖于王子的吻。可这一次，安娜被送到了汉斯王子的面前，王子却不愿意吻下去。王子不愿意吻一个公主，以使她获救，这在童话和之前的迪士尼动画中，闻所未闻。"真有人爱你就好了"，汉斯王子在所谓真爱之吻的逼迫下，抖搂了他的阴谋，他是为王位宝座而来。在往常的迪士尼改编动画中，权欲只属于邪恶的巫婆，王子以他们英俊的外表、体面的地位、耀眼的财富长时间维持着始终处于正面的高大形象。通常，王子将扮演拯救女主角的恩主和英雄，怎么能和邪恶挂钩，这一次王子却成了影片中伪装最深的阴谋家。第一次提到了王子也可能因为权欲和财富，而娶一位公主。

王子被拽下神坛，意味着男性拯救神话的破产。解铃还须系铃人，安娜公主命悬一线，最终还是因为姐姐而得救。看到妹妹被冰冻，艾尔达流淌的热泪滴下来，不知不觉中，融化了妹妹冰封的心。陷入困境的公主不是被王子所救，而是靠着姐妹情谊而获救，姐妹情谊超越了爱情，这样的主题设置也是首次，并有着强烈的女性主义色彩。这个细节与安徒生原作相似——小格尔达找到加伊后，流下热泪，"眼泪流到加伊的胸膛上，渗进他的心里，把那里面的雪块融化了"。迪士尼保留了原作的成长主题，嫁接了自己的趣味与价值观，形成了具象征意味的少女成长故事。在大量的以单身女性为主角的童话故事或是世俗故事中，婚姻往往是故事的结局。"他们从此过着幸福的生活"一再暗示婚姻就是女性的命运与结局。但是这部影片的结尾没有以婚姻为句号。艾尔达和安娜都没有结婚。影片为了与王子相对照，设置了一个平民青年，卖冰块的克里斯托弗，在安娜寻找姐姐的路途上，两人相遇，结伴而行，经历了王子的欺骗后，克里斯托弗成为安娜收获的真爱。即便如此,电影没有交代安娜与克里斯托弗是否结婚。影片末尾并无举办安娜和克里斯托弗的婚礼,甚至都没表现女王的赐婚,而只是赐予克里斯托弗"特许冰块商"的封号和一个甜蜜的吻罢了。在最后一幕中,仍是安娜和艾尔达手牵手在一起玩耍,而克里斯托弗只是背景中的一个陪衬。公主的幸福一定要以结婚作为象征吗?这个一反常态的结局,很富深意。脱离了父权意识形态符码,婚姻不再是衡量女性幸福的唯一标志了,将收获婚姻作为女性经历苦难后的最大奖赏,这样的父权神话,在这部迪士尼影片中总算是被拆除了。

三 正邪之争变为女性自我的战争

这部影片里去掉了安徒生童话原作中存在的魔鬼和代表邪恶力量的白雪皇后。在艾尔达的身上,当然有白雪皇后的影子,比如她的法术,正好就是安徒生童话里白雪皇后所拥有的。但是在迪士尼改编的《冰雪奇缘》中,没有了白雪皇后这样的角色设置。这样一来,迪士尼童话改编动画片最常见的情节模式——代表正义力量的主人公与代表邪恶的巫婆之间的正邪之战,被无形中取消了。安徒生童话中,格尔达是个被集中塑造的形象,作者特别强调了爱的信念带给格尔达的强大力量,一个幼小的孩童凭借她的信心,救出了被魔鬼蛊惑的好友。在迪士尼影片中,正邪之争被女性如何走出自我囚禁的主题所取代。艾尔达,拥有普通人没有的魔法,加之影片没有巫婆的设置,她根本就没有来自外界的对手。可是自从幼年时期误伤了妹妹后,艾尔达的魔法被看作需要控制和隐藏的力量,带给艾尔达深深的恐惧。而这种恐惧被父亲和地精的警告加深了。父亲告诫要将自己的魔力隐藏起来。父亲无时无刻不在用"隐藏住,别去想,别显现出来"这句话限制着艾尔达的自由和行动。由此艾尔达被封闭起来,大门紧闭的画面,以及必须戴上的手套,强烈地传递出女性被囚禁的象征意味。女性被囚禁，并非女性自身的过错，有时仅仅因为女性拥有强大的力量，人们恐惧这种力量。父权制意识形态，从不鼓励女性的天赋才能，对于突出常规的女性力量更是虎视眈眈，故而有了"女子无才便是德"的训诫。最值得注意的是，这种来自父权文化观念的道德训诫逐渐内化为女性的自我认知。女性自身也无视自己的力量，甚至刻意隐藏和怀疑自己的力量。比如，艾尔达也把自己先天拥有的魔法看作一种不可告人的缺陷。在父亲的命令下，把自己的身心都深深地封闭起来，无法像一个普通人那样生活。

但当艾尔达在加冕舞会上再度魔法失控而逃离冰雪王国时，她意识到了突破囚禁，获得自由的快乐。她唱道："随心而行，随心而行，是时候展现真正的我，突破我的极限，不再被规则所束缚，自由……"艾尔达在冰雪中的演唱，令人动容。在雪山上，艾尔达尽情挥洒自己的超能力，不再禁锢自己，用超能力建造起一座宏伟的冰宫，散开发髻，换装成一身冰蓝色开衩长裙，外搭透明长纱，化身为冰雪女王，头发也从之前的香槟色变成了近似白雪般的浅金色。服饰和头发的变化隐喻艾尔达不需要再掩盖和隐藏自己，以及抛弃责任后的解脱和轻松。她违背了父亲的意愿，在冰雪中尽情地施展魔法，释放自己的女性能量。她选择在冰雪中塑造属于自己的女性城堡，与那个充满父权象征意味的父亲的王国艾伦黛尔针锋相对。她说道："在这里，我才是公主。"艾尔达用歌声瓦解了父权话语对她的束缚，用自己的声音选择了属于自己的意识主体，属于自己的自由。女性通过话语向父权话语挑战，释放出一直被压抑的女性力量。出逃后的艾尔达第一次感觉到秘密揭开后的放松与自在。在安徒生《白雪皇后》中，小强盗女孩要求芬兰女人给格尔达更大的力量，芬兰女人说，"没有人能给她比她现在所有的力量更大的力量"，"如果她自己不能到达白雪皇后那儿……我们也没有办法帮助她"。战胜自我才能获得最大的力量。女性真正的解放归根结底还需女性自身的努力，如果女性自身不能充分释放自己的女性能量，真正发掘和提升女性自我意识，摆脱他者地位，那么，很难获得个体的自由和精神的平等。

另外值得一提的是，不同于《小美人鱼》对父亲权威形象的强调，这部影片中的父亲，在安娜和艾尔达成年前就死去了，把王国留给了两位女儿。这个安排独出心裁，具象征意义，虽然在影片中间，也有觊觎王位的王子出现，也有王子和公主结婚后，王子成为新的国王的意味，但情节的发展结果是，王子失败了，艾伦黛尔属于女王艾尔达。无论是政治权力还是自身力量，公主都不再需要通过嫁给一个王子来获得了。

在迪士尼对安徒生童话的改编中，安徒生作品中的一些精华还是被保存下来了。比如在迪士尼电影中通常会有一个可爱的小动物作为与主人公互动的中介，达到调节气氛，增加幽默趣味的作用。《冰雪奇缘》中设置了一个滑稽小雪人"雪宝"（奥洛夫），它在片中有些充满诗意和哲理的片段，比如它总是渴望夏天，而且差点去拥抱壁炉。这很容易让人联想到安徒生的另一篇童话《雪人》，其中写到一个雪人苦恋着火炉。那种对火炉里的火焰和温暖的向往，和雪人的存在之间构成了巨大的张力。

第四节 迪士尼的选择

美国迪士尼经典动画片中公主影片总共为12部，1937年的《白雪公主和七个小矮人》、1950年的《仙履奇缘》、1959年的《睡美人》、1989年的《小美人鱼》、1991年的《美女与野兽》、1992年的《阿拉丁》、1995年的《风中奇缘》、1998年的《花木兰》、2009年的《公主和青蛙》、2010年的《魔法奇缘》、2012年的《勇敢传说》以及2013年上映的《冰雪奇缘》。当然这其中有些并不是真的公主，如花木兰，但是基本具备公主题材电影的特征，所以也如此划归。电影作为社会文化与风尚的风向标，不可避免地带着时代烙印。正如艾伦·金所言："所有的童话，本质上都是成人童话，童话所包括的并非儿童的心理需求，而是成年人社会的心理隐喻。"[1]事实上，现代卡通不仅是一种娱乐方式，而且是一种生活方式、思维方式，是一种社会观念。《小美人鱼》作为迪士尼沉寂30年后的全新动画改编，获得巨大成功，作为一种文化现象，值得细究。

在安徒生众多的童话中选择《海的女儿》，首要原因应该是其知名度大，影响广泛。人鱼故事在欧洲是家喻户晓的题材，从水仙女的口头传说到安徒生的《海的女儿》，已经有几百年的历史，安徒生把人鱼题材的故事改编推向了世界闻名的水准。借助安徒生这个具有极大魅力的经典故事，迪士尼的改编才能有更多的观众。除此以外，不得不说的是，《小美人鱼》的改编创作正逢美国20世纪80年代的文化气候，迎合了美国特定时代的文化风向和大众口味。前面说过，迪士尼公主电影在整体上都趋于一个模式，被王子拯救的父权神话。公主电影的最后结局往往都在不断彰显着家的秩序、和平与圆满。公主通过一个艰难磨砺后获得的家，来昭告天下，这才是幸福的秘诀。迪士尼对安徒生童话《海的女儿》的改编与重新阐释，正好迎合了20世纪80年代美国人的文化期待，美国人渴望公正、富于秩序的社会。

20世纪70年代的迪士尼动画作品有：《罗宾汉》《小熊维尼历险记》《救难小英雄》等，从绿林好汉罗宾汉到走向森林深处的小熊维尼，代言了美国动荡和困难重重的70年代，人们对重整乾坤的英雄的期待，投射出特定的时代的价值取向和社会观念。经历了频繁的社会运动之后，美国社会经历了困难的70年代。在军事上，美国承认越战的失败；政治上，尼克松总统因水口事件而下台，政府失去民

---

[1] [美]艾伦·金：《人人心理童话》，郭苑玲译，晨星出版有限公司台中公司1999年版，第273页。

心;经济上,布雷顿森林国际货币体系的瓦解导致了资本主义国家爆发了有史以来最为严重的经济危机,通货膨胀、能源危机和高额的财政赤字让美国经济喘不过气;社会上,大门紧闭的工厂,无所事事的下岗工人,疯狂的摇滚乐、嬉皮士,堕胎在法律上出现了新政策,避孕药的出现和避孕技术的提高,新的离婚法律也使夫妻分开不再那么困难,犯罪率和离婚率的急剧升高。这些都被认为是 20 世纪 70 年代美国社会、政治、经济和文化的主要特征,由此这个十年又被称为美国历史上"失去的十年"[①]。这十年似乎危机四伏,在缺少力量干预的情形下,美国似乎在做着自由落体运动,呈现直线下降的态势。70 年代碌碌无为的美国政府看似只为美国公民留下了两个字"失望"。不过,另一方面,科学技术又在 20 世纪 70 年代取得了重要的进步。正如美国历史学家道格拉斯·布莱克所说:"从信用卡到有线电视,从凯恩斯理论的衰退到比尔·盖茨的崛起,人们所习以为常的现代化其实完全是 70 年代的产物。"[②] 但从社会的整体氛围来看,美国 60 年代的反叛依然在 70 年代得到延续,这影响着美国的政治、经济政策、价值观、文化乃至日常生活,然而这也正是 80 年代开始蜕变的前奏和现代化进程的开端。如果说美国人在 70 年代是自由至上的,80 年代之后则是一种责任,如同一个青年向成年的蜕变。

1980 年的选战中,里根作为共和党代表击败了吉米·卡特,赢得了选举的胜利,这也是共和党多年来首次在参议院获得超过半数席次。里根是美国第 40 任总统,是历任总统中就职年龄最大,也是唯一一位演员出身的总统,在踏入政坛前,他担任过救生员、报社专栏作家、励志讲师、运动广播员、电影演员等,还是美国影视演员协会的领导人。他的演说风格逻辑严谨缜密,具有很强的说服力,被媒体

[①] 杨悦:《20 世纪 70 年代以来美国左、右翼社会运动的政治过程比较研究》,博士学位论文,中国社会科学院,2013 年。
[②] 林建锋:《痛苦与变革——20 世纪七十年代对今日美国的影响》,《光明日报》2001 年 8 月 24 日。

誉为"伟大的沟通者"。里根总统在美国连续任期两次，他所推行的政策影响了美国20世纪80年代的整个社会和文化，由此80年代常被称为"里根时代"。在军事上，里根扩大军费开支，大幅度扩张军备，增强军事实力，对苏联的政策也一改以往的围堵政策，转为直接的对抗。在经济上采取"里根经济学"，即推行"供应学派"的经济学政策，此学派与凯恩斯的传统需求经济理论相反，强调"供应"，认为供应将创造自己的需求。这派理论支持减税的经济政策，而里根也秉承低税收的价值观和理念。因此，他的政府采取了降低利率、减少通货膨胀、将所得税降低25％。通过增加政府赤字和国债，暂时解决社会福利的问题，对商业运行机制放宽政策，撤销管制，对资本主义市场体制采取超越政府管制的积极不干预政策，这种宽松、自由的市场经济政策使美国在1982年以后实现了市场经济的自我有效调控，一度使美国的经济得到了快速增长，一改之前的颓废态势。他运用自己高超的演讲才能，慷慨激昂的气势振奋了70年代末士气低落和充满挫折感的美国。正是在里根的管理下，美国进入了自第二次世界大战以来持续时间最长的经济增长，在20世纪80年代期间，美国的国民生产总值大幅度增长；从1982年到1987年，美国经济创造了1300多万个新的就业机会。经济繁荣成为美国80年代的一个重要特征。

在思想文化上，80年代的美国也有了重要的变化，里根政府在经济上奉行的新自由主义对60年代以来各种左翼街头政治，如黑豹党、嬉皮士、青年运动、民权运动、女权主义运动，以及形形色色威胁和破坏美国传统价值观的放任主义都起到了直接的刹车效应，因此新自由主义把个人自由严格界定为市场经济秩序下自由消费和选择雇佣就业方式的自由，由此，对社会体制反叛性的"破坏性批判"受到了遏制。也正因为如此，随着经济上的新自由主义政策的实施，美国思想文化上则表现出一种对秩序的肯定。公共理性和公共生活的规范性受到肯定和尊重。正是在这样的背景下，迪士尼的动画改编也找到了自己新的灵感。从整体社会氛围来看，所谓对"自由"和"反叛"的追求已成明日黄花，人们更加现实地认识社会和世界，回归秩序与传统更加受到肯定和认可。在这样的背景下，安徒生《海的女儿》的改编走入迪士尼的视线。公主电影延续着 20 世纪 60 年代的模式，再次出现。

安徒生在童话中所寄寓的理想与迪士尼、好莱坞乃至美国文化精神有着较大的隔阂。故而，《小美人鱼》的改编是美国文化符码一步步参与建构的过程。无论是《小美人鱼1》还是后面的第二部、第三部，改编者都在强调秩序与回归。小人鱼要被王子爱上，并得到了父亲的许可，获得了婚姻，相比于在海里仰望天空、胡思乱想的小人鱼，嫁给人间的王子，成为一个王宫里的摆设，更能彰显秩序与稳定。而把海里的异类成功地收编入人间的秩序之下，更能显示出重整乾坤的意味。安徒生故事结尾里的对爱与婚姻的放弃，必然不符合此时的美国氛围。在第二部里，家庭继续成为主旋律，王子和小人鱼结婚以后还生下了孩子美丽缇，一个叛逆的异类就这样被孩子套牢了。当年叛逆的人鱼公主在这部影片里成为秩序的代言者，她对美丽缇向往大海的理想提心吊胆，专门在宫外砌了一道围墙，以禁止她去往大海。在影片结尾，作乱的巫婆被击败了，一切归于平静，叛逆的孩子回到了母亲的怀抱。几部影片都在强调家庭的秩序，父亲的权威完全不可动摇，对秩序的破坏者——巫婆必将走向灭亡。那些盲目的自由就像混乱的美国 70 年代，总有一天会被秩序所取代。

《冰雪奇缘》在 2013 年获得巨大成功，也让许多人注意到了影片所暗示的文化符码。尤其，公主电影的主人公变为两位姐妹，去掉了王子，姐妹情谊胜过了爱情，成为人们关注的焦点。安徒生的原作里，主人公是非常安徒生式的，一男一女两个孩童，却有着恋人般的情谊，整个故事贯穿着小女孩加伊为了救男孩格尔达，而显示出惊人的力量。但是迪士尼对原作《白雪皇后》的改编，力度较之从前的童话经典改编显然更大了，而且有着很明显的女性主义意味。

从《白雪皇后》到《冰雪奇缘》的改编历时多年，相应地，美国社会的各个领域也在动态更新，相比于20世纪轰轰烈烈的女权运动，时至今日，美国女性主义已进入后女权时代。《冰雪奇缘》坐享了半个多世纪美国女性主义的奋斗成果，将女性情谊、质疑婚姻、正视和发挥女性的力量这些女性主义实践者前赴后继争取的革命成果，轻松地植入影片，以赢得后女权时代的社会认同，回放了美国女权运动的动荡历程，也见证了历史和时代的变迁。

纵观美国女性主义的发展，大体经历了一个从浅到深，从单一走向多元的发展历程。在西方，基督教文化奠定了女性从属于男性的社会基调。在人们生活中拥有绝对权威地位的《圣经》把女性描述成上帝用男人的肋骨做成的，将女性视为男性的附庸，为社会的"男尊女卑"提供了神圣的依据。在父权制意识形态下，妇女的地位相较于男性始终处于从属位置。随着自由平等思想的传播和工业革命的深化，社会呈现个体化发展趋势，现实的经济生活要求人们走出家庭进入社会公共生产领域，而父权制文化的保守性别意识则要求妇女留在家庭内，继续维持妇女从属、依赖的地位。这种保守的性别意识和发展了的社会经济生活之间无法调和的冲突促成了美国女权主义的兴起。1920年8月26日，联邦宪法第十九条修正案正式生效，美国妇女终于拥有了政治平等权，这标志着妇女权利运动在历经多年艰难曲折的斗争之后，终于实现了斗争目标，美国历史上第一次女权运动也就此降下帷幕。

虽然在1920年美国妇女获得了选举权，但妇女的社会政治经济地位并没有获得实质性的改变，"到1930年为止，只有7名妇女在国会获得议员席位。在州立法部门，在美国近1500个议员席位中，妇女只获得了个别席位"①。因而，争取政治、经济、文化全面权利，成为后续女性主义运动的目标。1963 年，著名妇女领袖贝蒂·弗里丹发表的《女性的奥秘》一书唤醒了沉睡着的妇女们，她在书中指出，20 世纪二三十年代的美国妇女是生机勃勃的，但是在战后却沉醉于舒适的家庭生活，不再参与社会事务，这是因为美国妇女一直在受着一套可概括为"女性的奥秘"的思想观念和伦理道德观的毒害，这种思想主要是宣扬妇女的最大幸福在于全身心地承担母亲和妻子的角色，做个贤妻良母，而不是追求自身价值的实现。这在相当多的美国妇女中产生了共鸣。20 世纪的六七十年代，在弗里丹等妇女领袖的领导下，美国妇女形成了新的运动力量。

虽然工业革命使得社会结构发生了重大变革。由于父权制文化对妇女从属地位的持续维持，妇女在这场社会大变革中获益明显小于男性。最显著的就是早期美国出现的"妇女的领域"的说法。"'妇女的领域'的内涵是要求妇女成为所谓的'真正的女性'，这可以用八个字加以概括，简称'四德'——虔诚，纯洁，顺从，持家。即要求妇女虔诚地信教，保持身体和心灵的纯洁，顺从丈夫，善持家务。"②"四德"让女性们相信家庭是妇女的归宿，家庭是妇女实现自我价值的场所，女性应该把家政看作一项高尚的活动，把善持家务看成一种荣耀。倡导女性应该与经济活动相分离，把更多的时间和精力投入非生产性的家务劳动中去。宣称，从事家务劳动使人心地怡然，家不仅远离尘嚣，给人安全，而且同社会保持一定的距离，不受污染杂物的侵袭。

美国女权主义运动使得美国妇女在政治、经济、社会、家庭和教育等方面的地位都得到了相当的提高。20 世纪初，大多数妇女居

---

① 王恩铭：《世纪美国妇女研究》，上海外国语教育出版社 2002 年版，第 404 页。
② 李慧媛：《美国女权主义研究：历史与现状》，硕士学位论文，华东师范大学，2007 年。

住在农村乡镇,她们的生活方式和价值观念在相当大的程度上仍受到传统思想的制约——结婚、生孩子和做母亲是社会要她们履行的基本义务。读书的女孩凤毛麟角,她们在有限的范围内参加一些社会活动,但生活的中心仍然是家庭,重要的是让丈夫和孩子们得到温馨的关怀和体贴的照顾。但到了世纪末,"女孩们接受教育的机会空前增加,85%以上的美国女孩进高中读书,22%的女孩完成高等教育"[①]。越来越高的教育程度为美国女性扩大了就业机会,越来越多的女性进入原先由男性"一统天下"的工作领域。教育机会和工作机会的增多使美国妇女推迟婚姻,随着生育率的降低和家务工作量的相对减少,女性自我发展机会和独立能力都得到了提升。从总体上说,在经历了持续一个世纪的美国女权主义运动后,美国妇女不仅大幅度地延长了寿命,而且在经济上更加自立,生活上更有保障,政治上更加积极参与,法律上更加平等,社会上更加受到尊重。美国妇女参与政府决策程度的提高,美国妇女就业和受教育状况的改善,对美国社会文化的冲击带来的思维方式和思想观念上的变化,引发了后女权主义时代的到来。

20世纪六七十年代的女权主义固然顺应了当时社会妇女解放运动逐渐深化的趋势,对父权社会给予了全面的深刻的批评,但因其政治色彩过于浓厚、实践行为太过激进而受到诟病和指摘。比如,一度为了强调性别的平等,而忽视男女的生理差异,有着"把女人变为男人"的过激倾向。社会性别理论的提出和发展使得美国女权主义运动有了新的质的飞跃,从原来的忽视男女生理差异,片面追求男性特质转移到致力于改造以男子为中心的社会文化体制,建立中性化的社会性别制度,从而促进男女真正和谐发展上来。由此,进入了多元化的后女权主义时代。

[①] 王恩铭:《世纪美国妇女研究》,上海外国语教育出版社2002年版,第404页。

西方学术界虽对后女权的看法不一，但看似矛盾、实则多元的后女权主义中蕴含的思想与大众传媒的结合却受到了普遍认同。美国电影风靡世界，一些以女性受众为目标的美国言情电影更是融合了包括后女权主义在内的元素，并取得票房、口碑双丰收的佳绩。《冰雪奇缘》算是带上了这样的意味。后女权主义更强调男女的温和相处、两性之争的和解。在内容诉求上，更加多元，对于上层的、精英的、功名心特别强的处于传统婚姻模式之外的那部分职业女性，可以更为宽容，而对于甘心情愿选择待在家中的女性也不苛责。同时在"女性关怀"的宗旨之下，让女性成为女人，强调女性的性别气质的回归和性别需要的满足，使得消费社会占尽先机。消费文化营造出的消费社会的幸福往往与越来越多的消费满足相联系，社会提倡女性大规模消费商品以加强自我身体的"女性化""女人味"，从而使女性获得满足。后女权主义天然地与消费社会发生了某种亲和关系。后女权主义的标签，随之成为商家吸引女性消费者的一大策略。在女性关怀的温柔旗帜下，女性消费已经成为消费社会的最主要组成部分。

《冰雪奇缘》在美国上映之前的宣传报道上是这样写的："编导将适度的时代感和女权主义的小情调加入情节和对白中，让这位天真娇美的公主更加丰满，惹人喜爱，估计少女们和她们的母亲都会对《冰雪奇缘》来者不拒。"女权主义成为一种小情调，这是消费社会给女权主义打上的印记，也正是后女权主义的味道。女权主义成为可供贩卖的亮点，是商业社会对女性心理的一种有意迎合，她们设置了潜在的观影对象——少女们和她们的母亲。那么这样一来，也就不难理解，为什么迪士尼把安徒生的《白雪皇后》那样一个故事处理成了带有鲜明的女性主义标签的电影。迪士尼在女性关怀的旗帜下，赢得无敌的商业票房，这是迪士尼与时俱进的商业眼光。如何摸清消费时代的社会心态，并以伪装的方式去主动迎合，是迪士尼始终没有丢失的敏锐。

第五章　童话以外的安徒生

很少有人知道，今天以童话闻名于世的安徒生，在他生前，并不把童话作为他创作的主要方面。他的理想也并不是为孩子们写作。翻开丹麦文学史，汉斯·克里斯蒂安·安徒生一生颠沛流离，在他创作生涯的前半期，在文学上，他首先关心的是他的长篇小说和戏剧。童话只是他创作路上一个无心之举，在他本人心目中，只能算作很次要的尝试，在当时的批评家那里更是不值一提。作为作家，他最出色的作品是小说和戏剧，还有他钟爱的诗歌。在如今的丹麦，人们喜欢安徒生的童话，也有不少人更喜欢读他的小说、戏剧和诗歌。在中国，安徒生几乎就是童话大师的代名词，至于作为文学家的安徒生，写过多种文类，并以长篇小说成名的安徒生，我们并不熟悉。为了理解安徒生及其他的时代，以及他在世时丹麦文坛的状况，为了正确地评价安徒生对丹麦文学的贡献，考察他的全部创作是非常必要的。

安徒生17岁时就以威廉（代表威廉·莎士比亚）·克里斯蒂安（代表安徒生自己）·瓦尔特（代表瓦尔特·司各特）的笔名开始发表文学作品。这个笔名透露了安徒生早期的文学倾向和爱好。莎士比亚的戏剧树立的典范和司各特小说的浪漫传奇精神，成为年轻的安徒生进入文坛的基本支撑点。安徒生真正意义上引起文坛注意的处女作是《1828和1829年从霍尔门运河至阿迈厄岛东角步行记》。这部作品引明显带有德国浪漫主义作家霍夫曼的影子——钟情于幻想，趣味盎然。按照他在自传里的说法,这是一部怪诞而幽默的书,带有阿拉伯"天方夜谭式"的异想天开。同时,他也毫不忌讳地提到了他早期这部作品最显著的特点是拙劣的模仿。同时,从小痴迷于舞台和演唱的安徒生,最初的创作总是离不开戏剧。如果在今天的中国,有人告诉你,安徒生是个戏剧家,大部分人都会表示很惊讶,可在丹麦,没有人会否认这一事实。除去童话和使他成名的长篇小说,安徒生一辈子都在孜孜以求地创作他梦想中的完美戏剧。在安徒生留下的各种版本的自传里,他不断地提醒读者,他多么在意他的每一步戏剧,包括剧本的创作、演员的表演、观众的反应以及外界的评论。安徒生早期的剧本有一部并不成功,但是为他以后的创作打下了基础,即《奥奈特与人鱼》。《奥奈特与人鱼》是个丹麦古老的民谣传说,安徒生对它进行了改编。

1840年,安徒生的剧本《混血儿》成功上演。后来又在斯德哥尔摩演出,同样受到热烈欢迎。从此,他才被看作真正的剧作家了。这个悲剧中的主人公黑皮肤小孩的悲惨命运,实际上变相地流露了作者自己作为无家可归的流浪者所怀有的悲伤情感。"大部分人认为这部作品高于我写过的其他任何作品,认为从此我开始了真正的作家的道路。"[1] 后来他又遭遇了失败,《摩尔姑娘》收到一片嘘声。但是很快,在1842年的夏天,安徒生创作出了《梨树上的鸟儿》,一举成功,该剧成为皇家剧院的演出节目,也成了安徒生剧作中最成功的作品。然而,心性敏感、情绪易于波动的安徒生过于在意外界对自己作品的看法,在他的自传中,搜集的尽是在他看来,评论界对他不公正的待遇。当然,这样的做法,也可以理解为因为自幼出身寒微,地位卑下,经常过着寄人篱下的生活,埋藏在安徒生心灵深处的自卑总是不免出来作祟。别人对他的才华做出的任何评判,都令安徒生切切在

---

[1] [丹] 安徒生:《安徒生自传》,林桦译,人民文学出版社2010年版,第127页。

心。他渴望别人的肯定如同寒风中的孩子渴望温暖的阳光。

1835年，安徒生的第一部长篇小说《即兴诗人》问世。这部作品让他获得了巨大的声誉。丹麦、德国、意大利、法国、英国甚至俄国都有了译本，这意味着，这个敏感而自卑的丹麦诗人和戏剧作家，凭借这部小说一下子成了享誉欧洲的名作家。此后两年，他陆续创作了《奥·特》《不过是个提琴手》两部长篇小说，一时间，小说成为让他获得认可的最佳领域。直到1843年，即在他的童话出版了7年之后，所谓的安徒生全集的德文版，仍不包括他的童话。同样，另外两部长篇小说《奥·特》和《不过是个提琴手》也用了大量篇幅描写丹麦的生活，而不顾情节之尚待展开和耸人听闻，他是想利用情节上的衔接把两部小说串联起来。这三步小说中都有大量脚注，就历史和文化性质的问题做了注释。《奥·特》和《不过是个提琴手》后来出版英译本时加了一个共同的标题《丹麦的生活》，这是有道理的。

熟悉安徒生生活细节的人知道，这几部小说中有大量他本人生活中的材料。但其中所用的隐喻和描绘的画面也常使人想起后来写的童话。把这几部长篇小说与童话进行比较，可以明显看出，"即使安徒生创作长篇小说时，他的童话风格也在成长。从这些长篇小说中，特别是在《即兴诗人》中，可以发现以后在童话中出现的基调的萌芽"[1]。

《即兴诗人》之带有自传性质，表现在两个方面：它反映了安徒生本人在意大利的经历和他在丹麦的生活与个人问题。"这个事实对于理解和欣赏这部小说并不重要（也许有害），它只为几部长篇小说提供一些历史依据，因而给现代的读者增加了兴趣。"[2] 安徒生在《即兴诗人》中描写的主人公与他家住罗马的意大利保护人一家的关系，

---

[1] ［美］菲·马·米切尔：《丹麦文学的群星》，阮坤、韩玮、刘磷译，辽宁教育出版社2003年版，第177页。
[2] 同上书，第178页。

同他和家住哥本哈根的科林一家的关系相类似（安徒生差不多是这一家的养子），这是不会误解的。小说中主要人物安托尼乌斯在他的诗遭到指责时所产生的心情，也与安徒生在同样情况下的感触一样，安徒生在他的日记和自传里先后都写到了他自己的感受。安徒生以他小说中的主要人物来表现自己，或者在他们身上写出自己经历的思想斗争和苦恼，这都是可以理解的，是正当的。安徒生本人却常常提防着批评家们做这种比附，有哪一位批评家声称他写的某部小说具有自传性质，他会嗤之以鼻。事实上，安徒生怀有十分强烈的愿望想描写他自己的生活。他确实写了好几部自传。这几种自传和多部散文作品都叙述了安徒生对于安适的生活和坚定的信念的急切的追求，叙述了他的看法，即认为他的朋友们和批评家们都错待了他，打击他。他非常注意想象中的和实际存在的对他的轻视，而且也非常敏感，以致在作品和自传中编造了一个神话，说明他是一个不被承认的诗人。简单来说，这就是"丑小鸭"的神话，它在大众心目中，已经是他生平的象征了。

第一节　安徒生其他作品与其童话的互文性

互文性又译为文本间性、"文本互涉"，英语为"intertextuality"。它的拉丁词源"intertexto"，意为纺织时线与线的交织与混合。按照字面意思的理解，互文性就是文本之间互相指涉、互相映射的一种性质。作为概念，"互文性"最初的创立者是法国文学理论家、女性主义批评家克里斯蒂娃。"互文性"自20世纪60年代被提出后，经由众多批评家和理论流派不断挪用，已演变为今天文学理论及文化研究领域重要的关键词之一。

如果运用互文性理论对安徒生的所有作品做一个全貌的考察，会

第五章　童话以外的安徒生

发现，安徒生执着于书写"自我"，这不仅仅是指他热衷于写自传，比如他写过不同版本的自传，以及大量的日记。除此，在他最具代表性的长篇小说《即兴诗人》《奥·特》，以及晚期的几篇收入童话集中的故事，如《幸运的贝儿》《看门人的儿子》《柳树下的梦》等都存有大量的"自我"。从传记到小说乃至童话，这些作品虽然文类截然不同，但因为主题的相近而很容易形成系列作品。这些作品几乎分享了共同的故事情节、人物形象和叙事结构。"文本只是在与其他文本（语境）的相互关联中才有生命。只有在诸文本间的这一接触点上，才能迸发出火花，它会烛照过去和未来，使该文本进入对话之中。"[①]阅读安徒生这些不同文类的作品，会很容易联想到文本之间的互文性。

选取安徒生自传在国内的译本《真爱让我如此幸福》《我的童话人生》《安徒生自传》作为蓝本，与他的童话《幸运的贝儿》《看门人的儿子》以及小说《即兴诗人》《奥·特》做一个互文性研究，是很具新意的。国内的译本《真爱让我如此幸福》《我的童话人生》《安徒生自传》都是在安徒生出版于1855年的自传基础上译介过来的，《真爱让我如此幸福》出版于2002年，《我的童话人生》出版于2005年，安徒生200周年诞辰之际，《安徒生自传》是翻译家林桦先生于2011年出版的安徒生自传的最新译本，比之前面的译本，内容上多了一个续篇——补充了安徒生在1855年至1867年，13年间的自传。译者也做了说明，这个中文译本把安徒生在不同时期写的自传，连缀起来，展现了一个完全的安徒生自传，在内容上已经超过了安徒生1855年的自传的容量。《我的童话人生》《真爱让我如此幸福》在内容、篇幅上与安徒生原作基本吻合，但是在字词、行文风格、细节描述方面，三个文本呈现出不少差异。尤其是《真爱让我如此幸福》与其他两个

[①] ［俄］巴赫金：《巴赫金全集》（第四卷），白春仁等译，第380页。

译本在内容上有明显的详略差别，甚至让人怀疑翻译的不是同一部作品。当然基本的故事、脉络、情节是没有出入的。

在安徒生自传的阅读过程中，很容易跳出作者的描述，轻而易举地跳至他的其他作品。在小说那里，自然会抓住《即兴诗人》和《奥·特》。童话则有《丑小鸭》《幸运的贝儿》《看门人的儿子》。每一部作品都与其他的作品形成互文。每一部作品的意义都因为其他作品而变得丰富起来。

一 "丑小鸭"主题模式

知道安徒生生平经历的人，通常都把《丑小鸭》作为作者本人的自我写照。丑小鸭先苦后甜的经历、丑小鸭的孤独和奋斗，连同那句"只要你曾经在一只天鹅蛋里待过，就算你是生在养鸭场里也没有什么关系"，似乎都在不断提醒读者，安徒生说的难道不是他自己吗？"当我还是一只丑小鸭的时候，我做梦也没想到会有这么多的幸福。"与故事结尾这句相类的句子，更是多次出现在安徒生的自传里。的确，出生于丹麦欧登塞的穷苦少年，父死母嫁，14 岁只身前往哥本哈根寻找梦想，遭遇了无数冷眼和嘲笑，在泥泞中艰难跋涉，一个鞋匠的儿子最终成了上流社会贵族家中的座上宾。这样的经历和丑小鸭何其相似！

在安徒生不同文类的作品里，丑小鸭主题模式一再显现，以各种或隐或显的方式，不断得到强化。童话《丑小鸭》发表于 1844 年，在这之前，安徒生的创作中的"丑小鸭"主题已经出现。1835 年，安徒生在意大利时写了一部题为《即兴诗人》的小说，这是他的第一部重要的成功之作，也是他意大利之行的丰硕成果。他非常自豪地说："它使我已经倒塌的房屋重又矗立了起来！"这部小说使他在国际上赢得了荣誉。同年，他的这部长篇小说首先在德国翻译出版。后来相继于 1938 年在瑞典，1844 年在俄国、英国和美国，1846 年在荷兰，

1847年在法国，1857年在捷克和波兰出版发行。"现代读者对于他的长篇小说已经兴趣索然，安徒生的长篇小说中随处可见的一段一段精彩的描写，但其中弥漫着的感伤的情绪，结构之松散，以及情节之不可信，是需要耐心的。"① 从现代读者的趣味，看这部19世纪的小说，不免会有这样的判断。这虽然是部小说，但更像游记，小说中对意大利的景物，对罗马及其各种节日，以及安徒生在意大利观察到的生活，做了长篇描写，情节反而被淹没了。但是，如若剥去这些如同海水般淹没情节的景色展示，小说将会裸露出更加直白的作者"自我"。这部作品以意大利为背景，讲述了一个意大利底层出身的贫苦少年，经历了童年的不幸与辛酸，最终成为出色的即兴诗人，并且获得了美满的爱情。显然，这是一个丑小鸭的主题模式。

1855年，安徒生出版了他的自传。自传勾勒出了那个曾经遭受不幸、磨难、轻蔑与嘲讽的欧登塞少年，怎样一步一个脚印地向理想靠近，在胸前挂满了亮晃晃的荣誉勋章。即便出身贫寒、遭人误解，但是才华出众，终将成功，被人所刮目相看。这是安徒生在他的自传里自塑的形象。已至暮年的安徒生创作过一篇童话名为《幸运的贝儿》，篇幅较长，1870年，11月11日以单行本的形式在哥本哈根首次刊行。这个故事的背景一望可知，里面所有的情节与情景都似曾相识。"他（贝儿）的父亲是一个老实和正值的仓库看守人，在光荣的战场牺牲时不过是一个普通士兵；他的母亲是一个洗衣妇，并不能使儿子得到文化；他自己则是在一个寒酸的私塾里教养大的。"在安徒生自传里，父亲不是看守人，是修鞋匠，也不是战场上牺牲的，而是回家以后病死的。只不过，安徒生没有实现的梦想，在贝儿那里得到了实现。成为歌唱家的贝儿在观众的喝彩声中悲壮地结束了他的一生。所

---

① ［美］菲·马·米切尔：《丹麦文学的群星》，阮坤、韩玮、刘磷译，辽宁教育出版社2003年版，第177页。

以这篇故事被看作安徒生为自己写的一部外传。同属安徒生晚期作品的《看门人的儿子》发表于1866年，安徒生在手记中说："《看门人的儿子》有许多情节是生活中的真事儿。"这篇故事仍旧再现了"丑小鸭"主题模式，看门人的儿子乔治，出生在地下室，却最终成了杰出的建筑师和艺术家，并做了枢密顾问，得以名正言顺地娶了将军的女儿为妻。

显而易见，这几部作品分享了共同的丑小鸭主题模式（见表5-1）。

表 5-1

作品名 发表时间 文类	主人公（童年因为 出身贫穷遭遇不幸）	拥有 天赋	遇贵人相助	获得成功
《即兴诗人》 1835 小说	安东尼奥（寡母遇难）	即兴 作诗	赛博格 老爷	即兴诗人
《安徒生自传》 1855 传记	"我" （父亲病死，母亲改嫁）	美妙 嗓音	约拿·科林	作家
《看门人的儿子》 1867 童话	乔治 （父亲病死）	绘画 天赋	老伯爵	建筑师 枢密顾问
《幸运的贝儿》 1870 童话	贝儿 （父亲战场牺牲）	美妙 嗓音	歌唱教师	歌唱家

出身低微，童年困窘是主人公的基本标志，父亲往往不久于人世。剩下母子二人，面对这个世界。某一方面的天赋以及对理想的热切追寻与主人公身处的现实环境构成极大的矛盾。贵人出现，资助主人公完成学业，主人公不负众望，最终获得成功。

1835年，其他几个作品尚未创作，这部小说以伪装的意大利故事勾画了安徒生在彼时的人生境遇和理想人生。这小说出版后引起读者极大的兴趣，和大家所知道的创作者的身份不无关联。小说主人公与作者在某些方面的联系，极大地增加了阅读的趣味，比如安东尼奥的身世，受到贵族赛博格的资助，卓越的诗才，都让人自然地联想到作者。但是小说里无处不在的意大利风俗与景致又在不断强调这是发生在意大利的事。这部题材挪用，假借意大利风情的小说，虽然远离了作者的故乡丹麦的北欧景致，却因为《安徒生自传》《幸运的贝儿》《看门人的儿子》这些作品的存在，而变得意义丰富起来。在时间上，《即兴诗人》出版于1835年，比《丑小鸭》创作的时间还要早，隐含的丑小鸭模式在这部作品里已初露端倪，但是因为小说的体裁特点，虚构与写实的双重参与，导致整个作品的背景和大框架为虚构，但具体事件和细节则属写实。文本没有丑小鸭故事里那么直接的象征意味和格言警句，却是首次以伪装的形式再现了自我。安徒生正值盛年，人生显然还未到达终点，就连巅峰也还未至，故而这部小说对自我的书写，在爱情画上句号，婚姻获得圆满时，就结束了。安徒生并不希望读者将这部作品作为他伪装的自传，所以他刻意营造了意大利这个远离丹麦的背景，并且把安东尼奥处理成孤儿，在《即兴诗人》中，父亲直接未出场，在故事叙述展开之前，已经不在人世了。随即又发生了车祸，母亲死亡，以与他本人拉开距离，以防读者对号入座。还是单身汉的安徒生，在这部小说里让他的主人公错失了刻骨的初恋，却收获了美满的婚姻。

从1838年起，安徒生每年都获得来自丹麦皇室的补贴。19世纪40年代，是安徒生文艺创作的黄金阶段。在他所涉足的一切艺术领域，安徒生都取得了卓著的成就。在1844年写作的《丑小鸭》更像一个寓言，向读者昭示着"丑小鸭"安徒生已经到来的"天鹅时代"。

《安徒生自传》出版于1855年，也即安徒生刚满50岁之际。经过半生不懈的努力和奋斗，基本上实现了他当初给自己设定的理想，带着耀眼的荣誉回到故乡欧登塞。所以写作自传的安徒生，能够以满含感恩与庆幸的情绪，打开记忆，在时光回溯中，从容地讲述人生的起落。今天的人们对于安徒生生平的了解，大多来自他的自传。在自传里，安徒生把自己的人生总结为一个童话，"我常常觉得我的生活真的是一篇童话，它是如此丰富，如此奇特，变化万千，我时而贫困和孤独，时而处身在富室之中；我经历过被侮辱，被赞扬，即便此时此刻，坐在一位国王旁边，驰过阳光照耀下的阿尔卑斯山，那也是我生活的童话的一章"①。因着这样的基调，作者在他的自传里充满了感恩，即便有丑小鸭的孤独，但是他更加庆幸自己有天鹅的才华与力量。自传与《即兴诗人》对照来看，最大的差异在于，"我"没有获得爱情和婚姻。这是安徒生人生的真实写照。

"综观安徒生的'童话人生'，他的气质禀赋可以概括为两点：一是对完美怀有强烈的渴望。这里所说的'完美'针对形体、情感、人际交往、艺术等诸多方面；二是具有极度浪漫的倾向。这两点特征限制了他看待生活的视野，同时也左右了他的书写方式、形式和成就所在。"②这也是他喜欢在自传里采取掩饰和美化的书写策略的原因。安徒生总觉得自己长相太丑，并对此非常敏感，他在诗歌《黄昏》里为自己画了自画像："鼻子大得像把枪，眼睛小得像豌豆。"但是这几部丑小鸭主题模式的作品中，主人公的外貌并不是"丑小鸭"式的。在《安徒生自传》里，作者没有刻意描绘"我"的外貌，只提到剧院经理认为他太瘦了，不适合当演员。《即兴诗人》里的安东尼奥被赞为漂亮的孩子。《幸运的贝儿》里的贝儿被描绘为一个漂亮和体面的孩子，大家认为他的外形很适合上舞台。《看门人的儿子》里的小乔治有着棕色的大眼睛和一头黑发，长大以后则"风度很优雅，面孔是开朗的，有决断的；头发黑得发光；嘴唇上挂着笑"。一般而言，诗人的工作是向世人尽可能地展现美好，倘若他自身却并不拥有美好的外

---

① [丹]安徒生：《安徒生自传》，林桦译，人民文学出版社2010年版，第423页。
② 彭应翃：《安徒生的"诗"与"真"——从〈夜行的驿车〉谈起》，《广州大学学报》（社会科学版）2011年第2期。

第五章 童话以外的安徒生

表，那必然是一个极大的遗憾。安徒生渴望弥补这种遗憾，这样，我们就能够理解这些含自我指涉意味的形象总是拥有优雅漂亮的外表。

《幸运的贝儿》和《看门人的儿子》都属于安徒生的晚年作品，虽然被收在童话故事集中，但却完全属于现实故事。这两个故事里的主人公的童年几乎和安徒生自传里的童年不时形成呼应。祖母说贝尔将来是了不起的，手里捏着金苹果出生的。安徒生自传里提到的那个用咖啡渣算命的老太婆，曾预言了他会成为欧登塞的名人。贝儿的父亲在战场牺牲。安徒生提到他的父亲战场归来以后，一病不起，当然战场牺牲可能更符合安徒生的理想。贝儿有一天问他的祖母，到外国跑一趟，是不是回来就变成戴着金冠的王子和公主。而安徒生在自传则是这样描绘的，"中国的王子挖穿地球来到我的面前，把我带到他们的王国，等成为有钱的名人，再回到欧登塞，建一座宫殿"[1]。安徒生自传贝儿的父母的设置、祖母以及小时候对戏剧的痴迷，都和安徒生自传里达成一致，唯一的不同是故事结尾，贝儿成了出色的歌唱家，这是安徒生梦寐以求的理想。在现实中，虽然安徒生靠着他的写作天赋赢得了声誉和尊重，但是在他钟爱的戏剧方面，还是饱尝辛酸。因为嗓子的改变，无法唱歌，因为身形的不美，不能上台表演，后来，他转而写剧本，但是剧本写了很多，真正成功的并不多，比起创作小说、游记、童话，安徒生想要在他挚爱的戏剧领域获得奖赏，显然比较困难。这是安徒生心灵深处的一个遗憾，通过写作，让作品中的人物的圆满来帮他弥补这个缺憾。如果说这个故事在哪个层面还算是一个童话的话，那应该就是安徒生在现实中绝难达成的愿望，在故事里实现了，形成了对现实局限的超越。通过贝儿的成功获得了想象中的自我成全和安慰。一个真实的自传，无法虚构这样的结局，所以以童话故事的形式，来完成夙愿。贝儿在理想实现，人生走向辉煌

---

[1] [丹]安徒生：《真爱让我如此幸福》，流帆译，国际文化出版公司2002年版，第32页。

的时刻,死去了。

"在胜利的快乐中死了,像索福克勒斯在奥林匹亚竞技的时候一样,像多瓦尔生在剧院里听贝多芬的交响乐的时候一样。他心里的一根动脉管爆炸了;像闪电似的,他在这儿的日子结束了——在人间的欢乐中,在完成了他对人间的任务以后,没有丝毫痛苦地结束了。他比成千上万人都要幸运!"①

这是安徒生本人作为一个艺术家所盼望达到的生命的高潮,贝儿如愿以偿了——这是安徒生所梦想得到的幸福。以生命献祭艺术可以到达的巅峰,是安徒生的理想。如同大部分安徒生作品中的死亡一样,贝儿的死亡看不到哀伤与悲悼,而是充满了欢乐与满足。《看门人的儿子》里的主人公乔治的理想和天赋换作绘画,从歌唱到绘画,总之没有离开艺术的范畴。这符合安徒生的趣味和愿望。其他的差异,在于乔治赢得了上层阶级小姐的爱情,并走入了婚姻。贝儿的人生圆满了安徒生的艺术理想,而看门人的儿子乔治的人生则圆满了安徒生的世俗愿望。

二 不可企及的理想之爱

瑞典歌唱家珍妮·林德小姐是安徒生在 1840 年认识的女友,三年之后,安徒生向她求婚。慢慢地他们的关系走向深入。林德小姐对安徒生的人品及个性都很欣赏,安徒生不仅被她的美貌所吸引,更为她的艺术家的魅力所折服。两人其实在生活和艺术方面有一定的相似之处,林德擅长民谣,安徒生善于创作童话,双方都以各自的天赋在相应的领域赢得了世界性的声誉,安徒生尤其在他的自传里强调他们在精神上的亲密关系。林德的歌剧表演完全符合安徒生的美学理想,但是林德给予了安徒生足够的友情,却并非爱情,更没有答应嫁给

---

① [丹]安徒生:《安徒生童话全集》,叶君健译,天津人民出版社 2015 年版,第 789 页。

他。对此，安徒生很无奈，但却毫无怨恨，反而，因为与珍妮·林德的交往，甚至因为他对她的爱，升华了安徒生的艺术观念。这样的情形，容易叫人想起但丁和他的贝亚特丽斯。安徒生对爱的追求止于林德，也几乎形成了他对爱的定义，近似于但丁对贝亚特丽斯的爱，笼罩着精神与灵魂的气息，绝少肉欲的味道。大胆、热烈、富于肉欲气息的女性，在安徒生那里并不被肯定。在《即兴诗人》中，作者设置了这样一个女性角色，即在那不勒斯相识的美丽丰腴、热情似火的意大利贵妇桑达。一次，桑达向他主动示爱，刚要亲吻他的嘴唇，挂在头顶墙壁上的圣母像突然掉了下来，"永恒的圣母玛利亚啊！您敲了一下我的额角，是拉了我一把，要不然我就堕入欲海的漩涡中了"。"我"大叫一声，跳了起来，"全身颤抖着，没有再说一句话，就逃出了房子，冲下台阶，好像有个阴魂在背后追赶我"①。逃出来的安东尼奥把桑达比喻为"教我认识智慧之果的美丽的蛇"，并下决心远远地避开她。桑达成为引诱人堕落的象征，因为她的关系，使得安东尼奥与安依齐雅达失之交臂。在安徒生那里，肉欲带给他的羞耻感和罪恶感，终身挥之不去。即便是在他写给成人的小说和剧本中，也绝不以超出当时标准文学修辞的形式去触及性欲——最多是颤抖的嘴唇和有礼有节的拥抱，有人说他是19世纪真正的孩子，从身体到心灵都永远保持着童贞。

安徒生对异性爱的最高追求，以珍妮·林德为模板，被固化为与自己的艺术理想和追求相纠缠的抽象个体。在安徒生的自传里有珍妮·林德，童话《柳树下的梦》里则有歌唱家约翰妮，小说《即兴诗人》中则有安依齐雅达。《柳树下的梦》里的女主人公约翰妮，显然有着珍妮·林德的影子，作为克努得幼时青梅竹马的恋人，后来去了哥本哈根，成了一名出色的歌唱家，克努得的爱情从此变得无望，单

---

① ［丹］安徒生：《即兴诗人》，刘季星译，中国文联出版社2005年版，第241页。

身汉通过游历来冲减痛苦,最终死在归乡的路上。《即兴诗人》里的安侬齐雅达是让男主人公安东尼奥热血沸腾的崇拜偶像,她最初以光彩照人的歌唱家的形象出现在安东尼奥的面前,瞬间征服了他的心。在安徒生的自传里,他毫不避讳地写到了珍妮·林德,并袒露了自己内心的感情,但是林德却没有答应嫁给他,而是选择了钢琴师,只是和他一直保持着友谊关系。珍妮·林德把他看作自己的兄弟,就像约翰妮在哥本哈根看到从却格来求婚的克努得,她却告诉克努得,她只把他看作兄弟一样。

《即兴诗人》打破了安徒生擅长的"单身汉"魔咒,让主人公安东尼奥在小说结尾,有情人终成眷属了。但是主人公娶的不是他理想中的站在舞台上用艺术诠释生命的女歌唱家。女歌唱家只能存在于主人公的理想世界,一旦落入现实,将无法收场。因为与好友伯纳尔多共同爱上安侬齐雅达,因争吵而误伤了好友,安东尼奥经历了流浪与历险,最终回到了罗马,却在舞台上重新邂逅了安侬齐雅达。此时的安侬齐雅达风光不再,与从前判若两人。从前那个光芒万丈的舞台明星因为贫病交加,已彻底陨落了。在安东尼奥探访之后,便去世了。死后,却叫人送来遗言,当年那场纠纷的谜底纷然飘落:一度受万人追捧的安侬齐雅达竟然始终爱着安东尼奥,而非伯纳尔多。当女歌唱家和男主人公的爱情水落石出、真相大白之时,作者让她死了。"她的歌声也很优美,无人可比的歌声,把他们从现实引向她那美丽的形体所寄托的空灵虚幻的世界,假如我是个男人,我绝不会去爱这样一个女人,我的确害怕,初次拥抱她时,不小心会把她碰碎了。"① 作者借小说中的桑达夫人之口来描述安侬齐雅达。这个舞台上的精灵,并不适合世俗世界的婚姻,舞台和艺术为她搭建的迷梦太脆弱了。最后安东尼奥娶了治好眼睛的贫民盲女拉腊。

---

① [丹]安徒生:《即兴诗人》,刘季星译,中国文联出版社 2005 年版,第 241 页。

在安徒生笔下,"珍妮·林德式"的女艺术家不可企及的爱情一再被书写,所谓伊人,在水一方。似乎近在眼前,实际却远在天边。

这种不可克服的距离,代表了安徒生内心无法弥补的某种缺憾——从幼年时代即有的歌唱家梦想,是永远也实现不了了。

三 难以跨越的阶级

"安徒生成功地打破了当时冷酷无情的阶级界限,这在当时是个非常了不起的事件。"[①] 的确,从一个出身微贱的无名小卒逐步成为一颗光照世界的文学巨星,安徒生的人生经历了丑小鸭的传奇,凭借个人的努力在上流社会获得了认可,似乎实现了阶级的跨越。但是来自贵族和上流社会的真正接纳与认同,对安徒生来说,还始终有段距离。最明显的例证是,安徒生一旦和贵族之家的小姐谈恋爱,每每论及婚嫁,贵族之家就把向他敞开的门关闭了,而安徒生对于他试图跻身其间而不得其门的上流社会始终颇有微词,那条难以抹平和跨越的界限,对安徒生来说,如鲠在喉。

1875年,70岁的安徒生在朋友的别墅里与世长辞,没有妻子,更无子女。现实中的安徒生并不受女人青睐,根据他留下的自传、信件以及别人为他做的传记,安徒生一生中不是没有经历过恋爱和求婚,但往往以失败告终。在1830年的夏季旅行中,他来到了大学同学的家里小住,第一次萌生了爱情,暗恋上了当时已经订婚的里玻格。"一个崭新的世界突然地并且以巨大的冲击力出现在我面前。这个世界是那么大,却又只包含在四行文字之中,我写的是:

我新近看到一双棕色的眼,

我的家园,我的世界就在里面,

[①] [丹] 欧林·尼尔森:《汉斯·克里斯琴·安徒生》,郭德华译,中国对外翻译出版公司1998年版,第32页。

那里有智慧，有童稚的平和，

我永远不会把它们忘却。（这首诗收入他的诗集《新曲》，为该诗的第一节）后来在收获的季节我和她在哥本哈根又见面了。我心中充满了新生活计划。我要放弃写诗，写诗能把我带到哪里？我要读书，做个牧师。我只有一个思想，那就是她，但是，等待我的只有失望。她爱另一个人——她和他结了婚。"① 这是安徒生遭遇的第一次失恋。里玻格已经订婚却还是引起了安徒生的误会，里玻格的哥哥也就是安徒生的大学同学解释道："丽波儿或许是想在出阁前痛快一阵子，她喜欢这种别无用意的有趣的游戏。而她不知道这是非常危险的！"② 其实即便当时的里玻格没有订婚，这个贵族之家也不会同意他们的结合。另一件事例就是活生生的例子。这个描述曾经出现在安徒生童话《冰姑娘》中，巴贝德和洛狄订婚后，遇到了英国表哥向她大献殷勤，"洛狄吃起醋来，这可使巴贝德高兴了，爱情对她来说仍然是一种消遣"。"她没有想到，她的这种做法对于那个英国人来说会引起什么后果，而对于一个诚实的、订过婚的磨坊主的女儿来说，会显得多么轻率和不当。"③

安徒生还恋慕过他的资助人约拿·科林的小女儿路易斯·科林。安徒生在这个贵族之家的角色，差不多算是养子。约拿·科林是哥本哈根皇家剧院的院长，更是国家的枢密顾问，从安徒生少年时代起，约拿·科林就开始为他提供经济资助让他进入文法学校。此后一直都承担着他的监护人的角色。安徒生旅行回来时多半寄住在约拿·科林家中。然而，对于安徒生和这个贵族之家小女儿路易斯·科林之间越来越深入的关系，全家都显得极为反感。安徒生自己是这样记录的："科林家的人谁都没有想过路易斯和我有可能结合。事情甚至不在于

---

① ［丹］安徒生：《安徒生自传》，林桦译，人民文学出版社2010年版，第67页。
② ［丹］安徒生：《真爱让我如此幸福》，流帆译，国际文化出版公司2002年版，第93页。
③ ［丹］安徒生：《安徒生童话全集》，叶君健译，天津人民出版社2015年版，第253页。

她并不爱我：据他们看来，只要白头偕老，互有好感，就称得上幸福夫妻了……在他们眼中，我没有庄重、稳定的性格，没有明确的社会地位和无可争议的前程，我想，这恐怕是他们之中谁也不同意这种婚姻的主要原因。在他们看来，路易斯应该嫁给体面的、前程似锦的年轻律师林德。"[1] 在安徒生的自我分析中，他提到了"庄重、稳定的性格"，的确安徒生天性敏感、情绪易于波动，很容易陷入孤独和忧郁之中。比如约拿·科林的儿子，与安徒生年龄相仿的爱德华·科林曾经说："安徒生的常态就是忧郁。"但更为重要的是"没有明确的社会地位和无可争议的前程"。安徒生虽然凭借自己的才华攀登到了一个底层青年很难企及的高度，但是不可改变的事实是，作家的成功本身要承受不小的风险，而安徒生出身寒微，缺乏贵族阶层天生持有的特殊保障。在浪漫主义文艺时期，绝大多数的丹麦作家都出身于富贵名流之家，唯独安徒生出身于贫民家庭。他曾在一封信里说自己是"从沼泽地的深处生长出来的一棵小草"，这种因为阶级地位而带来的鸿沟，深深刺痛了恋爱中的安徒生，直接影响了安徒生在文本中呈现出的婚恋形态。

在安徒生的故事里，跨越阶级的爱情和婚姻从来就没有获得过成功。即便是童话都未曾幸免——小人鱼作为比人类低级的人鱼，怎么能和人类获得美满的婚姻，平起平坐呢？在安徒生大量的作品中，大部分主人公的爱情都可能因为阶级地位的差别、身份和社会地位的不对等而走向覆灭。在童话故事中，最为典型的是三个"单身汉系列"的故事——《柳树下的梦》《单身汉的睡帽》《依卜和小克丽斯汀》。故事的情节大致都是男主人公的爱情由于恋人境遇的改变而遭变故，结局都是男主人公在对爱的悼念中孤独死去，或者孤独终老。故事里的横亘在二人面前的是两个不同的生活世界，背后代表的是壁垒森严的

---

[1] ［丹］安徒生.《真爱让我如此幸福》，流帆译，国际文化出版公司2002年版，第115页.

阶级。

《柳树下的梦》中的约翰妮成了耀眼的歌唱家，出入上流社会。克努得却还是一个却格的鞋匠。《单身汉的睡帽》中，安东的恋人因为迁至魏玛，而成为一个文雅的小姐。安东只是破产的少年。《依卜和小克丽斯汀》里的克丽斯汀来到了哥本哈根，嫁给了富有的商人阿德的儿子，依卜还是赛得歌荒地上的农民。男主人公作为爱情的一方，总是显得被动和弱势，面对所爱，有时默默付出，甚至倾其所有，却毫无回报。与此相对的是那些男主人公仰慕的对象，往往因为出身或跻身富人阶层和上流社会，而无法与出身低微的男主人公走进婚姻。

但是，《看门人的儿子》算是一个例外。乔治是看门人的儿子，妈妈只是一个做零活的裁缝，他们住在地下室。乔治有一个青梅竹马的同伴，住在楼上，她是将军的女儿。小乔治获得了老伯爵的资助，远赴他乡求学，学成归来，成了杰出的建筑师。乔治向将军的女儿求婚，将军简直不能相信自己的耳朵"一个不可想象的要求，乔治要求小艾米丽做他的妻子"！将军的妻子，艾米丽的妈妈更是说："孩子，他这样侮辱你！这样侮辱我们！"可是，乔治很快被任命为第八类的五级教授，最后当他成了枢密顾问的时候，艾米丽就成了枢密顾问夫人。出身微贱的看门人的儿子争取到了与将军同等（甚至超过）的社会地位才与将军的女儿结婚。这个故事的结局没有留下受伤的单身汉，意味非常明显，因为看门人的儿子获得了极大的成功，这种成功使他稳妥地跻身上流社会的中心位置，而不是仅仅成为有钱人晚宴上的点缀和陪衬。看门人的儿子乔治真正实现了阶级的跨越，那么他和将军的女儿的爱情也就顺理成章了。

在1837年出版的小说《奥·特》中，安徒生再现了他的初恋，奥托·特斯特鲁普爱上了大学同学威廉的姐姐索菲。索菲最后却选择了菲英岛的贵族青年——他们家族属于全菲英岛最勤奋最富裕的贵族之一。小说中的奥托·特斯特鲁普虽然也有贵族血统，但是母亲却是河边洗衣的穷苦女人。这成为奥托不能言明的秘密。比起家族势力强大、经济实力雄厚的菲英岛贵族青年，奥托的苦衷完全应和了安徒生在自传中的自我分析。这部小说里奥托的父亲是一个贵族青年，但是他诱奸了贫苦但美丽的洗衣妇，洗衣妇背负着冤屈生下了奥托和他的妹妹。做洗衣妇的母亲，容易让人想到安徒生的妈妈。还有一篇故事《她是一个废物》是一个完全的现实故事。

在《即兴诗人》里，安东尼奥最终获得了美满的婚姻，但他娶的妻子既不是那个令他灵魂迷醉的女歌唱家安侬齐雅达，也不是让他时时惦记的博格赛老爷的外孙女弗莱米尼雅，而是在帕埃斯图姆遇到的行乞的美丽盲女拉腊。这个幸运的盲女被好心的医生治好了眼睛，童话般地成了贵族的养女玛丽亚。安东尼奥之前的爱情都历尽艰辛，却一无所获。这次，却唾手可得，毫无阻力。因为如今的玛丽亚小姐并非哪个庞大贵族之家的后裔，不过是曾经流浪行乞的孤女，看上去安东尼奥娶了一位体面的贵族小姐，实际上却仍旧是出身和他一样低微的贫民。这在贵族们的眼中，二人再般配不过了。这样的结局似乎暗示了如果婚姻能够实现的话，前提一定是没有阶级的障碍。曾经，当安东尼奥稍稍流露出对博赛格老爷的外孙女弗莱米尼雅的一点爱慕，贵族之家的人们就充满了警惕，又是暗示，又是警醒，竭力阻止这种事发生。这个细节可以和自传中写到的约拿·科林的小女儿路易斯·科林和安徒生的交往对照来看。一个阶级观念强烈的贵族家庭，是无论如何也不会允许女儿们嫁给出生卑下的穷小子的。

创作于1853年的《她是一个废物》，被收在童话故事里，但这完全是一个现实故事。这个故事连同安徒生自传、小说《奥·特》都有着微妙的互文关系。"她"是一个每天站在冰冷刺骨的河水里为别人洗衣服的女人，但市长说"她"是一个废物！因为"她"爱喝酒。虽然市长家里举办的宴会上，那些达官贵人们喝下的酒要比洗衣妇多得多。而洗衣妇之所以要喝酒，是因为喝酒能使她在冷水里工作时感到温暖一些，就像吃一顿热饭，而且价钱还便宜。这个善良的洗衣妇还和高贵的市长的弟弟，一位贵族的少爷恋爱过，但是因为阶级的差异，他们的爱情遭到少爷母亲的极力反对："他现在看到你是多么漂亮，不过，漂亮是保持不住多久的！你没有受过他那样的教育。你在智力方面永远赶不上他——不幸的关键就在这里……我们必须当心不要越过了界限，不然车子就会翻掉。"① 阶层的差别，带来的隔膜被强调出来。最后洗衣妇嫁给了手套匠。在这个故事之外，我们知道，安徒生做洗衣妇的妈妈嫁给了当鞋匠的父亲。

在小说《奥·特》里，奥托的母亲，一个穷苦的洗衣姑娘，与奥托父亲——上校儿子的结合，也是以不合法的形式达成的，软弱的洗衣姑娘被贵族的浪荡子诱奸而怀有了身孕。后来，这一罪恶的行为给奥托的母亲带来无尽的冤屈和苦难。《奥·特》里洗衣妇悲苦的命运似乎在反证《她是一个废物》里少爷母亲的那番话。同样，当奥托发现威廉小男爵爱上了美貌的贫女拉腊时，奥托也这样劝告他的朋友："你会让这个可怜的姑娘受苦呀！您现在爱埃娃，但以后您不能永远爱下去。您和她的差异太大了……一个女招待！是的，我要重复说您会觉得刺耳的名分，一个女招待！到哪里都会这么重复的。……心智越发达，血统就越高贵！但埃娃什么也没有。什么也不会有！"② 这一段像是来自《她是一个废物》里的回音。与此同时，小说文本里一再地渲染了埃娃高贵的气质和优雅的神态，对威廉少爷爱情表白的谨慎拒绝，及至她临死前对身世的坦白，更是将她的灵魂衬托得无比高贵。就像《她是一个废物》里的洗衣妇，生活的重担压得她喘不过气来，最终倒在洗衣的河水中死去了，市长却说她是喝酒喝死的！孩子

---

① ［丹］安徒生：《安徒生童话故事集》，叶君健译，人民文学出版社1994年版，第85页。
② ［丹］安徒生：《奥·特》，阮珅译，中国文联出版社2005年版，第180页。

在墓前问别人，他的母亲真的是一个废物吗？一个老佣人说："不，她是一个非常有用的人！老天爷知道这是真的。"

四　不体面的亲戚——心灵深处的包袱

在安徒生的自传里，他是这样提到父母的："1805年在奥登塞一间窄小、空乏的屋子里住着一对相互无限爱慕的新婚夫妇，一个年轻的鞋匠和他的妻子。他，还未满22岁，是一个有奇妙天赋的人，有真正诗人的气质；她略为年长一些，对世界，对人生一无所知，但是心地十分善良。"① 这里提到新婚夫妇，的确，他们的婚礼是在安徒生的生日1805年4月2日的前两个月举行的。在丹麦文化界颇有声望的作家欧林·尼尔森先生所著的《汉斯·克里斯琴·安徒生》一书中，作者写到，"安徒生的母亲并不像安徒生在书里描述的那样对人世间的事一无所知。六年前安徒生的母亲还没有结婚时，已经和一个结了婚的陶瓷工人生了个女儿，后来这个陶瓷工抛弃了她。这个同母异父的姐姐当然没有在穷鞋匠的家里生活。但是她在安徒生的想象中一直存在"②，但安徒生从未提到她，在他的自传里，刻意回避了这个问题。因为她曾在哥本哈根有过堕落的传闻，安徒生担心这件事或多或少会损害到他的名誉。更多的细节出现在另一位丹麦作家斯蒂格·德拉戈尔为安徒生写的传记里，书中明确提到了安徒生的姐姐："他的姐姐，同母异父的姐姐，卡兰·玛丽。她不像他，不是瘦长个儿。她不和他们住在一起，但是仍然常常来，也来吃饭，哪怕他们只有面包而没有别的。他知道她住在哪里，但很少去拜访她，她母亲也忍受不了她父亲，并且她家也和他们一样穷。"③ 实际上她一直靠洗衣服维

---

① ［丹］安徒生：《安徒生自传》，林桦译，人民文学出版社2010年版，第1页。
② ［丹］欧林·尼尔森：《汉斯·克里斯琴·安徒生》，郭德华译，中国对外翻译出版公司1998年版，第18页。
③ ［丹］斯蒂格·德拉戈尔：《在蓝色中旅行：安徒生传》，冯骏译，译林出版社2005年版，第13页。

持生活，直到 1842 年，也就是在她临死的前几年，才进入了安徒生的生活。在斯蒂格·德拉戈尔所著的《安徒生传》里特别提到了，安徒生在哥本哈根时曾经收到来自他的同父异母的姐姐卡兰·玛丽的信。信上的错别字、对她的艰难处境的描述、对金钱的吁求都刺痛着他。"难道她要勒索他吗？"他不知道该拿这信怎么办，最后他把信放进了抽屉，但是一会儿又拉开抽屉拿出信再读。

"难道她不会用他的姨母的妓院和拉皮条的女人的事情来败坏他的名声？他的敌人，甚至他的朋友们会在这种事情里推波助澜，在哥本哈根是没有慈悲的！人们会说：您看这个安徒生和他的乞丐、洗衣妇和妓院家庭，他跑到我们这里来干什么？他本来以为他可以保密的一切，现在会因为这个姐姐而在一天之中曝光！"[1] 在这本传记里，作者总是探入安徒生隐秘的内心深处，予以剖析。已经成为诗人的安徒生早就能够出入名流之家，甚至国王的宴会，这样一个姐姐的存在，让安徒生想到了上流社会社交界向他射来的利箭——"骗子！披着伪装的人！一种肮脏的存在！"当然后来的事证实安徒生多虑了。经确认，这位卡兰·玛丽确实是他的姐姐，但是从事着安徒生母亲做过的职业——给别人洗衣服，这是那时的丹麦贫苦妇女最常见的职业。她嫁给了一个工人，丈夫穿着整洁干净的衣服来见安徒生，拿了四块银圆就满意地离开了。安徒生的母亲，本身是个私生子，她的外婆还有两个私生女儿。在安徒生的母系家族里，有些人有许多罪孽，但是他的母亲是善良的，把家庭料理得井井有条。

一个不愿意在众人面前提起的同母异父的姐姐，有可能有过堕落的经历和可怕的行为，成为安徒生藏在心灵深处的秘密，不敢触碰的"伤疤"。在安徒生的小说里，这一秘密还是被泄露出来了。

---

[1] ［丹］斯蒂格·德拉戈尔：《在蓝色中旅行：安徒生传》，冯骏译，译林出版社 2005 年版，第 13 页。

发表于1837年的长篇小说《奥·特》是继《即兴诗人》之后的又一部带有自传色彩的作品。小说中，主人公奥托·特斯特鲁普的身世之谜随着爱情故事的结束而浮出水面。奥托敏感孤高的性格与安徒生在自传中展现的主人公"我"多少有些相似。而这种敏感带来的不合群却有着深层的动因，那就是奥托隐秘的内心世界里埋藏着的身世之谜。他出身贵族，却无父无母，被祖父抚养成人，记忆中的童年曾经在一个"工厂"（这个"工厂"其实是欧登塞苦役监狱，他出生在那里）度过，有一位孪生妹妹，却被祖父遗弃。对于妹妹，奥托怀着复杂的情绪，既想见到她，让她接受相同的教育，享受同等的生活！又怕见到她，他怕这个被遗弃的妹妹可能会有堕落的行为，更怕她的出现将扒开他们并不体面的身世——他们的母亲是个穷苦的洗衣妇，他们的出生是因为母亲被上校的儿子不名誉地占有！母亲的出身，如芒在背，通过一个潜藏着的孪生妹妹而时隐时现，那样的妹妹像是在提醒他一直隐瞒的事实：他是一个因犯罪死在监狱里的穷苦洗衣妇的儿子，并且是以不合法的形式偶然地来到了这个世界。继承了祖父大宗遗产的贵族少爷奥托，常常谨慎而孤独地徘徊在看上去应该属于他的贵族圈子里，偶然遇到小时候在监狱里认识的德国佬海因里希，更是让他紧张万分。海因里希利用了他的弱点，为了救自己的女儿，谎称女仆西德瑟尔就是奥托的妹妹，西德瑟尔外表丑陋、举止粗鲁，虽然奥托也不敢相信这就是他的孪生妹妹，但还是将信将疑地救出了西德瑟尔。在小说的描述中，西德瑟尔从外貌到行为都很难让人引发同情，被关押起来也是由于偷盗，奥托在此处救她，应该并非同情心，多半是他觉得她可能就是自己的妹妹。奥托对他妹妹的境况似乎总是自然地联想到堕落以及种种难以启齿的情形。尽管西德瑟尔怪异的丑陋外表并不符合他记忆中妹妹的样子，但是其粗俗与不检点的行为，却吻合了奥托现今对她妹妹的想象与设定。

真相大白之时，奥托的妹妹埃娃已入弥留阶段，贫苦生活的折磨，损害了她健康，本就虚弱的身体，逐渐衰微。她竟然就是被奥托的同学、小男爵威廉爱上的旅途中的绝色美人，不久前才被威廉母亲带到庄园，视作养女的贫苦孤女，而奥托曾郑重地反对威廉追求埃娃，理由就是埃娃只是一个下层女子，不会有高贵的心智，会造成他们婚姻不幸！路易斯在知道真相时，激动地告诉埃娃："你是奥托的妹妹！他会为你骄傲的。"奥托到底没有与妹妹见面。也许，妹妹的去世，让奥托所有的担心和疑虑都解除了。

在《即兴诗人》里，意大利青年安东尼奥也有一个很不体面的舅舅，是一个罗马街头的乞丐佩波。小说中，佩波只出现在安东尼奥的幼年时代，因为不可抹去的血缘关系，佩波舅舅必然成为他童年生活的一部分。小说特别强调安东尼奥和母亲对舅舅的厌烦，佩波舅舅外貌丑陋连带畸形，"他的微笑让人憎恨，想起来叫人恐怖"不说，连行乞的行为也极不光彩，比如抢夺瞎子乞讨的钱币等贪婪举动。从情感角度看，这是一个主人公完全不愿承认的亲人。"我的母亲不大喜欢他，老实说，她甚至觉得有这样的一个亲戚很没有面子。"但小时候的安东尼奥碍于母亲的情面，不得不去探望佩波。母亲去世后，安东尼奥被带到佩波舅舅那里，但是却如同身处魔窟，因为在半夜，安东尼奥听到了佩波和他的乞丐朋友的谈话，其中有人提出把他弄成残疾人来帮他们行乞。安东尼奥吓得连夜逃走，从此再也没有和舅舅有任何联系，后来安东尼奥长大成人，只有一次他找到舅舅行乞的地方，匆匆扔下十个银币，就快速地逃离了。

从安东尼奥的佩波舅舅，到安徒生的同母异父的姐姐卡兰·玛丽，再到奥托的孪生妹妹埃娃，都属于主人公一直试图掩埋和摆脱的部分，他们的出现总是在不断提醒人们注意这些主人公曾经不够体面的过去，给已经获得成功的主人公强调着他们无法改写的出身。那种寒碜、不体面的过去又加深了这些本身不够自信的人们的内心阴影。

通过对《即兴诗人》《奥·特》这两部小说里写到的主人公的穷亲戚与安徒生的姐姐的对照分析，可以更好地理解那个在蓝色中旅行的孤独忧郁的诗人。

五 从《奥奈特与人鱼》到《海的女儿》

安徒生在自传中提到在1833年的国外旅行途中，曾到过瑞士的勒洛克，他在那里完成了一部奇妙的戏剧《阿格涅特和人鱼》（又译《奥奈特与人鱼》），安徒生对这部戏剧抱有很大希望，但结果却使他非常失望。"我希望这部作品能争取到那些不友好的人，得到他们对我是一个真正的诗人的认可。"[①]《奥奈特与人鱼》原是古老的民歌。"从孩提时代起，关于'奥奈特和人鱼'的传说，它的双重世界，陆地和海洋就很吸引我。及至长大以后，我带着心中永不满足的渴望，看到了其中所包含的伟大生活图景和它对新的存在的奇特向往。长久以来，我一直想要把活在心灵中的那种感受表达出来。在巴黎沸腾的生活中，老家的古老传说在我的耳际萦回，在欢快的大道上，在罗浮宫的珍宝之间它总是尾随着我。在我还没有意识到时，孩子已经在我的心中长大。"[②]这为他后来写作《海的女儿》打下了基础。

在许多古老的文化中——巴比伦、叙利亚、印度、希腊和罗马，都有住在海底的神和生灵。巴比伦人的海神奥恩尼斯是半人半鱼的模样，他教会了人类写字和计算。在古希腊的诸神中，奥西娅奴斯神有着许许多多的后代，她们就是海洋女神。其中的一个名叫阿米费特里达的女儿同海洋的统治者波塞冬结了婚，生下儿子忒坦。在古罗马神话中，与波塞冬对应的是尼普顿。他们两个都手持三叉戟，都以海豚作为象征。忒坦长着鱼尾，人们经常看到的是他吹螺

[①] ［丹］欧林·尼尔森：《汉斯·克里斯琴·安徒生》，郭德华译，中国对外翻译出版公司1998年版，第53页。

[②] ［丹］安徒生：《安徒生自传》，林桦译，人民文学出版社2010年版，第102页。

号的形象。

　　古罗马神话里的美丽女神维纳斯，在古希腊神话中名叫阿佛洛狄特，她是宙斯和海神狄娥娜的女儿。维纳斯被视为所有美人鱼的母亲。她的希腊名字阿佛洛狄特，意为"泡沫所生"，据说她出生在大海。波提切利的名画《维纳斯的诞生》，描绘了维纳斯乘着巨大的蚌壳从海面上现身的场景。

　　美人鱼同塞壬一样，都有诱人的身材和鱼尾，她常以动听的歌声和美妙的竖琴声对海员施加魔法，把落水的海员引诱到海底。在欧洲的民间传说和童话中，美人鱼有一副好嗓子，她一面谈着弦乐器，一面诱惑她的猎物。她可以预见未来，但没有灵魂，可以活到 300 岁，死时便化作海上的泡沫。随着基督教的传播，许多早期的神灵和神话人物逐渐从古老的欧洲消失，而美人鱼却得以保存下来。教堂把她作为恫吓人的象征。因为美人鱼代表了诱惑和死亡。在欧洲中世纪的民间童话和传说中，美人鱼频频出现，并成为 18 世纪浪漫主义文学中的一个重要角色。

　　早在 14 世纪，法国作家让·德·阿拉就撰写了一部有关人和超自然的生灵结合的小说：《梅卢西娜之书》梅卢西娜是一位公主也是仙女，每个周六，她的身体会发生变形——肚脐以下会变作蛇形。后来，因为丈夫发现了她的秘密，她变作飞龙逃走了。梅卢西娜的传说成为这一类故事的最早版本。16 世纪时，瑞士炼金术士、医生巴拉塞尔苏斯试图对欧洲民间传说中的诸多精灵做出分类排序。他们既不是人，也不是动物，而是经过几百年演变发展后形成的产物。"巴拉塞尔苏斯指出，多数精灵是生活在水中的。他把那些溪流、江河、湖泊里的水中精灵统称为水中女神乌迪娜。按巴拉塞尔苏斯的说法，她们

第五章　童话以外的安徒生

一旦同生活在地上的人结婚，便能获得灵魂。"[1]

安徒生的故乡奥登塞拥有一条穿城而过的河流，被称为奥登塞河。富于幻想的安徒生，从孩童时就常常被河人的传说所吸引。在自传中，安徒生提到，他喜欢坐在河边唱歌，以吸引中国的王子从河底出现。在闻名世界的人鱼故事《海的女儿》之前，安徒生已经写过河人和人鱼的故事了。比较典型的就是《奥奈特与人鱼》，作为民间传说，这个故事遍布欧洲大陆，在丹麦，故事演变为民谣，还有很多不同版本。故事讲述的是一个名叫奥奈特的姑娘在海边行走，遇见一个海中出来的人鱼男子。奥奈特随人鱼来到海底生活了8年，还生育了7个孩子。一天，她正在哄最小的孩子入睡，却听到地面上传来了教堂的钟声。这让她强烈地思念故乡，她要求人鱼让她上岸去一趟教堂。奥奈特上岸后，毅然回到了从前的生活中，人鱼请求她回去，但是她放弃了丈夫和孩子，再没有回到海底。这个故事有趣的地方在于，人鱼是男子，而且处于弱势一方。丹麦学者曾指出安徒生创作的《奥奈特与人鱼》，剧中的奥奈特和人鱼分别象征着约拿·科林的小女儿路易斯·科林和安徒生自己。这里具有相似性的地方，已经在安徒生的大部分作品里做出了说明——安徒生故事里的女性一般占强势一方，男性往往是被恋人放弃的失恋者，《奥奈特与人鱼》中，比人类低级的人鱼是个男子，奥奈特虽然是女性，但是她比人鱼男子要高一个等级。从这个角度看，这个民谣天然地符合安徒生风格。

安徒生在写作他的人鱼故事之前，读过歌德在1779年创作的诗歌《渔夫》。诗中描绘了一位美丽的美人鱼和渔夫相会的故事。美人鱼以美妙的歌声把渔夫引诱至身边，随即把他拉入海里。德国浪漫主

---

[1] ［丹］白慕申：《安徒生的小美人鱼》，甄建国、周永铭、胡洪波译，上海书店出版社2010年版，第44页。

义作家德里希德·拉·莫特·富凯于1811年写下童话《乌迪娜》，在这个故事里，水中精灵乌迪娜成功地嫁给了骑士胡尔德布兰特，由此拥有了一个不灭的灵魂。然而，骑士胡尔德布兰特知晓了乌迪娜并非人类，转而移情别恋。悲伤的乌迪娜返回了大海。后来，乌迪娜报复了她的丈夫，以一个吻杀死了胡尔德布兰特。

安徒生最早关注海底世界的作品是《1828和1829年从霍尔门运河至阿迈厄岛东角步行记》，这个作品以怪诞和超现实的手法写了作者的体验，里面提到了他和一个人鱼一起站在海水中。在1831年发表的诗歌《萨姆瑟岛畔的美人鱼》，讲述了一个活到300岁，横跨几个世纪的美人鱼，她预言了丹麦的几次重大历史事件，在19世纪80年代，她的生命走向了终点。寒冷夜晚过后的清晨："美人鱼已经消失，再也听不到她的歌声，在那波涛和褐色的海藻上，留下的是一些泡沫。"[1] 这个故事里的美人鱼被突出的是她们能够活到300岁所经历的悠长岁月。

在这些触及海底世界的写作中，安徒生还没有开始处理人与海底生命的关系问题，直到他代表性的两个作品问世，即《奥奈特与人鱼》与《海的女儿》。1832年，安徒生写作了《一年的12个月》系列小说，其中的一条小美人鱼一直游到海边去观察陆地上的生活。这是他创作的准备。

安徒生的《奥奈特与人鱼》改写了民间传说的故事情节。奥奈特回到人间时，她已经非常年迈，安徒生设定了海底的7年相当于人间的50年。奥奈特的家人都已死去，当年奥奈特在人间的追求者海姆明也已经很老了。但是奥奈特没有像传说故事里那样，留在人间，皈依上帝。安徒生笔下的奥奈特希望重返大海。但是最终她没能回去，

---

[1] ［丹］白慕申：《安徒生的小美人鱼》，甄建国、周永铭、胡洪波译，上海书店出版社2010年版，第56页。

死在了去往大海的路途中。这部作品为他写作《海的女儿》做了足够的准备。

以意大利为背景的小说《即兴诗人》正作于安徒生游历意大利期间，他再次把被"美第奇的维纳斯"激起的艺术激情融入了作品，借助他恋慕的歌唱家安依齐雅达之口，表达他热烈的感情。同时把这种无与伦比的美给予了意大利的流浪少女拉腊。"有个女孩子，至多只有十一岁，如同司美的女神那么美丽；她既不像安依齐雅达，也不像桑达，但当我看着她时，却想起了安依齐雅达所形容的'美第奇的维纳斯'。我不能去爱她，但我愿意赞美她，为她的美貌向她躬身致敬。"① 在自传里，他写到了在意大利游历时见到的盲女："我在那里看见一个盲女孩，她衣履破烂，但却是一幅美女图，一尊活的雕塑。她还只是一个小姑娘；她乌黑的头发上插着几朵紫罗兰，那是她的唯一打扮；她留给我的印象就好像她是从美女世界来的，我不能给她钱，只是恭敬地站着看她，她坐在那座庙宇前榕树间的台阶上，好像她自己就是那座庙宇的女神一样，对她的生动记忆我都写到了拉腊的身上。"② 拉腊有着惊人的美貌，拉腊也像安徒生一篇童话故事《素琪》里的素琪，作为美的意像而存在。

在小说中，在一次登台演出时，安东尼奥得到了一些写着不同主题的纸条，作为即兴诗人，他被要求按照这些纸条的内容当场作诗演唱。一个纸条上写着："我虽然没有见过这位尼埃伯尔和西西里的美丽的莫盖娜，但我熟悉那些漂亮仙女，还有那些来自金碧辉煌的宫殿里的传说。我可以描绘我的梦幻世界，那里漂浮着她的花园和宫殿，生命中最美的莫盖娜永在我心里。"③ 接下来，安东尼奥唱出了他如梦

---

① ［丹］安徒生：《即兴诗人》，刘季星译，中国文联出版社2005年版，第221页。
② ［丹］安徒生：《安徒生自传》，林桦译，人民文学出版社2010年版，第129页。
③ ［丹］白慕申：《安徒生的小美人鱼》，甄建国、周永铭、胡洪波译，上海书店出版社2010年版，第79页。

似幻的仙女故事。这里可以看出，安徒生从民间传说和神话故事里汲取了大量营养，这种积淀，给他时时提供灵感，最终促成了《海的女儿》的成功。

同为海底生命和人间世界的两性之爱，《奥奈特与人鱼》讲述的是人间女子和海底人鱼男子的故事。《海的女儿》则讲述美人鱼和人间王子的爱情。虽然这是一个相类于富凯《乌迪娜》的故事，但是小人鱼身上没有了传统水中精灵代表诱惑和死亡的妖魅气息。她对美人鱼们引诱水手到海底的游戏毫无兴趣。她渴望人类的灵魂，更向往人世的生活，因为那代表着更加丰富与文明的世界。小人鱼形象具有了前所未有的超越性，代表着一种对等级秩序的超越、对生命海陆两栖的理想。

第二节　诗人安徒生

只要读过安徒生童话的人，都会承认，他有些童话完全像诗。从语言的轻盈到结构的精致，再到那令人深思的内里，完全不是想象中的童话故事。安徒生应该算是有着天生的诗人气质的作家。敏感而浪漫的性格气质，再加上对幻想的特别钟爱，使得他很早就开始将诗歌作为表达自我情绪的重要手段。安徒生留下了上千首诗歌，但是国内并没有专门的诗歌集翻译过来，值得庆幸的是，安徒生在他的自传里收录了不少代表性的诗歌，在欣赏和发现他的诗歌的同时，也许我们能更了解他。

一　《弥留中的孩子》

《弥留中的孩子》是安徒生最早被译成外国文字的诗，也是他最著名的一首诗。这首诗几乎预言了这个富于天才的诗人最终的写作走向以及终生热爱的写作视角。在安徒生的诗歌创作中，这首诗具有非同寻常的意义。

弥留中的孩子[①]

母亲，我累了，现在我好困

让我在你的胸前入睡

不要哭，你首先许诺我不哭

而你的泪水却在我脸颊上灼烧

这里很冷，外面暴风雨要来

但是在梦里，在梦里一切都那么美丽

在我闭上了疲惫的眼睛时

我看见那些可爱的小天使

母亲，你看见我身旁的天使

你听见那美妙的音乐了吗

看他有着两只美丽而洁白的翅膀

他肯定是从我们的主那里获得这羽翼

绿黄红在眼前漂浮

那是天使撒播的花朵

在我活着的时候我也能够得到这翅膀吗

还是，母亲，我到死时才能拥有它们

为什么你抓紧了我的手

为什么你把你的脸贴住我的脸

你面颊潮湿但它却像火一样燃烧

母亲，我想永远是你的孩子

---

① [丹] 斯蒂格·德拉戈尔：《在蓝色中旅行：安徒生传》，冯骏译，译林出版社 2005 年版，第 45 页。

但是那样的话你不许再叹息
如果你哭，我也跟着你一起哭
哦，那么累！要闭上眼睛
母亲，看，此刻天使在吻我

1826年，21岁的安徒生跟着梅斯陵校长来到了赫尔辛厄文法学校学习，在这里，他住在校长家里。校长梅斯陵对学生极为严格，特别是对安徒生，甚至禁止他写作诗歌。同时，梅斯陵还常在语言上讥讽安徒生，《弥留中的孩子》便是安徒生在讲述自己当时的心境。彼时，安徒生和梅斯陵校长正处于矛盾之中，校长的严厉和苛刻，让安徒生承受着巨大的压力。在另一首题为《艺术家的生活》的诗中，安徒生写道："人们把男孩塞进了学堂，用文法和词汇把窗户钉上。"足可见文法学校的生活给他带来的痛苦。

在假期，安徒生把这首诗带到了哥本哈根，读给朋友听，有人觉得诗不错，有人觉得安徒生的菲英岛口音有趣，有人称赞，也有不少人告诫他要谦虚。梅斯陵校长一直在驱逐安徒生的"诗歌恶魔"，他认为安徒生应该去用功学习而不是写诗。但是安徒生无法控制他多年来的诗歌冲动，在赫尔辛厄，时年21岁的安徒生写作了这首诗歌。这首诗形式简约、完美，还被译成了德文。后来，这首诗的两个版本都发表在《哥本哈根邮报》的头版上。这首诗歌简朴而感人，节奏轻缓，语句结构清晰，已经显示了安徒生作为一个诗人的潜质。

在死亡的边缘，孩子却保持着兴奋的幻想，在孩子的眼前，是通往天国的入口。母亲一定告诉过孩子天国的故事。孩子的想象决定着诗的进程，"我活着时也会有翅膀吗"，母亲的情感和动作完全通过孩子的言语和孩子的感受来描绘。在这首诗初创的草稿上，诗人最初考虑用成年人的声音——母亲的声音，"睡吧，亲爱的孩子，你太累了，/我用胳膊摇晃你，温暖而且亲密无间，/甜甜睡吧，你会再次醒来"，但后来，安徒生决定把母亲的声音转换为孩子的。这首诗已经有着明显的安徒生风格，潜藏在儿童的心灵深处透视静谧的死亡。安徒生有大量的作品涉及死亡主题，但是他将每一次死亡都处理成庄严而幸福的结束，往往没有苦痛和折磨。这首诗中的孩子甚至是快乐地等待着死神的降临，而母亲的悲伤则被这种天真的快乐期待所安慰，"母亲，我想永远是你的孩子/但是那样的话你不许再叹息"，母亲沉浸在即将失去孩子的悲痛中，孩子却说"母亲，看，此刻天使在吻我"，平静的告别，代替了撕心裂肺的号哭，巨大的悲痛被赋予了庄严的崇高感。其实，西方 19 世纪诸多浪漫主义诗人在他们的诗作中频频出现了对死亡的歌颂，对死神的欢迎。华兹华斯写过一首十四行诗，追忆他 4 岁时夭折的小女儿凯瑟琳。诗以骤然而起的喜悦开始："一阵惊喜，有如躁动的疾风/我急忙趋身，去把喜悦分享。"这不符合中国文化的审美心态，死亡怎么会惊喜呢？因为作者在和小女儿分享死亡后，获得了寂静的愉悦，济慈在《夜莺颂》里也表达了自己对"静谧的死亡"的喜爱。因为基督信仰的存在，在西方人看来，人死后将会进入永恒的天国，是真正的不朽，所以诗人笔下的死亡，平静和安慰要大于哀伤。安徒生也不例外。在安徒生童话中还有两篇故事也写到了孩子的死亡——《墓里的孩子》和《母亲的故事》，死神夺走孩子后，母亲沉浸在巨大的悲痛中，她们为了追回自己的孩子来到了死神的住所，最终听从了上帝的旨意，让孩子去了天上的国度。因为她们最后被告知孩子去了天国要比在人世幸福，所以平静地接受了孩子的死亡。

1827 年这首诗以丹麦语和德语两个版本出现在《哥本哈根邮报》的头版上。1834 年，再去意大利的旅途中，安徒生在一封信中说，即使在遥远的那不勒斯，《弥留中的孩子》也为他赢得赞誉，因为这首诗被译成了法文。

走出儿童文学拘囿的安徒生研究

《一个诗人的最后一首歌》写成于安徒生30多岁的时候。

一个诗人的最后一首歌①

只管把我抬走吧,你,刚强的死神,

送我到那精神永生的国土:

我已昂首阔步走过了

天主指给我的道路;

我献出的一切,主,都是你的,

我对这些财富,一无知晓;

我习作得太少了,何足挂齿,

我歌唱,像那枝头的小鸟。

别了,朵朵鲜艳、殷红的玫瑰,

别了,你们,我的亲人!

尽管生活在这里十分美好,

只管把我抬走吧,你,刚强的死神!

天主,感谢你过去赐予我的一切,

感谢你还要给我的奖赏!

翱翔吧,死神,越过时间的大海,

飞走吧,到一块夏日永不离去的地方。

死亡是安徒生在作品中经常表达的主题,在他那里死亡很少痛苦与不舍,死亡就像一场即将到来的长途旅行,离家的不舍与忐忑常常被旅行的兴奋和期待所覆盖,哈姆雷特把死后的世界看作没有一个旅人回来过的神秘之国,在生存还是毁灭的问题中陷入困惑,安徒生则把死亡赞誉为刚强的死神,以平静的心等待与他会面。包括在童话里,死神都被塑造为果敢、坚毅却并不残酷的形象。死神不过是带人

---

① [丹]安徒生:《一个诗人的最后一首歌》,林桦译,《外国文学》1981年第3期。

离开这个世界的使者，越过时间的大海，抵达夏日永不离去的地方，死亡成为一件多么浪漫的事。

二 自然的灵感

因为里玻格的结婚，安徒生经历了第一次失恋，一天天地陷入病态的痛苦中，安徒生的恩人约拿·科林建议他进行一次外出旅行。1831年春天，安徒生第一次走出丹麦，旅途上的一切都令他惊讶，头一次看到了山，在布罗肯峰上，世界奇妙地在我面前展开，在一个让旅客签名，写下感受和印象的本子上，他用一首小诗表达了他的感受：

　　在这里，我高高地站立在浮云之上，
　　但是我的心必得承认，
　　我和她在一起的那一刻
　　我离天还要更近一些。

这首诗后来安徒生以《一八三一年五月二十六日写于布罗肯》[①]为题收在他的《全诗》中。这首简短的小诗，夹杂着第一次出游的兴奋，但是兴奋之下掩埋着失恋的酸涩。

1833年夏天，安徒生游历至巴黎。那是一个给他留下美好记忆的夏天，在巴黎遇到了不少丹麦人，在丹麦人的一个晚餐聚会上，激动的安徒生刻画了当时在巴黎的那种丹麦气氛：

　　丹麦的山毛榉绽放新绿的时候
　　我们也心花怒放，不过，是在海外，
　　我们所到之处，春天犹如新娘，

---

① ［丹］安徒生：《安徒生自传》，林桦译，人民文学出版社2010年版，第70页。

那么美丽，和在我们家里的岛上一样。①

这首诗的题目是《献给在巴黎的丹麦人，1833年5月1日作于维维恩旅馆的晚宴上》。这首诗提到的丹麦的山毛榉在安徒生的作品里常常作为丹麦的象征而出现，《单身汉的睡帽》中，老安东在异国他乡孤独终老，每每思念起故乡，就想起丹麦的山毛榉林子。在巴黎遇到故国的朋友，欢聚一堂，作者感到快乐至极。

在自传中，安徒生写到1833年游历意大利的经历，在著名的乌菲齐博物馆，他看到一尊公元前1世纪希腊的阿佛洛狄忒雕像的复制品，因为曾被意大利银行家美第奇所有，而得名"美第奇的维纳斯"。"在佛罗伦萨，在参观了那些精美的画廊，在教堂的碑柱和精美的场所之间，我的艺术智能突然被唤醒了，我伫立在'美第奇的维纳斯'前，就好像那大理石的眼睛有了视觉，我有了一种虔诚地被攫住、挣脱不开的奇妙感觉。"激动不已的作者随即写下了下面这首诗：

青春永驻的她，从大海
那又白又轻的泡沫中缓缓升起，
那美啊，只有上帝才能想象；
后一代人把前一代人埋葬，
但是，爱是永远不会死掉的，
女神永远活着！②

这首诗还有另外的翻译如：

从大海泡沫中来，她洁白而轻盈，
只有上帝才能想象，她是多么美

---

① 同上书，第91页。
② ［丹］安徒生：《安徒生自传》，林桦译，人民文学出版社2010年版，第108页。

她的青春永在久存。
与大地共存，与世界之岛共长，
但爱情将亘古不灭，
女神永在人间。①

　　这个象征爱与美的女神给安徒生留下了深刻的印象，持久地激发着他的创作活力，不论是小美人鱼还是《即兴诗人》里的盲女，以及《素琪》里的贵族少女素琪，游记里的希腊少女，这些美丽的女性身上都有着维纳斯的印记。而在这首诗中，安徒生赞美了艺术家的偶像，再一次强调了爱的永恒。

　　在那不勒斯，正逢维苏威火山爆发的高峰时期，安徒生和朋友一起去看了火山喷发，途中美丽的景致促使他写下了《漫游维苏威》，下面是该诗的起始两节：

在小山之间，穿着素装
那不勒斯在做着梦，
伊斯基亚像一朵紫云
畅游在大海上。

山上缝隙间的雪
像一群天鹅；
维苏威昂起它的头
喷着鲜红的火束。②

　　这短短的几句，就可感受到安徒生确实是描画自然的圣手，自然

---

① ［丹］白慕申：《安徒生的小美人鱼》，甄建国、周永铭、胡洪波译，上海书店出版社 2010 年版，第 60 页。
② ［丹］安徒生：《安徒生自传》，林桦译，人民文学出版社 2010 年版，第 128 页。

和宇宙的壮丽尽在寥寥数笔间。在即将结束意大利的旅程时，安徒生写下了《告别意大利》①：

> 我看见了空气中充满天堂般欢乐的大地，
> 那里，俊美的孩子在伞松下与我们相会，
> 那里，火焰从崇山的胸中迸出，
> 那里，远古的城市又有了盎然生意。
>
> 那里，高贵的神祇以大理石为衣，巍然矗立，
> 那里，芳香与美乐随呼吸沁人心脾，
> 而大海就是一幅蔚蓝的巨画，
> 大山的色彩变化在瞬息之间。
>
> 那里，四处都是美丽的画，
> 那里，对上帝创造性的爱清晰可见，
> 看一看农夫的藜墙，里面月桂盛开，
> 仙人掌高且大，葡萄累累挂在枝头。
>
> 在那里，我有一颗童心，但有成人的思想，
> 在那里，我认识了大自然，懂得了艺术。
> 你，色彩之国，形式美之乡，
> 再见了——我的梦现在结束。

意大利这个古国，这个从阿尔卑斯山到地中海的狭长半岛，这个拥挤着五千万人口，充满着历史遗留问题的地方与复杂敏感的感情、与生俱来的情欲缠绕在一起，地理的因素和心理的、美学的因素总是有着千丝万缕的关系。"把日常生活的场景转化为艺术的杰作在意大

---

① ［丹］安徒生：《安徒生自传》，林桦译，人民文学出版社2010年版，第133页。

利要容易得多。"① 有人认为，意大利的自然景色与艺术作品之间的距离较小，华兹华斯后悔没有及早发现这个现成可资利用的诗的源泉。他懊悔地说："无数的形象丰富了我的头脑，若在过去我本来可以把它们写成诗篇。"② 华兹华斯没有做到的事，安徒生做到了。"在那里，我有一颗童心，但有成人的思想，／在那里，我认识了大自然，懂得了艺术。"在意大利这个自然的乐园，安徒生看到了自然的魅力、历史的厚重、淳朴而又恬静的古迹。意大利这个艺术之国，曾经带给全世界无数艺术家以美的启迪，安徒生算是其中最为典型的一个。来自意大利土地和意大利人身上的诗意让踏足其中的安徒生每每激动不已，所以在他一生中，意大利成为他旅行次数最多的国家。不论是游记还是小说，还是诗歌，意大利都成为安徒生永恒的歌咏对象。长篇小说《即兴诗人》与其说是小说，不如称为意大利游记。罗马教堂的神圣与壮丽、狂欢节的热烈与缤纷、维苏威火山喷发时既危险又迷人的景观、黄昏下落日余晖的心旷神怡、那不勒斯的景色和威尼斯凄迷的美，都成为小说中相当吸引人的笔墨。比如一次写到"我"第一次见到美丽神奇的地中海："我的眼睛同我的两只脚一样仿佛生了根，不能够移动了。我心中充满了狂喜，身体内的一切，整个血肉之躯，似乎已化为精魂，在两大元素之间，在辽阔无垠的大海和笼罩着大海的太空之间飘荡。我泪流满面，不禁像孩子似的号啕大哭起来。"③ 晚年的安徒生依旧没有停止他的漫游生活，1859年的夏天，安徒生来到日德兰，丹麦最充满画意的地方。在那里诗人写下了响彻整个丹麦的诗歌《日德兰》④：

　　日德兰，在两个大海之间

---

① [意] 巴尔齐尼：《意大利人》，刘万钧译，生活·读书·新知三联书店1986年版，第37页。
② 同上书，第47页。
③ [丹] 安徒生：《安徒生自传》，林桦译，人民文学出版社2010年版，第183页。
④ 同上书，第461页。

宛如一根圆圆的手杖；
鲁讷文字和巨大的古坟
站立在树林美景中，
在广袤的石楠荒原上，
在沙漠这里，像海市蜃楼。

日德兰！你是首要的土地，
生长着孤寂的树林的高地！
在这狂野的西部，沙冈的房顶
在山丘中探伸出去。
东海和北海的水
拥抱着斯凯恩的沙子。

日德兰半岛是欧洲北部的半岛，面积约 25485 平方千米，位于北海和波罗的海之间，构成丹麦国土的大部分，还包括德国的一部分地区。两个大海指的就是北海与波罗的海，东海指波罗的海，北海指北大西洋。丹麦作曲家赫斯为这首诗谱了曲，在丹麦广为流传，成为极富地域色彩和民族情怀的一首诗歌。

三 《一八三三年斯堪的纳维亚人的罗马圣诞节》

1933 年在罗马庆祝圣诞节，安徒生演唱了一首斯堪的纳维亚诗来庆祝节日，题目是《一八三三年斯堪的纳维亚人的罗马圣诞节》[①]：

圣诞树的叶子散发着芳香，
昨天它还生长在月桂林中！
让我们像孩子一样的高兴，

---

① ［丹］安徒生：《安徒生自传》，林桦译，人民文学出版社 2010 年版，第 241 页。

归根结底我们不都是孩子嘛。
我看唯一不同的是，
一个知道的少点，一个知道的多些。

记得吧，那时我们还小
老家的圣诞节日多美丽，
我们站在紧闭的门后，
从门缝望见亮光闪闪，
往往看见邻家的孩子在那里——
今天这里的情形也如此。

丹麦人、瑞典人、挪威人，车轴草的三瓣，
相互体贴，相互忠诚，
兄弟三人分立各自的一隅，
在罗马却拥抱在一起！
上天赐给我们的同一种语言，同一个国家，
兄弟们都同在斯堪的纳维亚！

我们的心灵并非离开王国，没有离开家，
我们的心向往什么，我们就要把它歌颂，
祝丹麦的善者腓得烈健康，
祝瑞典聪明的卡尔·约翰长寿，
相互定要干掉这一杯，
因为今天是兄弟敬兄弟！

生命的变化也太奇特，
多少美丽的图画相继消失，
但是今天罗马的这个圣诞，

在我们的记忆中永不会泯灭,

因为我们是以孩童的心灵

来享受我们的圣诞时分!

虽然作者讲到当时的他还没有什么斯堪的纳维亚情结,作这首诗是自然也没有什么政治的考虑,但是这首诗却是很巧合地歌颂了这种感情。安徒生在自传里提到,他只是考虑到那是一个丹麦人、挪威人、瑞典人同聚在一起的场合,应该也尊重对方的感受,所以连带祝福了对方的国王。不料,这首诗的诞生却招致丹麦国内对安徒生的责难,认为他拿着丹麦国王的钱去旅游,竟然去歌颂别人的国王。但是从今天的角度来看,那时的安徒生的确走在时代的前沿。

罗马的狂欢节充满了喜庆的欢闹色彩,但是安徒生收到了来自丹麦的信,信中满是评论家对他的戏剧新作《奥奈特与人鱼》的批评。平庸、胡拼乱凑、没有亮点等的负面评价,让一腔热望的安徒生失魂落魄,大受刺激,他甚至想到了死,因为在他看来,这是一部从内心涌出的精心之作,他遭受了不公平的对待。在狂欢节的欢呼和快乐中,他下了一首诗来表达那时的心情:

你身处罗马,在世界古老的大都市之中,

那是古代的珍宝,远古的神祇伫留之所,

你在月桂树荫里吮饮着南国的空气;

啊!快乐起来吧!——

记住,这日子一去就不会复返。

然而被痛苦击垮,我朝着我的北方盼着

朋友的来鸿!——给我来封信吧!

可是,莫有恶言,很厉害的恶言会杀死人,

即使出自朋友之口;

只要不这样,就请写吧!

这里是如此的美丽——哦，别把梦吓跑，
让我享受它吧——要知道，它非常短促！
我不久就要游荡回生养我的地方，
尽管我不能得到与敌人的和解，
他们却一定会放下他们的鞭子，
因为朋友——是用蝎子蛰你！①

这首诗1837年以《一首小诗》为题发表在文学刊物《维斯塔》上。在罗马的欢乐和自由中咀嚼来自北国故乡的苛刻与责难，诗人感觉到难言的苦痛。鞭子是凛冽的抽打，蝎子却是蚀骨的锥心之毒，这里暗示他收到的最难以忍受的责难竟是出自他信任的朋友。安徒生与生俱来的神经质的暴躁脾气，加上偏于自我中心的理想主义，导致他一生都难以克服的自我怜悯、对赞扬与肯定有着贪婪的需求。这首诗孩子气地暴露了他对友谊和赞美的渴望。"实际上，批评家们对待安徒生并不比对待当时别的诗人更苛刻；他生前获得了过分的声誉和众望。从幼年开始，他就从保护人手上和丹麦王室里得到了慷慨的馈赠。然而他对于赞扬和荣誉的追求是不可能满足的。"

1867年，安徒生参观了巴黎的盛会后，在回家的路上赶到赌城巴登，参观了赌场，写下了《赌场》②：

要是画和灯能讲话，
它们会说："来玩吧，我的朋友！"
但是那富丽堂皇的大厅里居住着寂静，
你只听见金筹码在滚动。
年轻的女人坐在那里，满脸烧的绯红，

---

① ［丹］安徒生：《安徒生自传》，林桦译，人民文学出版社2010年版，第127页。
② 同上书，第561页。

放下赌注，抢回赢到的财宝；
但是外面有一声巨响——死神在笑；
"在这狂赌的一夜，我赢到了一条命。"
无言的大厅灯火辉煌，寂静地立在那里。
只有金子和跳动的脉搏在说话。

这首简短的小诗给金筹码滚动的赌场描画了一幅精彩的速写。死神在笑，"在这狂赌的一夜，我赢到了一条命"。寂静的大厅，没有了人类的喧嚣，只是因为撒旦隐身来到了现场。这种寂静衬出脉搏跳动的声音，跳动着的心脏和冷冰冰的金子展开了较量。诗里是诗人对赌场本质赤裸裸的揭露，将他来到赌场感受到的不适感放在他的诗句里，带有强烈的批判色彩。

1850年，丹麦伟大的物理学家和自然哲学家奥斯特去世，安徒生写下了悼念他的诗，于1851年3月11日发表于《祖国》。

他是如此之真，如此之善，
一副童心，然而思想却极其深邃，
在这个世界上他早已懂得了那些
上帝在芸芸众生死后才向他们吐露的东西。
在这座大山里蕴藏着睿智者的宝石！
他是多么的可爱，直率而又虔诚，
然而却是那么伟大！他永不会被人忘记，
因为在他的思想的闪电里有一道火光，
照亮着无尽的宝藏！
他是丹麦的儿子，出自贫寒的家庭，
他却是一位国王，那时在精神的王国里。
他那多么好，多么美的生命此刻结束了，
但是他的声名永不会熄灭！

因为对我们，这些接近他的人，他永远屹立，
世界的一部分跟随着他的心破碎了。①

奥斯特全名汉斯·克里斯蒂安·奥斯特，1820年发现了电流的磁效应，由此开辟了物理学的新领域——电磁学。他曾对物理学、化学和哲学做过多方研究，成为19世纪做出重大贡献的物理学家。这首诗除了诗人对这位伟人的赞美，还有安徒生对奥斯特与自己相似的经历的强调，"他是丹麦的儿子，出自贫寒的家庭，/他却是一位国王，那是在精神的王国里"。奥斯特与安徒生的交往，给予他极大的鼓舞，是他一生当中最为珍视的友谊。

安徒生16岁时第一次在哥本哈根拜见了已经成名的奥斯特，在文法学校读书期间，安徒生经常去奥斯特家做客。1829年，安徒生参加哥本哈根大学入学考试，奥斯特成了他的主考官，所以确立了他们的师生关系，后来，师生关系逐渐发展成了朋友关系。在安徒生的创作初期，奥斯特给过他很大的鼓励，1835年安徒生的长篇小说《即兴诗人》和童话作品集同时发表，只有奥斯特慧眼识珠，对安徒生说："《即兴诗人》使你成名，童话将使你不朽。"多年后，时间证明了奥斯特的预言。在交往中，二人曾就信仰与知识的关系，就当时的技术发明，还有科学在艺术中的地位等交流了很多看法，互相影响，互相启发。奥斯特很早就树立了一种整体观，强调自然和人类精神之间的联系与类同。这一思想得到安徒生的深深认同，安徒生1845年发表的童话《钟渊》、1848年发表的童话《水滴》都留下了这种整体观的痕迹。

安徒生于1850年写成的诗《丹麦，我的祖国》已成为丹麦的国歌。(由于目前尚未找到正式出版物对这首诗的翻译，下面选取的是

---

① [丹]安徒生：《安徒生自传》，林桦译，人民文学出版社2010年版，第401页。

山东作协陈原先生在博客上的翻译）作为一个父母亡故、终身未婚、半生在旅途中度过、辗转于一个又一个朋友之家的天涯浪子，丹麦甚至没有他真正的家。然而重复出现在他作品里的家园，却一直伴随终身。丹麦的自然风物早已成他诗里的永恒意象，因为祖国，是每个人生命开始的地方。

丹麦，我的祖国

丹麦，我出生的地方

那里有我的家园

还有我的根

我的世界从那里开始

丹麦语

你是我从妈妈那里听到的最初的嗓音

我的心一直陶醉在它甜蜜的恩泽里

在丹麦美丽的海滩上

有老酋长的古墓

它肃穆地静卧在苹果园和锦葵园里

我爱 爱丹麦 我的祖国

参 考 文 献

［丹］安徒生：《安徒生自传》，林桦译，人民文学出版社 2010 年版。

［丹］安徒生：《安徒生童话全集》，叶君健译，天津人民出版社 2015 年版。

［丹］安徒生：《即兴诗人》，刘季星译，中国文联出版社 2005 年版。

［意］巴尔齐尼：《意大利人》，刘万钧译，生活·读书·新知三联书店 1986 年版。

王诺：《生态批评与生态思想》，人民出版社 2013 年版。

［法］卢梭：《一个孤独的散步者的遐想》，张弛译，湖南人民出版社 1985 年版。

王喜绒：《生态批评视域下的中国现当代文学》，中国社会科学出版社 2009 年版。

［美］斯洛维克：《走出去思考》，韦清琦译，北京大学出版社 2009 年版。

李红叶：《安徒生童话的中国阐释》，中国和平出版社 2005 年版。

曾建平：《自然之思：西方生态伦理思想探究》，中国社会科学出版社 2004 年版。

王诺：《欧美生态文学》，北京大学出版社 2003 年版。

[丹]欧林·尼尔森：《汉斯·克里斯琴·安徒生》，郭德华译，中国对外翻译出版公司1998年版。

[美]卡洛琳·麦茜特：《自然之死》，吴国盛等译，吉林人民出版社1999年版。

鲁枢元：《生态文艺学》，陕西人民教育出版社2000年版。

[丹]安徒生：《我的一生》，李道庸、薛蕾译，四川少年儿童出版社1983年版。

[丹]安徒生：《我的童话人生》，傅光明译，中国文联出版社2005年版。

[丹]安徒生：《真爱让我如此幸福》，流帆译，国际文化出版公司2002年版。

[丹]安徒生：《我生命的故事》，黄联金、陈学凰译，中国档案出版社2002年版。

王泉根主编：《中国安徒生研究一百年》，中国和平出版社2005年版。

[苏]伊·穆拉维约娃：《安徒生传》，马昌议译，上海文艺出版社1981年版。

林桦：《安徒生剪影》，生活·读书·新知三联书店2005年版。

小啦、约翰·迪米留斯主编：《丹麦安徒生研究论文集》，安徽少年儿童出版社1999年版。

蒋承勇：《西方文学两希传统的文化阐释》，中国社会科学出版社2003年版。

[美]欧文·辛格：《超越的爱》，沈彬译，中国社会科学出版社1992年版。

[美]杰克·齐普斯：《作为神话的童话／作为童话的神话》，赵霞译，少年儿童出版社2008年版。

薛燕平：《世界动画电影大师》，中国传媒大学出版社2006年版。

［美］布伦·布里曼：《迪士尼风暴》，乔江涛译，中信出版社2006年版。

聂欣如：《动画概论》，复旦大学出版社2006年版。

［美］艾伦·金：《大人心理童话》，郭苑玲译，晨星出版有限公司台中公司1999年版。

杨悦：《20世纪70年代以来美国左、右翼社会运动的政治过程比较研究》，博士学位论文，中国社会科学院，2013年。

王恩铭：《世纪美国妇女研究》，上海外国语教育出版社2002年版。

李慧媛：《美国女权主义研究：历史与现状》，硕士学位论文，华东师范大学，2007年。

［俄］巴赫金：《巴赫金全集》（第四卷），白春仁等译。

［丹］安徒生：《奥·特》，阮珅译，中国文联出版社2005年版。

［丹］白慕申：《安徒生的小美人鱼》，甄建国、周永铭、胡洪波译，上海书店出版社2010年版。

阎国忠：《美是上帝的名字——中世纪神学美学》，上海社会科学院出版社2003年版。

［德］弗兰克：《活出意义来》，赵可式等译，生活·读书·新知三联书店1998年版。

黄克剑：《人韵——一种对马克思的解读》，东方出版社1996年版。

徐葆耕：《西方文学：心灵的历史》，清华大学出版社2002年版。

［美］考门夫人：《荒漠甘泉》，团结出版社1999年版。

［法］狄德罗：《狄德罗美学论文选》，人民文学出版社1984年版。

［德］马克思、恩格斯：《马克思恩格斯选集》（第1卷），人民出版社1995年版。

［德］恩格斯：《自然辩证法》，于光远等译，人民出版社1984年版。

梁工主编：《圣经与欧美作家作品》，宗教文化出版社2000年版。

朱传誉：《童话的演进》，《2002安徒生童话之艺术表现及影响学术研讨会论文集》，台湾青林国际出版有限公司2002年版。

［丹］安徒生：《安徒生童话故事集》，叶君健译，人民文学出版社1994年版。

［丹］安徒生：《安徒生童话全集》，叶君健译，上海译文出版社1978年版。

梁工主编：《西方圣经批评引论》，商务印书馆2006年版。

［加］诺思诺普·弗莱：《批评的解剖》，百花文艺出版社2006年版。

［苏］叶·莫·梅列金斯基：《神话的诗学》，魏庆征译，商务印书馆1990年版。

［俄］巴赫金：《拉伯雷的创作与中世纪和文艺复兴时期的民间文化》，河北教育出版社1998年版。

［加］诺斯诺普·弗莱：《伟大的代码》，郝振益等译，北京大学出版社1998年版。

［丹］斯蒂格·德拉戈尔：《在蓝色中旅行：安徒生传》，冯骏译，译林出版社2005年版。

［美］帕利坎：《历代耶稣形象》，杨德友译，上海三联书店1999年版。

［德］舍勒：《爱的秩序》，林克等译，生活·读书·新知三联书店1995年版。

齐宏伟：《文学·苦难·精神资源》，江西人民出版社2008年版。

齐宏伟：《心有灵犀：欧美文学与信仰传统》，北京大学出版社2006年版。

［英］麦葛福：《基督教神学手册》，刘良淑、王瑞琪译，台北校园书房1998年版。

刘小枫：《这一代人的怕和爱》（增订本），华夏出版社2007年版。

［英］C. S. 路易斯：《四种爱》，汪咏梅译，华东师范大学出版社2007年版。

许志伟：《基督教神学思想导论》，中国社会科学出版社2001年版。

［英］约翰·德雷恩：《新约概论》，胡青译，北京大学出版社2005年版。

［丹］索伦·克尔凯郭尔：《十八训导书》，吴琼译，中国工人出版社1997年版。

［瑞］荣格：《心理学与文学》，冯川、苏克译，生活·读书·新知三联书店1987年版。

［英］戴维·方坦纳：《象征世界的语言》，盼盼等译，中国青年出版社2001年版。

［美］菲·马·米切尔：《丹麦文学的群星》，阮珅等译，辽宁教育出版社2003年版。